A Place to Remember
Ally & Nate

Ein Kurzroman von
Anna Faye

Bibliografische Information der Deutschen Nationalbibliothek
Die Deutsche Nationalbibliothek verzeichnet diese Publikationin der
Deutschen Nationalbibliografie; detaillierte bibliografische Daten
sind im Internet über www.dnb.de abrufbar.

Lektorat: Dorothea Kenneweg
© Cover Art DESIGN by jdesign.at
Buchsatz: Alexa Zwölfer, www.schmetterlingsfabrik.at

~ Kein Buch mehr verpassen
durch den Newsletter auf der Homepage ~

Homepage: annawinter.de
Email: write@annawinter.de
Facebook: www.facebook.com/AnnaFaye.Autorin

Herstellung und Verlag:
BoD – Books on Demand, Norderstedt
ISBN 978-3839125700

Widmung

Für Mama,
mit der ich das allererste Mal überhaupt in London war.
Wir haben uns beide in die Stadt verliebt,
eine Liebe, die bis heute hält.
Ich weiß, dass du alte Dinge magst,
weil sie mit so vielen Erinnerungen verbunden sind
und so viel mehr bedeuten, als sie wert sind.
Dieses Buch ist für dich.
Danke, dass es dich gibt!

Kapitel 1

Eine kalte Sonne schien an diesem Februartag vom blassblauen Himmel herab und berührte mit ihrem Licht die bunten Fassaden der Reihenhäuser, die ganz typisch für Notting Hill waren. Es war ein malerischer Anblick, aber ich konnte ihn kaum genießen, denn ich war so sterbensnervös, dass mir schlecht war. Obwohl ich schon etliche Bewerbungsgespräche hinter mir hatte, seit ich nach London gekommen war, wollte sich mein Magen einfach nicht daran gewöhnen. Im Gegenteil, mit jeder weiteren Absage ging ich mit einem noch schlechteren Gefühl ins nächste Gespräch.

Und dann half immer wieder dasselbe Wundermittel, um mich zu motivieren. Ich blieb mitten auf dem Gehweg vor einem Schaufenster stehen und zog eine Postkarte von Steeple Claydon aus meiner Tasche. Ich betrachtete die Fotografie von diesem kleinen Ort, der so idyllisch und ländlich war, dass man sich dort vermutlich nur als Milchkuh richtig wohlfühlen konnte. Ich selbst hatte mich dort zu Tode gelangweilt und mein Leben schon als endlose Abfolge immer gleicher Tage vor mir gesehen.

Ich stellte mir vor, wie ich bis zuletzt bei meinen Eltern wohnte. Wie ich bis zur Rente im einzigen Dorf-Supermarkt arbeiten würde und jeden bis hin zum Namen seines Haustieres kannte. Wie es nie etwas Aufregenderes als den Tratsch und Klatsch über seine eigenen Nachbarn gäbe. Wie ich dort versauern würde wie ein Pflanze, die zu wenig Licht bekam. Wie ich eines Tages unglücklich auf dem geblümten Sofa im Wohnzimmer sitzen, auf mein Leben zurückblicken und bedauern würde, nichts anderes gewagt zu haben. Oder wie ich vor lauter Resignation mehr Falten im Gesicht haben würde, als es tatsächlich meinem Alter entsprach.

Als ich dann eines schönen Sonntags am Friedhof vorbeigekommen war, hatte ich mir klargemacht, dass sich darauf irgendwann einmal auch mein Grab befinden würde. Mit irgend so einer deprimierenden Inschrift wie: »*Hier ruht Allison Mayfair, geboren und gestorben in Steeple Claydon. Niemand außer den Dorfbewohnern hat je gemerkt, dass es sie gab.*«

Und als ich dann auch noch diesen Albtraum gehabt hatte, dass ich vor lauter Männermangel – denn besonders viel Auswahl gab es in Steeple Claydon nun einmal nicht – meinen bedepperten Exfreund heiraten müsste und all unsere Kinder haargenau so aussähen wie er, hatte ich den Entschluss gefasst, mein Glück in London zu versuchen.

London war einfach schon immer eine Sehnsuchtsstadt für mich gewesen. Meine Eltern konnten das nicht verstehen. Ja, nicht einmal meine beste Freundin Caitlyn, die es für das Höchste überhaupt hielt, auf dem Land zu leben, wo der Alltag so gemächlich verlief und alle einträchtig nebeneinander her lebten –

abgesehen von den kleinen Erregungen, die der Klatsch und Tratsch hergab. Genau jene Monotonie, vor der ich mich fürchtete, vermittelte ihr ein geborgenes Gefühl von Sicherheit.

Aber ich war nicht aus demselben Holz geschnitzt. Ich wollte nicht jedermann kennen. Und ich wollte auch nicht, dass jeder im Umkreis immer alles über mich wusste. Ich wollte über den Tellerrand hinaus reisen und den Flair der weiten Welt in einer großen Metropole mit schillernden Lichtern spüren.

Ich war mir sicher, dass jeder auf diesem Planeten schon einmal von London gehört hatte. Und ich war mir genauso sicher, dass kein Schwein Steeple Claydon kannte. Das Paradoxe daran war, dass ich mich im hektischen London viel ausgeglichener fühlte – von den Bewerbungen einmal abgesehen – als in dem beschaulichen Dörfchen, wo stets diese Ruhelosigkeit in mir ganz nah unter der Oberfläche geschwelt hatte. Nein, ich würde nicht reumütig zurückkehren und wieder bei meinen Eltern einziehen müssen.

»Also gut«, murmelte ich, als ich das Bild zurück in die Tasche steckte. »Du schaffst das, Ally.«

Innerlich straffte ich mich und setzte dann einen Fuß vor den anderen. Ich wollte einfach meinen Weg gehen und heute führte er mich zum Antiquitätengeschäft *A Place to Remember*.

Im Kopf spulte ich noch einmal die Informationen ab, die ich im Internet recherchiert hatte. Es handelte sich um einen renommierten Familienbetrieb, den es schon länger in Notting Hills berühmter *Portobello Road* gab. Der frühere Inhaber, ein Mann namens William Ward, hatte vor einiger Zeit die Geschäfte an seinen

Sohn abgegeben, einen gewissen Nathan Ward, bei dem ich gleich mein Vorstellungsgespräch haben würde.

Ich versuchte mir vorzustellen, wie dieser Nathan Ward wohl sein mochte. Sicher ein englischer Gentleman. Jedenfalls würde das zu einem Antiquitätenhändler passen. Als Sohn des alten Inhabers konnte er noch nicht so alt sein. Ich hoffte, dass er mir sympathisch wäre, mit einer angenehmen Stimme, die mir die Angst vor dem Gespräch nehmen würde. Ich stellte ihn mir natürlich und bodenständig vor. Und mit einem freundlichen Lächeln. Jemand, der keine spießigen Maßanzüge wie die ganzen Banker dieser Stadt trug, sondern jemand, der alte Dinge schätzte.

Ja, okay. Ich stellte ihn mir ziemlich toll vor. So wie einen Traummann. Unsicher strich ich mein Haar hinters Ohr. Es war jedenfalls angenehmer, über diesen Mann nachzudenken als über diese Bewerbung, auf der mein ganzer finanzieller Druck lastete. London war teuer und ich brauchte allmählich ein Einkommen.

Im Geiste übte ich schon mal das Gespräch. Ich stellte mir vor, wie er mich sehen, erfreut anlächeln und sagen würde: »Hallo Miss Mayfair, ich bin Nathan Ward. Schön, dass Sie pünktlich sind.«

Und ich würde ebenfalls lächeln und ganz souverän auftreten – wie die geborene Verkaufshilfe eben, auf die er nur gewartet hatte. »Guten Tag, Mister Ward. Danke, dass Sie sich Zeit für mich nehmen. Da würde ich Sie niemals warten lassen.«

Ja, so würde ich das machen. Ich würde selbstsicher und respektvoll auftreten.

»Alles wird gut«, beschwor ich mich, als ich vor dem Geschäft angelangte. Über der Tür hing ein geschmiedetes Schild, auf dem der Name *A Place to Remember* eingraviert war. Beidseits der Tür befanden sich liebevoll dekorierte Schaufensterauslagen mit kunstvollen Zinnfiguren, geschwungenen Kerzenhaltern, edlen Schmuckschatullen, einer ziselierten Zuckerdose oder etwa einem Besteckkasten, in dem feinste Silberlöffel schimmerten. Die Rahmen der Fenster verliefen zu antik wirkenden Bögen, unter die lauter kleine Fensterscheiben eingefasst waren. Es sah bezaubernd aus.

Mit einem prüfenden Blick auf meine Uhr stellte ich fest, dass ich ein wenig zu früh war.

Okay, jetzt galt es, einen guten Eindruck zu hinterlassen, denn der Laden wirkte so märchenhaft, dass ich unbedingt hier anfangen wollte. Wäre das nicht großartig, wenn jemand wie ich aus einem kleinen Dorf es hier schaffen könnte? Das wäre, als würde Cinderellas Traum wahr werden.

Ich drückte die Tür auf und eine kleine Glocke klingelte über meinem Kopf. Ich blickte hoch und lächelte. Noch so ein süßes Schmuckstück, das zum Zauber dieses Ortes passte. Alles war genau, wie es sein sollte. Sogar noch viel schöner.

»Miss Mayfair?«, ertönte eine Stimme vor mir.

Ich schreckte zusammen und entdeckte den Mann, der im hinteren Teil des Raumes stand. Er hatte braunes Haar, das so akkurat zurückgegelt war, das keines sich traute, aus der Reihe zu tanzen. Sein dunkelgrauer Anzug sah verdammt kostspielig aus und war gewiss von der maßgeschneiderten Sorte. Leider war sein Blick alles andere als warmherzig, sondern knochentrocken.

Da platzte sie, meine schöne Seifenblase von einem herzensguten Vorgesetzten. Kaum zu fassen, dass dieser

Mann ein solches Händchen für die Auswahl der Antiquitäten im Geschäft bewiesen hatte.

»Ja«, brachte ich heraus und räusperte mich. »Guten Tag.«

»Schließen Sie bitte die Tür und drehen das Schild auf ›geschlossen‹, damit wir uns in Ruhe unterhalten können.«

Mit klammen Fingern machte ich, was er gesagt hatte, und ging dann auf ihn zu. Mein Herz pochte vor Aufregung, weil ich das Gefühl hatte, dass er jeden Fehler an mir sofort wahrnehmen würde.

Er streckte mir die Hand hin und ich ergriff sie. Er schüttelte sie kurz und ließ dann auch schon wieder los. Jede seiner Bewegungen saß auf den Punkt und war auf das Nötigste reduziert. Sein Gebaren entsprach mehr einem Bankier im gesetzten Alter, während er in Wahrheit etwa Mitte zwanzig sein musste. Also ungefähr so alt wie ich, und das fand ich äußerst befremdlich.

»Hugh Ward«, stellte er sich vor.

Ich schaute ihn verwirrt an und konnte nicht verhindern, dumm zu blinzeln. *Hugh* Ward?

Mist, war ich schlecht vorbereitet. Ich dachte, der Typ würde Nathan heißen. Auf das blöde Internet war einfach kein Verlass.

»Folgen Sie mir«, instruierte er mich ungerührt und ging voran in ein Büro, das sich am Ende des Verkaufsraums hinter der letzten Tür eines schmalen, kurzen Flurs befand.

Hugh Ward war weder der warmherzige Kerl, den ich mir vorgestellt hatte, noch von der Sorte Gentleman, der mir die Tür aufhalten und mir den Vortritt lassen würde. Er bewegte sich, als wäre ich ein Eindringling in seinem Reich.

Das Büro war ein kleiner Raum, der durch eine Schrankwand ziemlich gedrungen wirkte. In der Mitte stand ein großer Schreibtisch, auf dem sich eine Arbeitsunterlage, ein Computer und ein Bild befanden, von dem ich nur die Rückseite sehen konnte.

Hinter dem Tisch stand ein bequem aussehender Lederchefsessel, in dem Hugh Ward Platz nahm. Dann deutete er auf einen eher schlichten Stuhl auf meiner Seite.

»Setzen Sie sich und lassen Sie uns anfangen, Miss Mayfair. Meine Zeit ist kostbar.«

Ich schluckte und hatte das Gefühl, dass mir die ganze Situation komplett entglitt. Dabei hatte ich mir alles so schön ausgemalt. Doch von meiner geplanten Souveränität war nichts mehr übrig. Stattdessen fühlte ich mich halb benommen, halb überfahren. Ich sackte in den Stuhl.

Hugh Wards Hand lag auf ein paar Blättern, und ich erkannte, dass es die Seiten meiner Bewerbung waren. »Wir haben sehr viele Interessenten für die Stelle. Warum sollten wir gerade Sie einstellen, Miss Mayfair?«

Ich hatte angenommen, dass er mit dem üblichen Small-Talk einsteigen würde. Stattdessen preschte er mit dieser Frage vor. Sicher, um mich noch mehr zu verunsichern.

Er lehnte sich in seinem Chefsessel zurück, maß mich mit lauerndem Blick und legte seine Fingerspitzen aneinander. Dabei funkelten die vergoldeten Manschettenknöpfe mit der teuren Uhr an seinem Handgelenk um die Wette. Rolex oder Omega – was der Mann von Welt eben so trug.

Mein Mund war ganz pappig, als ich ihm antwortete: »Weil Sie es nicht bereuen würden, wenn Sie mich einstellen.«

Nervös strich ich meine verschwitzten Handflächen am Rock ab. Das Material war kratzig, doch ich hatte den eleganten Bleistiftrock trotzdem gekauft, weil er für das Auftreten bei Vorstellungsgesprächen einfach perfekt aussah. Die Länge war nicht zu bieder und nicht zu freizügig, sondern genau richtig. Außerdem war er von einem so dunklen Rot, dass er beinahe schwarz wirkte, aber eben nur fast. Ich hatte frisch aussehen wollen. Aber im Moment hatte ich das Gefühl, dass mir jegliche Farbe aus dem Gesicht gewichen war.

»Ich würde furchtbar gerne hier arbeiten«, fuhr ich hastig fort. »Ich liebe alte Dinge.«

Er sah mich mit skeptisch hochgezogener Augenbraue an. Der Rest seines Gesichts blieb eine reglose Maske.

Also fühlte ich mich bemüßigt zu sagen: »Ich bin sehr zuverlässig und immer pünktlich. Außerdem sehe ich die Stelle hier nicht als Übergangslösung an. Ich würde gerne bleiben und in meiner Arbeit aufgehen.«

»Als Hilfskraft?« Sein Ton war äußerst herablassend.

Ich schluckte, benetzte meine Lippen und wünschte mir, nicht so schrecklich zu schwitzen. Bei diesem Mann kam ich mir vor, als säße ich auf der Anklagebank. Dabei hatte ich nichts weiter verbrochen, als mich auf eine offene Stelle zu bewerben. »Sicher, daran ist doch nichts verkehrt. Ich bin mir nicht zu schade für den Job oder so was.«

Hugh Ward machte den Eindruck, als wäre eine solche Tätigkeit eindeutig unter seiner Würde. Sicher, in der Nahrungskette stand er ganz oben und ich ganz unten. Ich fühlte mich wie ungewolltes Brot vom Vortag, und es fiel mir schwer, mich selbst bei ihm anzupreisen. Ich hatte so gehofft, es hier mit einem anderen

Menschenschlag zu tun zu haben. Vermutlich hatte er in Oxford oder Cambridge studiert und war irgend so ein Überflieger.

Dabei hatte ich mich vorhin im Spiegel noch einigermaßen zuversichtlich gefühlt. Dieser vermaledeite kratzige Rock hatte mich professionell aussehen lassen, so, wie ich mir das für eine ambitionierte Bewerberin vorstellte, und nicht wie die Pflanze vom Lande, die ich eigentlich war.

Nicht, dass ich dem Mann vor mir in dem Punkt etwas hätte vormachen können. Schließlich hielt er meinen Lebenslauf in den Händen und dort stand schwarz auf weiß geschrieben, dass ich aus Steeple Claydon kam, einem Kaff, das so winzig war, dass das Vorhandensein eines Supermarktes mit Geldautomat als dermaßen herausragend galt, dass es in der Ortsbeschreibung im Internet Erwähnung fand.

Nun hätte ich mir etwas darauf einbilden können, in eben jenem Laden für eine ganze Weile gearbeitet zu haben, aber Hugh Ward sah nicht so aus, als würde ich ihn damit sonderlich beeindrucken können. Im Gegenteil: Er wirkte ausgesprochen gelangweilt. So, als hätte er noch nie zuvor einen derart sterbenslangweiligen Lebenslauf gesehen oder ein so ermüdendes Gespräch geführt.

»Miss Mayfair«, sagte er gedehnt, während er von oben herab meine Unterlagen überflog, »wie ich Ihren Referenzen entnehmen kann, haben Sie bereits Verkaufserfahrung sammeln können.«

Ich wischte erneut über den Rock, um diese feuchten Handflächen in den Griff zu bekommen, und gab schließlich auf, wobei ich meine Hände im Schoß zusammenfaltete, bevor er noch dachte, ich hätte irgendeinen Wischtick. Irgendetwas lief bei meinem Körper gewaltig schief: Mein Mund war regelrecht ausgedörrt, während meine Hände schwitzten.

»Ja«, beeilte ich mich zu sagen und räusperte mich. »Ich habe fünf Jahre im Verkauf gearbeitet.«

Er nickte kaum merklich und musterte mich mit einem abschätzigen Blick. Hugh Ward war eigentlich kein hässlicher Mann. Allerdings war seine Ausstrahlung so spießig und gesetzt, dass er einen kompletten Stock im Arsch haben musste. Wenn nicht sogar zwei …

»Fühlen Sie sich der Arbeit in einem Antiquitätengeschäft denn gewachsen?« Seltsamerweise formulierte er die Frage eher desinteressiert. Sollte ihm denn nicht mehr an dem Laden liegen?

Ich hatte mich hier gleich wohlgefühlt. Die ausgestellten Antiquitäten waren liebevoll ausgewählt. Da stand geblümtes Porzellan neben Silberbesteck, das im Licht der alten Lampen glänzte. Ein paar Spieluhren, Messingspiegel und verschnörkelte Möbel. Der Duft von Holz, Politur und Bienenwachs hing ebenso in der Luft wie ein ganz eigener Geruch, den ich nicht anders beschreiben konnte als … ja, als wäre es die Seele des Ladens. Als lebten all die Dinge, weil sie voller Erinnerungen steckten und sie Menschen einmal viel bedeutet hatten. Jedes Kleinod hatte seine eigene Geschichte. Da war ich mir vollkommen sicher. *A Place to Remember.* Was für ein schöner Name für das Geschäft.

Obendrein befand es sich direkt im malerischen Notting Hill, das wesentlich berühmter war als Steeple Claydon.

Fühlte ich mich der Arbeit hier gewachsen?

Ich, Allison Mayfair, die in den Augen dieses Mannes bestenfalls als Landpomeranze durchging?

Tja, Karten auf den Tisch. Er konnte meinem Lebenslauf ohnehin entnehmen, dass mir auf diesem Gebiet die Erfahrung fehlte.

»Also, ich möchte gerne alles lernen«, versprach ich, weil ich spürte, dass dies der Wendepunkt im Gespräch sein könnte. »Dieses Geschäft ist wunderschön, Mister Ward, und ich würde gut darauf achtgeben.«

Erstaunt wölbte sich wieder diese Braue in seinem Gesicht. Ich konnte ihm ansehen, wie er über meine Antwort nachdachte, als würde er sie durch seinen Kopf wälzen.

»Soll mir recht sein«, beschloss er schließlich ohne viel Federlesens. »Sie bekommen einen Vertrag für die nächsten Wochen. Falls Sie sich nicht völlig furchtbar anstellen, wird er verlängert.«

Ähm … Er war nicht gerade der größte Motivator der Welt, aber – ach, du liebes bisschen – ich hatte den Job!

»Sie werden es nicht bereuen«, versicherte ich überschwänglich und konnte kaum glauben, wie schnell meine große Chance plötzlich da war, mir ein Leben in London aufzubauen.

Seine Entscheidung schien ihm dagegen nicht allzu viel zu bedeuten. Er reichte mir die Hand zum Gruß, was mir etwas peinlich war, weil meine Hände ja so klebten. Doch falls es ihm auffiel, ging er wortlos darüber hinweg.

»Seien Sie morgen pünktlich um halb neun hier.«

»Natürlich, Mister Ward.« Meine Stimme klang heiser vor Glück.

»Den Vertrag können Sie dann unterzeichnen. Hoffen wir mal, dass Sie in dem Laden, wo sie bisher tätig waren, was gelernt haben.«

Kapitel 2

Ich schwebte wie auf Wolken. Das Gefühl, dass plötzlich alles zusammenpasst, schwirrte in mir vom Scheitel bis zu den Zehenspitzen. Ich stand an einer Kreuzung, ließ den Lärm auf mich wirken und hatte das überwältigende Gefühl, im Leben angekommen zu sein. Denn hier pulsierte und lärmte es, mitten im Herzen von London. Rote Busse und schwarze Taxis rauschten in einem Meer von Autos an mir vorüber. Mittendrin steuerten reich aussehende Menschen teure Luxusschlitten durch die Gegend, die ich so in Steeple Claydon noch nirgendwo hatte herumfahren sehen.

Beschwingt ließ ich mich mit den Menschen treiben. Du große Güte, wie viele Leute es hier gab. Sie hetzten mit Tüten in den Händen oder Telefonen am Ohr durch die Gegend und hatten keine Augen füreinander.

In Steeple Claydon herrschte nicht mal sonntags vor der alten Dorfkirche so ein Andrang wie hier am Eingang zur U-Bahn-Station. Ich wusste mittlerweile, dass die *Tube* zu den Hauptbeförderungsmitteln Londons zählte. Unterhalb der Stadt verlief ein gewaltiges Netz aus Tunneln und Schächten wie Blutbahnen in einem Organismus.

Neugierig spähte ich auf das Schild. Vorhin war ich an der Station *Notting Hill Gate* ausgestiegen, um zum Laden zu gelangen. Nun stand ich vor *Queensway*. Aha. Ich faltete gleich mal meinen kleinen Stadtplan mit dem Streckennetz auf und entdeckte, dass hier die rote Linie entlangfuhr, die *Central Line.*

Diese Bahn war mir die liebste, weil sie nicht nur dort hielt, wo ich künftig zur Arbeit gehen würde, sondern auch da vorbeifuhr, wo ich wohnte. Eine Stunde mit der *Tube* zur Arbeit und alles ohne Umsteigen – das war geradezu ideal in London.

Während ich noch den Plan studierte, wurde ich von hinten angerempelt, doch als ich aufblickte, wusste ich nicht, wer von den vielen fremden Menschen es gewesen war. Der Mann mit dem Aktenkoffer? Oder einer aus der Touristengruppe mit den Kameras am Hals?

In Steeple Claydon hätte man sich entschuldigt. Ja, und vermutlich hätte man sich beim Namen genannt. Ich grinste, denn so fand ich es viel aufregender.

Unschlüssig, wo ich als Nächstes hin wollte, blickte ich mich um. Gleich zwei Geldwechselstuben, wie es sie praktisch neben jeder U-Bahn-Station gab, befanden sich direkt nebeneinander. Vor einer roten Telefonzelle, deren Anblick ich im Zeitalter von Handys wirklich reizend fand, fotografierte sich ein Touristenpaar gerade gegenseitig. An der Kreuzung stand ein Hilton, eines von extrem vielen Hotels in der Stadt. Noch ein Stück weiter entdeckte ich ein Café, aber es machte einen schäbigen Eindruck. Überhaupt schien die ellenlange Straße weiter vorne nicht so hübsch zu sein.

Dafür verlief auf der gegenüberliegenden Straßenseite eine niedrige Backsteinmauer mit aufgesetztem schwarzen Metallzaun. Direkt dahinter schirmte eine dichte Hecke den Blick ab. Die Grenze vom *Hyde Park*.

Au ja!

Nach kurzem Warten an der Ampel überquerte ich die Straße und betrat den riesigen Park. Plötzlich war es stiller, als würde der Lärm von der Natur geschluckt werden. Keine Autos mehr. Ja, nicht einmal Fahrräder. Nur Fußgänger, Jogger und etliche Mütter mit Kinderwagen.

Jetzt, Ende Februar, war es zwar noch nicht richtig warm, aber das erste Frühlingsgrün zeigte sich in Form von zarten, kleinen Blättern oder Knospen an den graubraunen Hölzern der Bäume und Sträucher, und in einem Beet blühten erste goldgelbe Narzissen neben weißen Christrosen und kleinen Schneeglöckchen.

Ich fühlte mich beinahe wie in einem kitschigen Disneyfilm, als ich statt der vielen brummenden Automotoren mit einem Mal das Zwitschern von Vögeln aus den Baumkronen vernahm.

So ein Frieden mitten in London. Im Sommer wären die weitläufigen Rasenflächen sicher mit Picknickdecken übersät. Ich setzte mich auf eine der hübschen Sitzbänke, um mich auszuruhen und meine Füße zu schonen.

In Steeple Claydon war ich nie so fußlahm gewesen, aber hier waren die Entfernungen so groß. Seit ich nach London gekommen war, war ich nur am Laufen, Laufen, Laufen. Und das, obwohl ich mit den öffentlichen Verkehrsmitteln rauf und runter fuhr. Seufzend streckte ich meine Beine aus und genoss die Ruhe.

Aber gleichzeitig spürte ich meine innere Aufregung umso deutlicher. Ich hatte den Job bekommen! Himmel, ich hatte kaum noch daran geglaubt. Bei den letzten Vorstellungsgesprächen hatte man sich entweder immer für einen anderen Bewerber entschieden oder ich hatte selbst nicht dort anfangen wollen, weil ich angebaggert worden war.

Nachdem mir das zweimal hintereinander passiert war, hatte ich schon befürchtet, dass das nun immer so laufen würde. Wer wusste schon, wie diese Londoner tickten? Und natürlich hatte ich mich gefragt, ob ich selbst vielleicht etwas falsch machte, ob ich ungewollt Signale aussandte und ob ich in dem eigentlich sehr formell wirkenden Rock doch zu viel Sexappeal verströmte. Eigentlich nicht.

Erleichtert seufzte ich auf. Nun hatte es endlich geklappt und ich würde ab morgen die neue Verkaufshilfe im *A Place to Remember* sein. Gleichzeitig spürte ich diesen neuen Druck in mir. Was würde man dort von mir erwarten? Reichte meine Verkaufserfahrung aus? Und ja – auch wenn das für uns Frauen geradezu klischeehaft klang –, aber wie sollte ich mich künftig kleiden? Sicher anders als im kleinen Steeple Claydoner Einkaufsladen, wo ich immer nur einen blauen Verkaufskittel getragen hatte.

Aber damit war es nun zum Glück vorbei. Endlich sah mein Leben einmal anders aus und die Schablone, in die es früher ständig hineingepresst gewesen war, war verschwunden.

Ich lächelte und hielt mein Gesicht in die spärlichen Strahlen der Nachmittagssonne, die der Welt den Anschein von Frühling verlieh, obwohl es kälter war, als es aussah. Ich warf einen Blick auf die Uhr. Schon halb fünf. Mittwoch, halb fünf.

Das bedeutete, dass meine beste Freundin Caitlyn bereits Feierabend hatte. In den letzten Jahren waren wir Arbeitskolleginnen gewesen. Sie hatte es natürlich überhaupt nicht toll gefunden, dass ich urplötzlich das Abenteuer suchen wollte, und sie hatte sich auch leider nicht von meinem Fieber anstecken lassen, sondern mir nur einen Vogel gezeigt, als ich angeboten hatte, dass sie doch mitkommen könnte.

»Ich bin doch nicht bescheuert«, hatte sie gesagt. »Es macht mich immer total kirre, wenn ich mich irgendwo nicht auskenne. Außerdem ist mir so eine Stadt viel zu hektisch. Und dann sind da bloß lauter fremde Menschen. Da käme ich mir ja vor wie ein Gegenstand aus dem Fundbüro, von dem niemand weiß, wo er eigentlich hingehört. Nein, nein, ich schaue mir dein Abenteuer lieber aus der Ferne an. Du musst mir immer alles erzählen.«

Was sie wohl zu der neuen Stelle sagen würde? Vorfreudig zückte ich mein Handy und wählte Caitlyns Nummer.

Ich hatte einen Job. Ich hatte einen Job. Ich hatte einen …

»Hey, Süße, wie geht's dir?«, fragte sie mich sofort. Das war überhaupt ihre Standardfrage in der letzten Zeit.

Ich grinste bis über beide Ohren und formte mit meiner Hand einen Trichter vom Mund zum Telefon, damit nicht gleich der ganze Park mich krakeelen hörte: »Ich habe einen Job!«

»Nein!«, kreischte Caitlyn mir nicht minder laut ins Ohr. »Mann, ist das spannend. Wer hat dich genommen?«

»Der Antiquitätenladen«, trällerte ich und konnte es in dem Moment locker mit den fröhlichen Vögeln in den knospenden Baumwipfeln aufnehmen.

Oh, ich hatte mich auch bei Supermärkten oder in der Gastronomie vorgestellt. Meine Bewerbung bei *Pizza Hut* war noch offen, aber das hatte sich nun zum Glück von selbst erledigt. Ich wollte sowieso lieber in diesem bezaubernden Antiquitätengeschäft arbeiten als in der hektischen Gastronomie. Trinkgeld hin oder her. Ich hatte mich schon beim Reinkommen in den Laden verliebt.

»Cool. Alter Krempel. Dafür hättest du doch nicht extra nach London ziehen müssen. Bei uns hier ist doch auch alles alt.«

Ich wusste, dass Caitlyn mich nur aufzog. »Deshalb bin ich dort ja auch weg. Es ist immer das Gleiche. Ich würde noch in fünfzig Jahren dasselbe Leben führen. Wie eine dieser Wanduhren. Nie passiert was.«

»Pfff«, stieß Caitlyn die Luft aus. »Von wegen: ›*Nie passiert was.*‹ Von meiner zuverlässigen Quelle Mona aus dem *Fish-and-Chips*-Laden habe ich gehört, dass Betty Whitfield, das ist doch die kleine Blonde aus der Bäckerei – du weißt schon, die mit der Zahnlücke –, etwas mit dem Zahnarzt angefangen haben soll. Aber Bob treibt es doch eigentlich mit Donnerbusen-Dorothy vom Friseurshop.«

Ach, du je!

Caitlyn schnappte hektisch nach Luft und plapperte weiter: »Na, jedenfalls hat Mona wiederum gehört – das weiß sie von Hershel, aber das hast du nicht von mir –, dass nun Donnerbusen-Dorothy der blonden Betty aufgelauert und ihr die Haare langgezogen haben soll.

Die waren, was Dorothy als Friseurin natürlich wusste, nämlich nur angeklebt, und nun wissen alle, dass Bettys blonde Mähne gar nicht Natur ist, sondern nur aus Extensions bestand. Betty hat daraufhin Dorothy an ihren Hupen gepackt und sie in Josy Hopkins' Rosenhecke gestoßen.«

Mir schwirrte langsam der Kopf, als ich mir den Dorfskandal ausmalte. Hier in London zu sitzen, kam mir mit einem Mal ganz surreal vor.

»Aber dort«, erklärte Caitlyn, »sonnte sich gerade völlig ahnungslos Josys alter Kater Angus – du weißt schon, der mit der Arthritis – und konnte nicht mehr rechtzeitig flüchten, als Donnerbusen-Dorothy mit ihrem mächtigen Hinterteil in die Hecke gekracht ist.«

Caitlyn seufzte seiner eingedenk. »Er soll ja sofort verstorben sein, der gute Angus, Gott hab ihn selig. Die Beisetzung findet in zwei Tagen statt.«

»Das ist ...«

Ähm.

Ja, was war das eigentlich? Ich wusste es kaum zu sagen.

Aber das brauchte ich auch gar nicht, weil Caitlyn bereits fortfuhr: »Unser Zahnarzt wiederum hat nun eilig für drei Tage seine Praxis geschlossen, um dem Trubel zu entgehen, die seine beiden Liebchen da ausgelöst haben. Aber Bob wird das Vögeln nie bleiben lassen und Donnerbusen-Dorothy wird damit leben müssen, Angus auf dem Gewissen zu haben, wenn natürlich auch äußerst unfreiwillig, während Betty sich einfach nicht an ihren Kurzhaaranblick gewöhnen kann.« Theatralisch stieß sie die Luft aus. »Es ist ein Trauerspiel.«

Ich war noch immer sprachlos.

Caitlyn hingegen beschäftigte sich mit einer weit elementareren Frage: »Ob ich trotzdem weiter zu Bob gehen soll? Er ist doch der einzige Zahnarzt im Dorf. Und meine letzte Füllung hat er toll hinbekommen.«

Mir war ja nicht ganz klar, was Caitlyn damit für ein Problem haben sollte. Immerhin hatte sie selbst nie etwas mit ihm laufen gehabt.

»Euch kann man nicht allein lassen«, stellte ich fest. »Kaum bin ich weg …«

»Ja, kaum bist du weg«, echote Caitlyn. »Die Neue, die sie hier für dich haben, ist so eine Schlaftablette. Wie konntest du mich bloß mit der allein lassen?«

»Ich habe dich nicht *mit ihr* allein gelassen. Sie kam erst nach mir.«

»Ja, sie wird immer erst nach dir kommen. Tausend Plätze hinter dir. Sie ist furchtbar!«

Caitlyn gab einen gequälten Laut von sich. Es klang so ähnlich wie das Wimmern, das sie im Alter von neun Jahren ausgestoßen hatte, als wir ihren verstorbenen Goldfisch, Prinzessin Adamina, im Klo beigesetzt hatten. Irgendwie war uns das mit den Klärwerken zu jener Zeit nicht ganz klar gewesen und wir hatten angenommen, dass Prinzessin Adamina geradezu weihevoll bis ins Meer gespült werden würde.

»Also, deine Nachfolgerin hat den totalen Ordnungsspleen und dreht jedes Etikett und jede Schachtel immer exakt nach vorn und gerade auf Linie. Ich schwör's dir: Sie hat einen Zollstock.«

»Das ist doch nicht so schlimm«, beschwichtigte ich sie, wobei ich mir das Lachen verkneifen musste.

»Na ja, aber sie läuft auch den Kunden nach und dreht alles, was sie in die Hand nehmen und zurückstellen, sofort wieder akkurat hin. Ich finde das schon ein bisschen penetrant.«

Nun gluckste ich doch.

»Es ist wie zu Hause«, jammerte Caitlyn weiter. »Jetzt sagt nicht mehr nur meine Mutter zu mir, dass ich aufräumen soll, jetzt muss ich mir das auch noch auf der Arbeit dauernd anhören. Dabei sortiere ich ja auch alles, aber nicht wie eine EU-normierte Maschine. Weißt du noch – die EU-Vermarktungsnorm für Bananen? Ich kriege Albträume, wenn ich dran denke, dass alle Bananen wie geklont aussehen könnten.«

Caitlyn bekam immer von ganz vielen Dingen Albträume. Dafür liebte ich sie wirklich sehr. Sie war fast so speziell wie das kleine Antiquitätengeschäft: die reizenden Schmuckschatullen, das geblümte Porzellan, die kleinen Schränkchen mit den geschwungenen Füßen. Alles war dort liebevoll arrangiert worden – ein bisschen wie die kunterbunten Ideen in Caitlyns Kopf –, aber garantiert nicht wie mit dem Lineal gezogen. Gerade das hatte seinen Charme.

So hektisch London auch war, im *A Place to Remember* schien die Zeit stillzustehen. Entsprechend schwärmte ich Caitlyn davon vor.

»Pfff«, machte sie erneut. »Dann musst du eben Silberlöffel polieren und Möbel mit Politur einreiben. Das ist ja wie bei deiner Oma. Bestimmt wird dir das bald langweilig und dann kommst du zu mir zurück. Du *musst* einfach zu mir zurückkommen!«

Ich lachte ins Telefon. »Das kannst du vergessen. Wo mein Abenteuer gerade erst beginnt. Es ist so aufregend. Endlich passiert mal was. Ich wohne nicht mehr bei meinen Eltern …«

»Dafür teilst du dir die Wohnung mit so einer Workaholic-Biene. Das ist doch auch nicht besser.«

Okay, ja, es war nicht gerade mein sehnlichster Wunsch gewesen, in einer Wohngemeinschaft zu landen. Aber wenigstens war Elvira Hillard weit entfernt von einer Mutterfigur. Sie war fünf Jahre älter als ich und Gerichtsdienerin. In gewisser Weise war sie ähnlich akkurat wie die Neue, von der Caitlyn so genervt war. Elvira hatte eine ebenso glatte Frisur wie Hugh Ward. Nicht, weil sie sich ihre Haare nach hinten gelte, sondern weil sie zu jeder Tag- und Nachtzeit einen äußerst streng sitzenden Zopf trug, den sie mit Haarklammern fixierte. Allein vom Hinsehen bekam ich Migräne.

»Die ›Workaholic-Biene‹ ist ja ständig unterwegs. Sie kommt nur zum Schlafen nach Hause. Und wenigstens habe ich dadurch eine Wohnung, die nur eine Stunde vom Zentrum entfernt liegt, denn die Preise hier sind furchterregend.«

Konnte sich überhaupt jemand eine eigene Wohnung in London leisten? Ich würde jetzt schon mein halbes Einkommen für das möblierte Zimmer auf den Tisch legen müssen und das reichte auch nur, weil Elvira sich die Miete mit mir teilte. Jede von uns hatte ein eigenes Zimmer und sogar ein eigenes Bad, was ich besonders schätzte, auch wenn es winzig war.

Über die Küche verfügten wir gemeinschaftlich. Gut und schön, es war nur ein schmaler Raum mit einer Kochzeile, aber immerhin passte ein Tisch mit zwei Stühlen hinein, denn eine gemütliche Wohnstube, wie ich es aus Steeple Claydon kannte, fehlte vollends.

»Unfassbar, wie viel Geld du für dieses Loch hinblätterst.«

»Es ist kein Loch«, beruhigte ich sie. »Zumindest ist alles neu und es wird eine Waschmaschine bereitgestellt.«

»Toll. Das ist etwas so Selbstverständliches, dass man es bei uns nicht mal erwähnen muss.«

Na ja, dafür fand man in Steeple Claydon den Geldautomat im Konsumladen schon äußerst bemerkenswert. Dagegen konnte man mit dieser innovativen Attraktion einen Londoner das Einschlafen vermutlich besser lehren als mit Schafezählen.

Caitlyn seufzte. »Eigentlich hatte ich gehofft, dass dir London schnell zu teuer wird und dass du dann wieder zurückkommst.«

Die Befürchtung hatte ich auch schon gehegt. Denn wenn ich nicht bald einen Job gefunden hätte, hätte die astronomisch hohe Miete meine wenigen Ersparnisse rasch aufgebraucht. Zum Glück war ja doch noch alles gut gegangen. Ich würde mich in den kommenden Wochen wie die Angestellte des Monats verhalten, damit dieser Hugh Ward meinen Vertrag verlängerte.

Es musste einfach klappen!

Ich ließ meinen Blick über den Park schweifen und spürte tief in mir drin, dass ich hierbleiben wollte. London war der größte Gegensatz, den man sich zu Steeple Claydon vorstellen konnte, aber es war auch, als würde ich ein zweites Zuhause dazugewinnen. Ich hatte das fabelhafte Gefühl, endlich im Leben angekommen zu sein.

Alles, was mir jetzt noch fehlte, war ein Freund. Ein Mann an meiner Seite, mit dem ich hier glücklich werden könnte. Ich war so aufgekratzt von den vielen neuen Eindrücken, dass ich es kaum erwarten konnte, mich zu verlieben. Und die Männer hier sahen gleich mal ganz anders aus als in meinem Heimatort. Was für eine Auswahl!

Von wegen Bob, der Zahnarzt.

Kapitel 3

Es war erstaunlich, wie unglaublich groß diese Parkanlage war. In meiner Euphorie und getrieben von dem Drang, einfach alles schaffen zu wollen, nahm ich mir vor, sämtliche Wege des *Hyde Parks* abzulaufen. Dabei arbeitete ich mich mehr oder weniger im Zickzack vor und ich stellte fest, dass hier, vor der Haltestelle *Queensway*, im Grunde genommen noch nicht der *Hyde Park*, sondern *Kensington Gardens* lag. Aber mal ehrlich, es sah aus wie ein einziger großer Park, also schloss ich diesen Teil der Anlage in mein Vorhaben mit ein.

Mir war schon klar, dass es das nicht einfacher machte, aber es war so entzückend, diese ganzen Wege auf- und abzuschreiten. Wie ein ganz eigenes Abenteuer. Ich war Ally, die Entdeckerin. Ich fand zum Beispiel den Lady-Diana-Gedenkspielplatz. Sie hatte Kinder immer geliebt und sich in zahlreichen humanitären Projekten engagiert. Es war so eine süße Idee, dass es ihr zu Ehren einen Spielplatz gab. Ich weiß nicht, was über mich kam, als ich ein paar Kindern beim fröhlichen Toben zusah und vor Rührung fast weinte.

Okay, Ally, reiß dich zusammen!

Im Westen lag außerdem der *Kensington Palace* und ihm vorgelagert erstreckte sich ein ovaler See. Es sah absolut malerisch aus und ich stellte mir vor, wie es wohl wäre, wenn das mein »Haus« wäre und ich dort jeden Morgen aufwachen könnte – mit dem Blick auf den See, die Bäume und den endlosen Rasen.

Vermutlich würde ich zur Voyeurin werden, die Jogger und Spaziergänger beobachten, mit der Zeit feststellen, wer regelmäßig hier auftauchte, und dann würde ich immer Caitlyn anrufen und mit ihr wild über das spekulieren, was ich dabei so alles zu Gesicht bekäme.

Irgendwie konnte ich mir nicht vorstellen, dass die Eigentümer dieses Palastes so etwas wirklich machten. Ich war mir nicht einmal sicher, ob das Anwesen überhaupt bewohnt war.

Ich lief weiter und entdeckte eine Galerie inmitten des Parks, die sich in einem rot-schwarzen Backsteinpavillon befand. Wie viele Künstler wohl schon daran vorbeigekommen waren und sich gewünscht hatten, dass ihre Skulpturen hier ausgestellt würden?

Ich selbst konnte nicht besonders gut malen, erst recht nicht modellieren, und es wäre mir eher peinlich, wenn dort etwas von mir zu sehen gewesen wäre.

Ich lief immer weiter und kam schließlich an einem langen schmalen See an, der die Grenze zum *Hyde Park* darstellte. Kaum zu fassen, dass ich erst jetzt wirklich den *Hyde Park* betrat. Ich war bereits ziemlich kaputt, obwohl ich auf einigen der vielen Sitzbänke pausiert hatte.

Allerdings wollte ich auch nicht aufgeben, obwohl es bereits zu dämmern begann. Es lohnte sich ja auch wirklich, alles zu erkunden. Ich fand einen wunderschön angelegten Brunnenbereich, in dem sogar Seerosen schwammen. Zu dieser Zeit im Jahr blühten sie zwar nicht, aber es wirkte dennoch ganz märchenhaft.

Ich lief auch noch, als die Sonne untergegangen war und ich im Dunkeln durch den Park stromern musste. Schließlich war es jetzt nur noch dieser eine Weg und dann hätte ich mein Vorhaben, jeden Weg abzulaufen, geschafft. Außerdem gab es an der Ecke, wo ich herauskommen würde, eine weitere U-Bahn-Station. Noch dazu von meiner *Central Line*. Es war geradezu perfekt.

Ich kam mir unglaublich verwegen vor, weil sich um mich herum bloß noch Schatten bewegten. Irgendwie hatte man es versäumt, Laternen aufzustellen, aber das machte es nur noch spannender. London war so cool!

Es hätte eigentlich nur noch besser sein können, wenn es hier Gräber gäbe. Das hätte es wundervoll gruselig gemacht. Mit Caitlyn war ich an Halloween immer auf den Friedhof gegangen. Wir hatten uns – wenig einfallsreich – als Gespenster der Toten verkleidet, uns jedes Jahr einen neuen Grabstein ausgesucht, von dem wir uns vorstellten, dass wir mal die Person, die dort begraben lag, gewesen waren, und dann hatten wir, bis wir schlafen gehen sollten, überlegt, wie unser früheres Leben wohl ausgesehen hatte.

Ich streifte weiter durch die Nacht und ahnte mehr, wo der Weg verlief, als ihn vor mir zu sehen. Viel später als geplant gelangte ich schließlich am Ausgang an. Dabei musste ich feststellen, dass sich dort ein massives Metalltor befand, das mit einem schweren Vorhängeschloss abgesperrt worden war.

Sekundenlang starrte ich auf das Tor und realisierte kaum, was ich da sah. Es gehörte einfach zu den Dingen, die nicht passieren sollten. Mein Herz begann, schneller zu schlagen. Der gesamte Park war eingezäunt, also musste ich durch ebenso ein Tor nach draußen. Sicher verriegelten und verrammelten sie nicht einfach stumm und heimlich den kompletten Park, oder?

Also, in Steeple Claydon gab es jedenfalls keine Öffnungszeiten für Grünflächen. Das war doch absurd.

Obwohl ich sah, dass das Tor abgesperrt war, streckte ich meine Hand nach dem Griff aus und probierte, ob es sich nicht wie durch ein Wunder doch öffnen ließ. Und dann probierte ich es noch mal und noch mal und noch mal …

Nein, oder? Unsicher schaute ich mich um. Die Straße, die ich von hier aus sehen konnte, war beleuchtet und befahren, und in der Nähe des Eingangs zur U-Bahn-Station bewegten sich Menschen. Aber hier drin war ich anscheinend vollkommen allein.

Allein im *Hyde Park*. Wahnsinn! Ein bisschen war es ja wie auf einer einsamen Insel. Es war allerdings schwer vorstellbar, dass ich einen ganzen Park für mich allein haben sollte. Noch dazu einen so riesigen. Ich meine, es war nur eine Vermutung, aber es war gut und gerne möglich, dass man Steeple Claydon komplett hier drin unterbringen könnte.

Himmel, war das irre!

Vielleicht war dieses Tor aber auch einfach nur defekt. Sicher würde weiter vorne ein Gatter offenstehen. Ich erinnerte mich, auf meinem Weg in der Nähe des Zauns entlang, etliche Tore gesehen zu haben. Zu dem Zeitpunkt hatte ich mir noch nicht viel dabei gedacht.

Spontan lief ich nach Süden los. Dabei würde ich zwar nicht mehr an meiner *Central*-Bahn herauskommen, aber das musste ich wohl in Kauf nehmen. Ich spürte einen regelrechten Nervenkitzel, als ich vielleicht zweihundert Meter weiter südlich beim *Tiere-im-Krieg*-Denkmal eine kleine Metallpforte im Zaun ausmachte. Vom Hauptpfad führte ein schmaler Weg dorthin. Ich huschte ihn entlang und mein Herz schlug bis zum Hals, als ich die Hand auf den Türgriff legte. Jetzt schlug die Stunde der Wahrheit.

Ich drückte die Klinke herunter und …

Ich stieß die Luft aus. Beherzt rüttelte und rüttelte ich, aber das Tor war genauso versperrt wie jenes am Eck. Das musste ein Scherz sein. Irgendwie fühlte ich mich etwas veräppelt. Unter das beklemmende Gefühl, eventuell die Nacht im Park verbringen zu müssen, mischte sich eine ungekannte Aufregung, die dieses Abenteuer mit sich brachte. Oh Gott, sämtliche meiner Nervenbahnen waren von einem irrwitzigen Kribbeln befallen.

Wenn ich das Caitlyn erzählen würde! Sicher würden wir um die Wette gackern. Tja, aber erstmal sollte ich hier rauskommen. Ich war mir ganz sicher, dass mindestens eines der vielen Tore noch geöffnet sein musste, auch wenn die Aussicht, eventuell mehrere Kilometer dafür zu laufen, meine Füße nicht gerade jauchzen ließ.

Okay, ich hatte nicht daran gedacht, dass dieser Park Öffnungszeiten haben könnte. Das war ja auch echt eine Schnapsidee.

Im Geiste sah ich mich schon einen Brief schreiben: *»Liebe Queen, das ist total bescheuert … Hochachtungsvoll, Ally«.*

Ich war doch sicher nicht die Einzige, die sich zu lange hier herumgetrieben hatte. Es gab doch bestimmt viele Touristen, die das ebenso wenig auf dem Radar hatten wie ich, und ich konnte mir beim besten Willen nicht vorstellen, dass sie alle hier hatten kampieren müssen. Wahrscheinlich würde ich bis zu diesem langen See zurücklaufen müssen, der die Grenze zwischen dem *Hyde Park* und den *Kensington Gardens* dargestellt hatte. Dort war eine Art Durchfahrtsweg von Nord nach Süd verlaufen, obwohl ich kein Auto gesehen hatte. Eventuell war das auch so ein zeitlich begrenztes Ding, oder es war früher genutzt worden und jetzt nicht mehr. Jedenfalls hatte es breit ausgesehen und ich malte mir dort die besten Chancen aus.

Oh je, noch etwa ein Kilometer im Dunkeln. Ohne Licht war ich wesentlich langsamer unterwegs. Vor Mitternacht käme ich sicher nicht nach Hause. Es war ja nicht bloß das viele Laufen, sondern auch die einstündige Fahrt mit der *Tube*, die nun um mindestens ein Umsteigen erweitert sein würde. Ich ging los und malte mir aus, wie missbilligend dieser Hugh Ward mich und meine Augenringe morgen früh ansehen würde und wie er mich fragte, ob ich ernsthaft so übernächtigt aussehen musste, weil ich schließlich nicht da wäre, um die Kunden zu vergraulen. Dann würde ich eben ganz tief in den Schminktopf greifen müssen. So mit Camouflage statt simpler Schminke.

Als ich nach einiger Zeit wieder ein kleines Tor sah, bog ich erneut vom Weg ab und probierte mein Glück ein drittes Mal.

Zu.

Es war immer noch zu.

Ich steckte hier fest, während die Autos auf der großen, mehrspurigen Straße kaum zehn Meter entfernt von mir entlangrauschten. Und dann, gerade als ich mich abwenden wollte, sah ich einen Mann auf dem Bürgersteig mehr oder weniger direkt auf mich zukommen. Er schien mich noch nicht wahrgenommen zu haben.

Ich musterte ihn kurz im Licht der Laterne, die seinen Weg ausleuchtete. Er sah erfreulich normal aus. Nicht wie ein grimmiger Passant oder – schlimmer noch – ein Drogendealer.

Vielleicht war er ja Londoner und kannte sich aus. Wie ein Tourist mutete er zumindest nicht an, denn er trug ein Sakko über einer Anzughose und einem Hemd. Und er bummelte auch nicht, was Touristen chronisch zu tun schienen. Er lief, als hätte er ein klares Ziel, eines, zu dem er schon hundert Mal gelangt war. Eines, das es nicht erforderte, dass er seine Umgebung mit langgestrecktem Hals inspizierte. Da war diese Selbstverständlichkeit in seiner Bewegung, die ihn für mich zum Ortskundigen machte. Also ganz anders als ich. Ich gehörte eher in die Kategorie der Leute, die sich pausenlos beeindruckt umsahen.

»Entschuldigung«, rief ich spontan.

Es war, als würde ich ihn aus seinen Gedanken reißen. Er geriet aus seinem flotten Laufschritt und blickte suchend in meine Richtung.

»Hier bin ich! Am Tor.« Ich winkte, um seine Aufmerksamkeit auf mich zu ziehen, und lächelte freundlich.

Nun kam er auf mich zu und blieb direkt vor mir stehen. Lediglich der Metallzaun trennte uns beide. Das Ding reichte mir bis zum Hals. Der Mann hingegen war einen halben Kopf größer als ich und schaute mich verwundert an.

»Ja?«, fragte er.

»Könnten Sie mir, bitte, helfen? Ich bin irgendwie in diesem Park eingesperrt.« Um es ihm zu demonstrieren, drückte ich ein paar Mal die Klinke herunter, ohne dass die Pforte nachgab.

Seine Augen weiteten sich.

»Ich wusste nicht, dass es hier Öffnungszeiten gibt«, erklärte ich ihm, bevor er mich für übergeschnappt oder sonst was hielt. Dann deutete ich den langen Zaun entlang. »Die anderen Tore sind auch zu. Sie wissen nicht zufällig, welches noch geöffnet ist? Das würde mir total helfen.«

Ich lächelte erneut, so lieb es ging. Mir war schon klar, dass er es eben noch eilig gehabt hatte, und ich wollte nicht, dass er das als mein Problem abhakte und mich einfach stehen ließ.

Jetzt, wo er so nah vor mir stand, erkannte ich, dass er ziemlich gut aussah. Markant und doch sanft. Hübsch, aber nicht langweilig. Er hatte ein freundliches Gesicht. Eines, das einen zweiten Blick wert war. Im Dunkeln wusste ich nicht zu sagen, welche Augenfarbe er hatte. Ich konnte ja kaum erkennen, ob er nun dunkelblond war oder doch eher hellbraunes Haar hatte. Durch das gelbliche Laternenlicht kam ohnehin ein ganz unwirklicher Farbton heraus.

Zum Glück machte er keine Anstalten, einfach weiterzugehen und mich mir selbst zu überlassen. Im Gegenteil, er schien sich mein »Schicksal« auf die Fahne zu schreiben. Das wurde mir klar, als er entsetzt fragte: »Sie sind nachts allein dort drin unterwegs?«

Ich nickte verlegen. »Ja.«

»Aber ...« Fassungslos schaute er mich an. »Haben

Sie denn keine Angst vor Mördern, Vergewaltigern oder anderen Kriminellen?«

Ich runzelte die Stirn. An so was hatte ich noch gar nicht gedacht. Irgendwie war ich davon ausgegangen, hier drin allein zu sein. Und in Steeple Claydon hatte ich mir über kriminelles Gesindel erst recht nie Gedanken machen müssen.

Doch auch hier ... Ich meine, es sah alles so friedlich aus. London war toll. Der Park war herrlich. Ich hatte Glück beim Vorstellungsgespräch gehabt und einen schönen Nachmittag in dieser Grünanlage verlebt. Ich konnte mir gar nicht vorstellen, dass er das gerade ernst meinte.

Also antwortete ich ehrlich mit: »Nein.«

Er fasste nun seinerseits nach dem Griff der Pforte und rüttelte von außen daran, doch nichts tat sich.

»Meinen Sie, dass das Tor bei diesem langen See noch auf hat?«, fragte ich ihn.

Er sah einigermaßen geschockt aus. »Denken Sie ernsthaft, ich lasse Sie alleine so weit laufen?«

Verblüfft schaute ich ihn mehrere Sekunden nur an. »Also ...«

»Können Sie rüberklettern?«, fragte er mich doch allen Ernstes.

Ich trug noch immer den Bleistiftrock von dem Bewerbungsgespräch und überlegte, wie hoch ich dieses schmale Ding wohl eigentlich schieben müsste, damit das klappen würde, doch selbst in einer perfekten Kletterausrüstung war ich leider wirklich nicht besonders sportlich. Und dieser Zaun hatte auch nur Längsstreben. Keine Querverbindungen, auf die ich hätte treten und hochsteigen können.

Bedauernd schüttelte ich den Kopf und deutete auf mein Kleidungsstück. Das lenkte seinen Blick auch prompt auf meine Beine, was mir ein merkwürdiges Kribbeln im Bauch bescherte. Es war lange her, dass mich ein attraktiver Mann so angesehen hatte. Statt mit einem Unbehagen quittierte ich es als ein Kompliment. »Leider nicht.«

Er versuchte, das Tor aufzustemmen, doch natürlich brachte das nichts. Dafür hätte er schon Superheldenkräfte besitzen müssen. »Sind die anderen Tore dort vorne genauso gebaut?«

Ich dachte kurz nach und schüttelte dann den Kopf. »Nein, das am Eck sah ein bisschen anders aus. Aber es hing ein dickes Metallschloss dran.«

Als er sich plötzlich abwandte, befürchtete ich schon, dass er mich doch stehen lassen würde. Er sah sich in alle Richtungen um und ordnete dann an: »Warten Sie kurz.«

»Okay«, stammelte ich und sah ihm verdattert dabei zu, wie er auf ein abgesperrtes Fahrrad zulief. Manche Menschen machten den Fehler, einfach nur das Rad selbst abzuschließen, aber es nicht auch noch am Radständer festzumachen.

Mein unbekannter Helfer griff sich den Drahtesel und trug ihn an den Zaun. Dann lehnte er ihn einigermaßen stabil dagegen und verkeilte den Lenker am Geländer.

Bevor ich wusste, was er vorhatte, fasste er nach einer Metallstrebe, setzte seinen Fuß auf den Drahtesel und zog sich kurzerhand daran hoch.

»Aber … Aber … Was machen Sie denn?«, wunderte ich mich.

Er schwang sich über den Zaun und landete etwa einen Meter neben mir auf meiner Seite. Es sah nicht so geschmeidig aus wie bei einer Katze, aber irgendwie war er trotzdem gerade mein persönlicher Ritter in schimmernder Rüstung. Er klopfte sich die Hände am Sakko ab und blickte in die Richtung, die ich ihm gezeigt hatte. »Hallo. Sollen wir?«

Wow, also diese Londoner fackelten jedenfalls nicht lange.

Er schaute kurz auf die Uhr an seinem Handgelenk. Ich glaube nicht, dass ihm klar war, dass er das überhaupt machte. Er schien es einfach nur eilig zu haben und mir zu helfen, kam ihm sicher nicht gerade gelegen.

»Danke«, sagte ich deshalb ganz aufrichtig. »Das ist wirklich sehr nett von Ihnen.«

Irgendwie konnte ich seinen Blick nicht deuten. War er womöglich jemand, der nicht gerne Komplimente annahm?

»Schon gut«, murmelte er.

»Ich bin Ally.« Irgendwie schien es mir angemessen zu sein, mich ihm vorzustellen.

»Nate.« Er nickte knapp.

An der Sparsamkeit seiner Worte und Bewegungen spürte ich, dass er aufbrechen wollte. Sein Blick war wachsam. Ob er wirklich dachte, dass sich hier extra Mörder und Räuber im Park einschließen ließen, in der Hoffnung, dass ein paar Idioten mit ihnen ebenfalls drin blieben? Das erschien mir nicht gerade effizient zu sein. Wenn ich jemanden ausrauben wollte, würde ich das eher in der vollen U-Bahn tun. Außerdem waren die Bäume und Büsche ohne das üppige Grün von Blättern etwas zu kahl, um ein gutes Versteck abzugeben.

Wir gingen los und ich fragte ihn noch einmal, ob er wüsste, welches Tor noch offen wäre.

»Keine Ahnung«, räumte er ein. »Ich war noch nie nachts im Park.«

Seine Stimme klang dermaßen befremdet, dass ich mir das Lachen verkneifen musste.

»Ich auch nicht«, gab ich zu. »Aber es ist schon irgendwie aufregend.«

So, wie er mich ansah, war mir klar, dass das nicht das Wort war, mit dem er dies hier beschrieben hätte. Aber schließlich war er auch lieber außen lang gegangen.

Irgendwie fühlte ich mich wohl in seiner Nähe. Nicht bloß, weil er extra in den Park eingebrochen war, um mir nun beim »Ausbrechen« zu helfen.

»Wissen Sie«, grübelte ich. »In Kaufhäusern gibt es wenigstens diesen Gong und die Durchsage, dass man in fünfzehn Minuten schließt. Das fehlt hier ein bisschen.«

War das ein Zucken an seinem Mundwinkel?

Verflucht, es war aber auch zappenduster hier drin. Erst, als ich mit meinem Arm gegen seinen stieß, merkte ich, dass ich zu dicht rangegangen war, um ihn genauer erkennen zu können.

»Tut mir leid«, erklärte ich sofort und machte einen kleinen Schlenker von ihm fort. Er sollte mich nicht für aufdringlich halten, auch wenn ich mich gerne bei ihm eingehakt hätte. Das wäre doch sehr romantisch gewesen.

In meinem Kopf lief ein kleiner Film davon ab, wie wir einander näherkamen und er sich als mein Prinz der Herzen entpuppte. Allerdings wollte ich nicht gleich die Hochzeitsglocken läuten lassen. Bisher wusste ich ja nur, dass er ein hilfsbereiter Mann war.

Wir passierten das erste kleine Tor. Er prüfte noch einmal, ob es wirklich nicht nachgab, und kam dann kopfschüttelnd zu mir zurück. Seltsamerweise war ich erleichtert, denn ich merkte, dass ich gar nicht wollte, dass unser Abend hier schon endete.

»Kommen Sie oft hier lang?«, fragte ich ihn, weil ich hoffte, ihn wiedersehen zu können.

»Hin und wieder nach der Arbeit, wenn ich die Öffentlichen nehme, statt das Auto zu benutzen.« Er schaute wieder auf seine Uhr. »Allerdings bin ich sonst früher unterwegs.«

Und jetzt lief er auch noch wegen mir in die falsche Richtung.

»Dann habe ich wohl Glück gehabt.«

Sein Blick wanderte zu mir. »Finden Sie?«

Ich lächelte ihn an. »Aber ja.«

Während ich ihn so betrachtete, fand ich, dass er wie dieser eine Sänger aussah: Ronan Keating. Natürlich nur so ungefähr. Es war eine sehr sympathische Ähnlichkeit. Man müsste ihm die Haare noch etwas verstrubbeln und sich vielleicht eine Lederjacke dazudenken.

Außerdem mochte ich seine Stimme. Sie klang sehr angenehm. Das machte ihn nicht gleich zu einem Sänger wie Ronan Keating, aber auch da bestand eine Ähnlichkeit. Ich versuchte, mir vorzustellen, wie er wohl klingen würde, falls er *When you say nothing at all* singen würde, Ronans Song, der ausgerechnet im Film *Notting Hill* gelaufen war. Notting Hill, wo ich ab morgen arbeiten würde.

Das kam mir ein bisschen schicksalhaft vor. So, als würde sich ein Kreis schließen.

»Hat Ihnen schon mal jemand gesagt, dass Sie wie Ronan Keating aussehen?«

Meine Frage traf ihn ziemlich unvermittelt und er starrte mich von der Seite an. »Was?«

»Dieser irische Sänger«, half ich ihm auf die Sprünge. Dann schmunzelte ich. »Vor etwa hundert Jahren hat er bei der Musikgruppe *Boyzone* mitgesungen.«

Zumindest war es gefühlte hundert Jahre her, denn seither war so viel geschehen.

Klar sah Nate nicht aus, als würde er in eine »Jungszone« gehören. Aber das tat Ronan auch nicht mehr. Ich grübelte, wie alt er wohl sein könnte. Hm. Mindestens fünf Jahre älter als ich. Also Anfang oder Mitte dreißig.

»Nein, das fand noch niemand.« Dann zuckte er die Schultern. »Zumindest hat es mir niemand ins Gesicht gesagt.«

»Das sollte kein Anmachspruch sein«, versicherte ich, obwohl ich ihn durchaus gerne besser kennenlernen würde.

Jetzt grinste er doch tatsächlich. »So habe ich das auch nicht aufgefasst.«

Ich gluckste. »Es sollte aber auch nicht das Gegenteil bedeuten.«

Er legte den Kopf schief.

Und ich ergänzte: »Viele Frauen finden ihn attraktiv …«

Ich auch.

Irgendwie hatte ich ein bisschen das Gefühl, mich gerade um Kopf und Kragen zu reden, aber da erreichten wir auch schon das Tor am Eck.

Nate versuchte erst gar nicht, etwas an der Klinke auszurichten, weil das Vorhängeschloss zu solide aussah. Stattdessen drückte er prüfend gegen den alten Metallzaun. Fünf Meter neben dem Tor fand er eine

Stelle, wo sich die obere Verankerung gelöst hatte. Als er sich dagegen stemmte, entstand ein v-förmiger Spalt im Geländer.

Sein Blick maß mich von oben bis unten.

»Das müsste reichen, damit Sie durch können«, fand er.

Ich konnte ihn schlecht bitten, mit mir lieber bis zu einem offenen Tor zu laufen, nur weil ich seine Nähe schätzte. Und irgendwie passte es auch besser in den abenteuerlichen Rahmen der Parkwanderung, sich nun durch eine Lücke im Zaun zu zwängen.

Zum Glück bräuchte ich dafür nicht meinen Rock bis zum Hals hochzuraffen.

Ich schob mich an Nate vorbei, wobei ich ihm sehr nahe kam. Ich erschnupperte einen Hauch seines Aftershaves. Mm, sehr verlockend. Mit seinen eindeutig kräftigen Armen drückte er mir die Lücke auf, so weit es ging.

Und tatsächlich schaffte ich es, mich hindurchzuquetschen. Du liebe Güte, ich war wirklich draußen! Als würde man aus einer Seifenblase zurück in die reale Welt tauchen. Oder aus dem Gefängnis ausbrechen.

Nate benutzte denselben Fluchtweg, so dass wir beide wieder in der echten Welt landeten.

Unsicher stand ich vor ihm und fummelte am Riemen meiner Tasche. »Tja, nun, also … Danke.«

Ich wollte nicht, dass er schon gehen musste. Ich wollte nicht, dass der Abend mit ihm endete. Ich fühlte mich so wohl in seiner Nähe.

Er lächelte. »Ist ja noch mal gut gegangen, Ally.«

Ich nickte.

Es war nett mit dir.

Sollen wir einen Kaffee trinken?

Kann ich dich wiedersehen?

»Ich muss jetzt los«, erklärte er, bevor ich meine Gedanken in Worte fassen konnte. »Dort vorne ist gleich eine U-Bahn, falls Sie noch weiter müssen.«

Meine Hoffnung zerplatzte und ich räusperte mich, um zu überspielen, wie niedergeschlagen ich deshalb war. »Ja, dort fährt meine Linie.«

»Sehr gut.« Er nickte und wirkte erleichtert darüber, dass ich nicht allein im Dunkeln herumstromern würde.

»Danke noch einmal, Nate.« Ich streckte ihm zum Gruß meine Hand hin und er nahm sie und schüttelte sie sanft. Am liebsten hätte ich ihn ganz festgehalten.

»Alles Gute, Ally«, wünschte er mir. Einige Sekunden blickten wir uns in die Augen. Und dann, als ich das Gefühl hatte, dass sich die Zeit ausdehnen und alles um uns herum entrücken würde, ließ er meine Hand los und wandte sich ab.

Ich blickte ihm nach, wie er davonging.

Kapitel 4

Das mit der Wahrnehmung war eine eigenartige Sache. Eigentlich sah London nach der Begegnung mit Nate nicht anders aus als vorher. Aber als mein Wecker um sechs Uhr früh geklingelt und ich mich in meinem winzigen Badezimmer fertig gemacht hatte, war mir alles ein bisschen rosarot erschienen. Passend dazu hatte ich mir eine rosa Bluse zur schwarzen Stoffhose angezogen. Ich meine, mit einer weißen Bluse zur schwarzen Hose hätte ich wie eine Kellnerin ausgesehen und das wäre ganz sicher der falsche Look gewesen, oder?

Jedenfalls hatte mir auch mein Toast besser geschmeckt, der Anblick der Frisur meiner Mitbewohnerin hatte mir keine Kopfschmerzen bereitet und ich hatte ihr mit strahlendem Lächeln einen wunderschönen Tag gewünscht. Die fünf Minuten, die ich von der Wohnung zur U-Bahn laufen musste, waren mir trotz der noch fehlenden Sonne und des kühlen Nieselregens schöner denn je vorgekommen. Ich bekam sogar einen Sitzplatz in der *Tube*. Die einstündige Fahrtzeit ruckelte gemütlich an mir vorbei. In meinem Kopf spielte ich wieder und wieder die Begegnung mit Nate durch. Und so verrückt es auch war, ich hatte Schmetterlinge im Bauch bei dem Gedanken an einen Mann, mit dem ich dummerweise nicht einmal die Telefonnummern ausgetauscht hatte.

Aber ich würde ihn wiedersehen. Und wenn ich den nächsten Monat damit zubrächte, jede freie Minute an jener Stelle am Zaun zu warten, an der ich ihm begegnet war. Mir war nach singen und tanzen zumute, aber beides unterließ ich, während ich mich mit den anderen Berufstätigen durch den Londoner Pendelverkehr treiben ließ.

Sobald ich die U-Bahn-Station hinter mir gelassen hatte, rief ich Caitlyn an.

»Ja?«, nuschelte sie schläfrig und ich hörte sie etwas ausspucken. Dann lief der Wasserhahn und ich vernahm Spülgeräusche. »Ich putze gerade Zähne«, nuschelte sie zwischendurch.

»Ich bin verliebt«, trällerte ich.

»Was?« Ich hörte, wie ihr vor Schreck etwas herunterfiel. »Mist, das war mein Zahnputzbecher ... mit der Mundspülung.«

»Tut mir leid, aber es hat mich echt erwischt.«

Sie seufzte. »Wenn du jetzt auch noch 'nen Kerl hast, sehe ich dich ja überhaupt nicht mehr.«

»Na ja«, gab ich zu. »Ich bin nicht direkt mit ihm zusammen. Also eigentlich überhaupt nicht.«

Ich berichtete ihr von meinem nächtlichen Ausflug durch den Park und sie reagierte ähnlich geschockt wie Nate.

»Was? Du rennst dort nachts allein rum? Bist du verrückt? Hast du mal in den Spiegel geschaut? Man müsste blind sein, wenn man dich nicht überfallen würde.«

Jetzt lachte ich doch laut auf und wie mir an den aufmerkenden Blicken einiger Mitmenschen klar wurde, war ich die einzige Person weit und breit, die an diesem eigentlich doch eher tristen und von Nieselregen verhangenen Morgen lachte.

»Jetzt mach mal halblang. Du hast die Frauen hier noch nicht gesehen. Für die wurde der Begriff ›skinny‹ erfunden. Das ist die reinste Model-Landschaft. So als wäre man in einem überdimensionalen Miss-World-Camp. Ich weiß kaum, was ich anziehen soll.«

Diese Londoner Frauen steckten ihre schmalen Körper in Röhrenhosen oder fetzige Kleider und Röcke. Sie sahen richtig mondän aus. Unter ihnen fühlte ich mich ein bisschen altbacken. So als hätte man mich aus einer Folge *Der Doktor und das liebe Vieh* in die große Stadt geholt.

»Ach, jetzt hör aber auf!«, beschwerte sich Caitlyn.

»Ich schwör's dir. Vermutlich inhalieren sie zum Frühstück die *Vogue* oder die *Cosmopolitan*, statt etwas zu essen.«

»Ich muss im Laden einen blauen Verkaufskittel anziehen, wenn du dich bitte mal dran erinnern würdest. Und was daran toll sein soll, wenn Weiber keine Möpse und keinen Arsch haben, will mir auch nicht in den Kopf. Wehe, du lässt jetzt auch das Frühstück ausfallen!«

Ich grinste, während ich durch Notting Hill lief. Hier gab es viele bunte, kleine Reihenhäuser, die den Straßen ein fröhliches Aussehen verliehen. Und überall fand man Schaufenster mit schönen Auslagen. Vieles davon waren Schmuck- und Trödelläden, aber natürlich auch etliche Souvenirshops für die Touristen, die jetzt zu dieser frühen Stunde sicher alle noch in ihren Hotelbetten lagen.

»Nein, keine Sorge. Ich brauche mein Glas Milch und zwei Scheiben Toast, sonst bin ich kein Mensch.«

Außerdem wäre dann mein Blutdruck im Keller und das konnte ich als frischgebackene Berufstätige nicht gebrauchen.

»Okay, jetzt noch mal vom Toastbrot zu deinem Zuckerhasen. Was ist das für ein Typ?«

Ich ertappte mich dabei, wie ich einen schmachtenden Seufzer ausstieß. »Einer, der die Dinge angeht. Er hat keine Sekunde gezögert, mir zu helfen. Ein echter Gentleman eben. Und er sieht aus wie …«

»Ronan Keating. Ja, das hast du vorhin schon erwähnt. Mein Gott, das ist doch kein Grund, ohnmächtig zu werden.«

Ich grunzte. »Dein und mein Geschmack unterscheiden sich ja auch. Wenn ich dir gesagt hätte, dass er wie der junge Silvester Stallone gebaut wäre …«

»Oh ja!«, frohlockte Caitlyn sofort. »Männer mit Muskeln sind heiß. Männer mit extrem vielen Muskeln sind was zum Heiraten.«

»Also, ich weiß nicht. Das mit den Anabolika und Steroiden ist mir dann doch eine Spur zu unnatürlich.«

»Bla, bla, bla«, tat Caitlyn es ab. »Du weißt doch gar nicht, ob sie es nehmen. Jetzt stell dir mal so einen heißen Stallknecht in blauer Jeanslatzhose und ohne Shirt vor, wenn er dann diese Berge an Muskeln hat, und wie er sich den Schweiß von der Stirn wischt …« Sie ließ den Satz sehnsuchtsvoll in der Luft hängen. »So was wirst du in der Großstadt nirgends finden.«

Ihr Geschmack war mir hinlänglich bekannt und Jahr für Jahr schenkte ich ihr den *Heiße-Kerle-bei-der-Arbeit*-Kalender. Auf nicht wenigen der Männer landeten hinterher Lippenstiftspuren von Gute-Nacht-Küsschen.

Ich kicherte. »So was suchst du in Steeple Claydon aber auch vergebens.«

»Es gibt ja noch die Nachbardörfer. Du wirst schon sehen. Und dann bist du neidisch, wenn du nur mit diesem Ronan-Keating-Verschnitt rumfummeln kannst. Komm zurück und such dir lieber einen richtig kernigen Mann.«

Ich bog in die Portobello Road ein und konnte das *A Place to Remember* weiter vorne erkennen. »Vergiss es. Ich muss jetzt Schluss machen. Bin gleich da.«

»Oh je, oh je, ich drück dir die Daumen für deinen ersten Tag mit dem Stock-Popo-Mann.«

Ich schmunzelte, weil Caitlyn einfach für jeden Menschen auf dieser Welt einen Spitznamen erfand, der ihn ganz unverwechselbar machte: Stock-Popo-Mann, Ronan-Keating-Verschnitt, Donnerbusen-Dorothy, die blonde Bäcker-Betty oder den kürzlich verstorbenen Arthritis-Angus.

Wie wohl ihr Vorstellungsgespräch verlaufen wäre, falls sie gestern diesem Hugh Ward gegenübergesessen hätte?

»Wie wär's, wenn *du* lieber herkommst?«, schlug ich ihr vor.

»Träum weiter! Dafür ist es hier viel zu gemütlich.«

Und schließlich hoffte sie immer noch auf ihren Traumprinzen vom Lande, wo Männer noch echte Männer waren.

»Hab dich lieb, bye bye«, verabschiedete ich mich, als das *A Place to Remember* nur noch zehn Meter entfernt war. Ich steckte mein Handy ein, strich mir ein paar vereinzelte Haare aus dem Gesicht, die aus meinem französischen Zopf gerutscht waren, weil ich das mit den Haarklammern einfach nicht so mochte wie Elvira, und atmete tief durch.

Die Frage war im Grunde nicht, ob ich der Arbeit im Antiquitätengeschäft gewachsen war, sondern ob ich es mit Hugh Ward aushalten würde. Ich bläute mir ein, ihn auf keinen Fall versehentlich mit Stock-Popo-Mann anzusprechen, wappnete mich für einen Tag, an dem ich vermutlich Blut und Wasser schwitzen würde, und drückte die Tür zum Geschäft auf.

Das kleine Klingelglöckchen ertönte regelrecht fröhlich über mir. Lächelnd schaute ich wieder hoch, während ich die Tür zumachte.

»Ally?«, hörte ich plötzlich einen Mann hinter mir sagen und bekam Gänsehaut.

Es war nicht, weil Hugh Ward von meinem Spitznamen eigentlich keine Ahnung haben dürfte, sondern weil das eindeutig nicht seine Stimme war. Aber ich erkannte sie, diese herb-sanfte Stimme, die mich bis in meine Träume verfolgt hatte.

Verwundert und mit wildem Herzpochen drehte ich mich um. Ach, du lieber Himmel: Da stand wirklich *er*!

»Nate«, hauchte ich.

Dann fragten wir beide gleichzeitig: »Was machen Sie denn hier?«

Und ebenso gleichzeitig antworteten wir einander: »Ich arbeite hier.«

Daraufhin herrschte erst einmal Stille.

Ich spürte, dass meine Lippen zuckten, in dem Bemühen, irgendein sinnvolles Wort zu artikulieren.

Aber …

Was ...
Wie ...
Hä?

Plötzlich schien sich ein Wörterkarussell in meinem Kopf zu drehen. Mir wollte partout kein gescheiter Satz einfallen. Da stand Nate. Vor mir stand tatsächlich Nate. Mein Herz jubelte vor lauter Glück, aber im selben Moment erschien mir alles so unwirklich.

»*Sie* sind die Neue?«, fragte er perplex. Er deutete in meine Richtung. »Allison Mayfair?«

Ich nickte automatisch. »Ja, genau.«

Nate kam auf mich zu und streckte mir förmlich die Hand entgegen. »Nathan Ward.«

»Was?«, stammelte ich, während ich meine Hand in seine legte. Ich fühlte mich so benommen, dass er vermutlich das Gefühl hatte, eine lahme Fischflosse zu drücken.

Er machte eine umfassende Geste mit seiner Linken. »Das ist mein Geschäft.«

Ich runzelte die Stirn. »Aber gestern war doch ... da war doch ... also, dieser andere Mann ... Hugh Ward.«

Es fiel mir weiterhin schwer, normale Sätze zu bilden. Ich hatte einen waschechten Blackout. Zum Glück hatte er mich gestern bereits kennengelernt und wusste daher, dass ich reden konnte. Im Augenblick war ich bei meiner Begrüßung noch ungeschickter als gestern beim Vorstellungsgespräch, als ich eigentlich ihn erwartet und Hugh, den steifen Schnösel, angetroffen hatte.

Er zuckte halbseitig die Schulter. »Ja, das ist mein Cousin.«

»Oh«, hauchte ich und nahm zur Kenntnis, wie er meine Hand losließ. Es kam mir verfrüht vor, obwohl er sie deutlich länger, als es üblich gewesen wäre, gehalten hatte.

»Das *A Place to Remember* ist ein Familienbetrieb.«

Ich räusperte mich. »Toll. Ähm, das ist ganz toll.«

Was redete ich denn da?

Der Typ war furchtbar gewesen.

»Ich hätte jetzt gar keine Ähnlichkeit erkannt«, faselte ich weiter und hätte mir im selben Moment gerne in den Hintern getreten, denn Nate war nicht mehr mein Nate von gestern. Der Mann, der meine Hormone angeregt hatte. Nein, er war mein Boss. Von allen Menschen in London musste er es sein!

Zum Glück schien ihn mein Kommentar eher zu amüsieren. »Da bin ich froh.«

Verwirrt legte ich den Kopf schief. Ob Nathan ihn auch nicht mochte?

»Na, kommen Sie, Miss Mayfair, ich führe Sie mal herum.«

Miss Mayfair?

Was war aus Ally geworden?

Ich hätte ihm gerne angeboten, mich weiter so zu nennen. Allerdings lag es nun eindeutig an seiner Person, solche Dinge vorzuschlagen. Er war mein Vorgesetzter! Das wollte einfach nicht in meinen Kopf gehen.

»Das *A Place to Remember* ist ein Traditionshaus. Ich habe es von meinem Vater übernommen und führe nun das Geschäft. Hugh …« Er machte ein Pause und betrachtete eine Schneekugel, als würde er sie zum ersten Mal sehen. »… Nun, er kümmert sich um die Finanzen. Sie werden nicht viel mit ihm zu tun haben.«

»Okay«, sagte ich artig, während ich innerlich vor Erleichterung aufseufzte.

Puh.

»Dann …« Zaghaft benetzte ich meine Lippen. »Dann werde ich stattdessen Sie viel sehen?«

Er nickte. »Ich bin ständig hier, außer wenn ich Ankäufe tätige. Gestern war ich bei einer Nachlassversteigerung. Deshalb ist Hugh beim Vorstellungsgespräch eingesprungen, obwohl er nicht besonders viel Lust darauf hatte.«

Ob er deshalb so gelangweilt gewirkt hatte?

Nathan führte mich durch sein Geschäft. Es war zweistöckig. Im unteren Teil befanden sich auch größere Möbelstücke, allerdings nicht mehr so viele, wie das früher wohl einmal üblich gewesen war. »Sie laufen nicht mehr so wie vor zehn Jahren. Da hätten Sie für dieses Stück …« Er deutete auf einen Sekretär. »… gut und gerne das Dreifache verlangen können.«

»Wow, ehrlich?«

Er wandte sich zu mir um und wölbte eine Braue. Es war das erste Mal, dass ich eine Art Familienähnlichkeit zu seinem Cousin ausmachen konnte. »Hugh erwähnte schon, dass Sie von Antiquitäten nicht viel verstehen, aber das macht nichts. Für Fachgespräche bin ich zuständig und alle Artikel sind mit einem Preis beschriftet, den ich festlege. Sie müssen also keine Wertschätzungen vornehmen.«

Ich lächelte. »Das musste ich im Supermarkt auch nicht. Da sind die Preise bereits im Vorfeld erfasst worden.«

Es wäre ja auch noch schöner gewesen, wenn Caitlyn und ich die Preise der Supermarktprodukte selbst festgelegt hätten.

Im Geiste sah ich uns schon mit dem Preisauszeichner durch die Regale tigern.

»*Komm, heute verkaufen wir die Tomaten mal zum halben Preis.*«

»*Ja, Caitlyn, das wird lustig.*«

Nathan erklärte mir, wo Bilderrahmen, Geschirr, Besteck, Lampenschirme und andere Antiquitäten in seinem Geschäft zu finden waren. Das würde mir später helfen, wenn Kunden mich danach fragten.

Eine Holztreppe mit gedrechseltem Geländer führte in den oberen Stock. Hier befand sich eine Art Empore, so dass man einen entzückenden Blick auf den unteren Bereich hatte. Nathan hatte einige Farne am Geländer aufgehängt und er erklärte mir auch, wie sie zu gießen waren.

»Mit einer Kasse können Sie aber umgehen, oder?«, erkundigte er sich, als wir wieder hinabstiegen. Im hinteren Teil des Ladens lag der Kassenbereich. Nate besaß sogar noch eine dieser alten Registrierkassen, also ließ ich mir die Handhabe schnell von ihm erklären. Im Supermarkt hatte ich immer nur alles über den Scanner ziehen brauchen. Aber es war kein Hexenwerk und das glockenhelle Pling, wenn die Geldschublade aufsprang, war ebenso entzückend wie das schellende Türglöckchen.

»Hier hinten ist mein Büro«, erklärte er und deutete auf eine von drei Türen.

»Ja, ich kenne es. Dort hat das Vorstellungsgespräch stattgefunden.«

Er nickte und zeigte auf die zweite Tür. »Dort drin ist die Mitarbeitertoilette. Ich hoffe, es ist okay für Sie, dass es nur die eine gibt.«

»Sicher. Zu Hause waren wir zu fünft und hatten auch nur ein Badezimmer.« Und damit er besser verstand, was für ein logistisches Problem das dargestellt hatte, fügte ich an: »Ich habe zwei Schwestern.«

Mit vier Frauen und meinem Papa im Haus war Trubel vorprogrammiert gewesen. Deshalb hatte ich in meinem alten Zimmer einen kleinen Frisiertisch stehen gehabt, wie man ihn aus alten Filmen kannte. Dort hatte ich mich in Ruhe schminken und meine Haare bürsten können. Bloß für die Dusche und die Toilette hatte ich mich noch mit den anderen einigen müssen.

Deshalb war mein eigenes Badezimmer in der neuen Wohnung ganz toll, egal wie winzig es war.

Nathan nickte nur. »Verstehe.«

Ich hoffte mal, dass es ihn nicht störte, dass ich in Steeple Claydon noch zu Hause gewohnt hatte. Auf dem Land bei uns war das nun einmal üblich.

»Dort ist das Lager«, informierte er mich, als er die dritte Tür öffnete.

Hier gab es viele Kisten und Regale. Zwar fehlte ein Fenster, aber die Lampenleisten an der Decke waren hell genug, wenn es auch leider keine so antiken Schätze wie vorne im Ladenbereich waren, wo überall Lampen mit echten Lampenschirmen von den Decken baumelten. Manche waren aus geblümtem Glas im Jugendstil.

»Hier lagere ich die Neuware. Dort drüben können Sie Sachen deponieren, wenn Sie vorne mal etwas freiräumen sollen. Es bietet sich einfach an, die Auslagen von Zeit zu Zeit neu zu gestalten.«

Was er sagte, ergab alles Sinn. Allerdings nahm ich vor allem ihn wahr und weniger die Kisten um uns herum.

»Danke noch einmal für gestern«, erklärte ich mit belegter Stimme. »Sie hatten es so eilig und ich habe

Ihnen gar nicht sagen können, wie nett ich fand, was Sie für mich getan haben.«

»Das ist kein Problem, Miss Mayfair, aber ich hoffe, dass Sie weitere nächtliche Spaziergänge im Park unterlassen.« Irgendwie hörte er sich förmlicher an, seit uns beiden bewusst geworden war, dass er ab sofort mein Chef sein würde.

Innerlich spürte ich einen Stich in der Brust, aber dies war mein erster Tag hier im Laden, noch dazu auf Probe. Ich musste unbedingt einen guten Eindruck hinterlassen. Nathan schien es professionell angehen zu wollen. Doch wenn ich mitspielte und mich gut anstellte, dann würde er meinen Vertrag verlängern und ich würde noch oft die Gelegenheit dazu bekommen, ihn besser kennenzulernen. So steif sich unser Gespräch auch gerade anfühlen mochte, gleichzeitig erschien es mir das größte Glück auf Erden zu sein, dass ich nun täglich in seiner Nähe sein könnte.

»Wie sind denn meine Arbeitszeiten?«, erkundigte ich mich. »Soll ich morgen früher kommen? An welchen Tagen brauchen Sie mich und wie lange?«

Er schien froh darüber zu sein, dass ich unsere gestrige, eindeutig private Begegnung nicht weiter vertiefte. »Kommen Sie ruhig weiter um halb neun. Wir öffnen erst um zehn. Ich brauche Sie, bis der Laden um sieben schließt. Dazwischen können Sie eine Stunde Mittagspause machen. Außerdem ist es wichtig, dass Sie samstags hier sind. Dann ist am meisten los. Dafür haben Sie mittwochs frei.«

Das hörte sich perfekt an, weil ich schließlich meine Miete finanzieren musste. Und lange Arbeitstage bedeuteten überdies mehr Zeit bei ihm.

»Das ist prima«, stimmte ich zu. »Und falls Sie mich für Überstunden brauchen sollten, ist das auch in Ordnung. Ich habe hier keine Familie oder Verpflichtungen, also kann ich jederzeit einspringen.«

Jetzt lächelte er wieder. »Sehr gut.«

»Soll ich vorne mal durchfegen, bevor wir öffnen? Oder irgendwas abstauben?«

Er nickte. »Gerne. Dann kann ich hier hinten die Sachen durchgehen. Für die Schaufensterscheiben habe ich Fensterputzer, aber drinnen wäre es gut, wenn wir uns die Arbeit teilen könnten.«

Nathan zeigte mir, wo sich im Lager der Abstellschrank für Putzutensilien befand, und ich machte mich ans Werk, um für ihn so unersetzlich wie möglich zu werden.

Kapitel 5

»Er ist was?«, krähte Caitlyn, als ich ihr in meiner deutlich verspäteten »Mittagspause« von der neuesten Entwicklung berichtete, während ich einen Dönerimbiss in der Nähe des Geschäfts ausprobierte. Es war vier Uhr vorbei, nachdem uns ein Strom von Kunden überfallen hatte, und ich war mehr oder weniger ins kalte Wasser gesprungen und war Nathan so gut es ging zur Hand gegangen. Er hatte mir mehrfach erlaubt, trotzdem Pause zu machen, aber mir war es lieber gewesen, Eifer und Pflichtbewusstsein an den Tag zu legen.

Inzwischen hatte es angefangen, in Strömen zu schütten, und ich hatte nicht allzu weit laufen wollen.

»Mein neuer Boss.«

»Der Kerl aus dem Park?«

»Mhm«, murmelte ich nickend, während ich meinen Dönerteller bezahlte.

»Das ist ein Scherz.«

»Nein«, erwiderte ich vergnügt und drückte mich in die letzte freie Ecke an einen Stehtisch. Der Imbiss war nicht wirklich dafür ausgelegt, dass die Kunden in großer Zahl drinnen aßen, doch bei dem schlechten Wetter taten es die meisten. Immerhin konnte ich aus dem Fenster nach draußen schauen und die vielen Menschen beobachten, die ungeachtet des Wetters noch durch Notting Hill stromerten.

»Ja, wow, habt ihr euch geküsst?«

Ich grunzte undamenhaft. »Schön wär's. Er ist ganz förmlich geworden, als er gemerkt hat, dass ich für ihn arbeite.«

Ich hörte, wie Caitlyn schwer den Atem ausstieß, doch sie schwieg sich aus.

»Was?«, bohrte ich nach.

»Süße«, hob sie an und klang dabei, als würde ich sie unter Folter zu einer Antwort zwingen, »meinst du nicht, dass du das vielleicht euphorischer siehst als er? Du findest ihn toll, aber er geht auf Distanz. Ich will echt nicht unsensibel klingen, aber es könnte besser sein, wenn du dich nicht zu sehr in die Sache hineinsteigertest.«

Während sie sprach, braute sich in meinem Magen ein flaues Gefühl zusammen, und schlagartig war mein Appetit vergessen.

Steigerte ich mich zu sehr hinein?

Möglich.

Im Grunde hatte ich mich in das komplette Londonprojekt hineingesteigert. Aber manchmal musste man einfach Dinge wagen, wenn sie sich richtig anfühlten. London hatte sich bisher richtig angefühlt. Das *A Place to Remember* war mir sofort ans Herz gewachsen. Und ja, Nate auch. So, als wäre unsere Begegnung irgendwie Schicksal gewesen. Als würden sich alle Teile eines Puzzles plötzlich zu einem ganz wundervollen Bild zusammenfügen, das ganz viel Sinn ergab. Als würde man auf einem vorgegebenen Pfad wandeln.

»Vielleicht will ich mich aber hineinsteigern«, wandte ich ein. »Er ist so toll. Ich meine wirklich toll. Du weißt schon: Kismet.«

»Oi!«, machte Caitlyn. »Du und dein Kismet-Schicksals-Vorherbestimmungsgerede …«

»Das ist jetzt dreifach gemoppelt.«

Aber sie ging gar nicht auf meinen Einwand ein. »Kismet wird dich nicht trösten, wenn es nicht klappt. Nein, das macht dann wieder die liebe Caitlyn.«

»Haha.«

»Ernsthaft. Du bist zu blauäugig. Zu rosarotbrillig …«

»Ich glaube nicht, dass es das gibt.«

»Vielleicht ist er schwul. Vielleicht ist er in festen Händen. Vielleicht steht er mehr auf Donnerbusen-Dorothys. Vielleicht fängt er grundsätzlich nichts mit Angestellten an. Vielleicht ist er wie George Clooney vor seiner Heirat: ein ewiger Junggeselle …«

»Ja, das ist ein super Beispiel«, stimmte ich ihr zu, weil das doch nur bewies, dass selbst der eingefleischteste Junggeselle nicht vor der Liebe gefeit war.

»Ach«, seufzte Caitlyn. »Du hörst ja eh nur, was du hören willst. Also, ich drück dir die Daumen. Schick mal ein Bild von deinem Schnuckel rüber. Und falls es doch nicht klappt, hast du meine Nummer. Ja, du hast sogar meine Anschrift und die deiner Eltern, von denen ich weiß, dass sie dein altes Zimmer für dich freihalten.«

Das war nun wirklich nicht gerade ermutigend.

»Glaubt eigentlich irgendjemand von euch an meine ›Auswanderung‹?«

»Tja, ich sag's mal so: Von Florence Nightingale einmal abgesehen, die mal hier war und dann wieder weitergezogen ist, gibt es keine anderen bekannten Namen aus Steeple Claydon, die es irgendwo außerhalb zu etwas gebracht hätten.«

Mit mäßigem Interesse stupste ich meinen Dönerteller an. »Ich will ja nicht berühmt werden. Und wenn man in Steeple Claydon bleibt, gelingt einem das ohnehin nicht.«

»Ha! Denk nur an Bob, unseren Zahnarzt. Der ist noch da und er ist noch drei Grafschaften weiter für seine Weibergeschichten bekannt.«

Toll.

»Ich meine ja nur: Wir sind noch hier und wir sind immer für dich da.«

»Danke.«

Wieso nur wurde ich das blöde Gefühl nicht los, dass Caitlyn bereits versuchte, mich zu trösten, obwohl ich mir noch gar keinen richtigen Korb eingefangen hatte?

Wir verabschiedeten uns und am Ende nahm ich nur zwei Happen von meinem Teller. Dabei war es vermutlich lecker, doch mir kam es vor, als würde ich Pappe kauen. Ich wollte lieber an das Schicksal glauben, und daran, dass der positive Eindruck, den ich von Nate hatte, noch viel weiter reichen würde.

Ich hatte mich verknallen wollen und es war mir schlagartig gelungen. Aber ob das nun gut war?

Ich vergrub mich in meiner Jacke und eilte hinaus in den Regen. Keine zwei Minuten später erreichte ich das Geschäft. Für die bunten Hausfassaden hatte ich diesmal keine Augen gehabt.

Dafür fiel mir nun sofort etwas anderes ins Auge. Die Tür zum Büro war offen und eine elegante, blonde Frau stand dort und unterhielt sich sehr vertraut mit Nate. Sie hielten sich bei den Händen, nickten und lächelten einander an. Dann drückten sie sich auf eine Weise, wie es Paare taten, und sie hauchte ihm mit geschlossenen Augen einen sanften Kuss auf das Ohr, während sie ihm etwas zuflüsterte.

Mein Herz sank im freien Fall, bis es auf dem Boden zerbrach.

Oh Gott, Caitlyn hatte recht gehabt. Er war vergeben! Und nicht nur das: Hinter den beiden saß ein Junge an Nates Schreibtisch.

Aber …

Aber das war doch …

Das konnte doch nicht …

Die Eindrücke drangen nur widerwillig in meinen Kopf ein. So, als würden sie erst durch die alte Registrierkasse laufen müssen.

Nate hatte eine Familie.

Es war so falsch, dass ich ihn für mich wollte.

So falsch, dass ich ihn insgeheim noch Nate nannte.

So falsch.

Das alles war so furchtbar falsch. Das Glück, das ich heute Vormittag noch empfunden hatte, stürzte der Länge nach hin. Mir war plötzlich ganz elend zumute und ich wusste nicht, wie ich die Zeit bis zum Feierabend überstehen sollte, ohne mir meine Bestürzung anmerken zu lassen.

Die blonde Frau hingegen war ganz entspannt. Ihr dramatisch rot geschminkter Mund lächelte, als sie sich von Nathan, den sie sicher nicht bloß *Nate*, sondern *Darling* nennen durfte, abwandte. Sie kam auf mich zu, nickte kurz und huschte dann zur Tür hinaus. Natürlich hatte sie einen tollen Schirm dabei, der ebenso elegant aussah wie sie selbst.

»Ah, Miss Mayfair«, rief Nathan mir zu.

»Ja, Mister Ward?« Meine Erwiderung klang etwas erstickt, doch womöglich dachte er, dass ich durch den Regen gelaufen und nun außer Puste war. Oder er dachte sich überhaupt nichts dabei, weil er mich nicht halb so sehr in Augenschein nahm wie ich ihn.

»Kommen Sie bitte mal her?«

Er winkte mich heran und meine Füße setzten sich gehorsam in Bewegung, während mein Innerstes außer Betrieb war.

»Das ist mein Sohn Jonas. Er ist fast jeden Tag nach der Schule hier, um zu lernen oder ein bisschen zu malen, bis ich fertig bin.«

Sein Sohn. Er hatte wirklich einen Sohn. Und natürlich eine perfekte Frau, an die ich in hundert Jahren nicht heranreichen würde. Doch das spielte auch keine Rolle mehr, weil ich niemals versuchen würde, mit einer verheirateten Frau zu konkurrieren.

Ich war schlichtweg der Meinung, dass es eine Frage des Anstands war, sich nicht in Familien einzumischen. Erst recht nicht, wenn Kinder da waren. Nathan Ward war sowohl Ehemann, als auch Familienvater. Damit war er ab sofort tabu.

Leider hatte ich keine Ahnung, wie ich das meinem Herzen beibringen sollte.

Die Schmetterlinge in meinem Bauch hatten sich jedenfalls schon mit Blei beschwert und den Freitod gewählt.

»Jonas, das ist Miss Allison Mayfair, die seit heute hier arbeitet.«

Der kleine Junge war vielleicht acht oder neun Jahre alt und er war seinem Vater wie aus dem Gesicht geschnitten. Nur noch süßer. Er hatte diese großen blauen Kulleraugen, wie man sie aus Trickfilmen kannte. Ja, oder von Frodo, dem Hobbit aus den *Herr-der-Ringe*-Filmen.

Ich zwang mir ein Lächeln auf mein Gesicht. »Du kannst mich Ally nennen.«

Er nickte schüchtern und blieb stumm.

»Fein«, gab ich mich heiterer, als ich war.

Jonas sah irgendwie verloren aus, wie er da hinter dem riesigen Schreibtisch auf dem Chefsessel hockte. Hugh Ward, der demnach eine Art Onkel von dem Kleinen war – und dafür bedauerte ich den Jungen wirklich –, hatte den Platz nicht nur ausgefüllt, sondern regelrecht schrumpfen lassen. Aber Jonas zeigte nichts von diesem elitären Selbstbewusstsein.

Sogar Nathan, der mir als liebenswert bodenständig aufgefallen war, wirkte neben dem Jungen geradezu extrovertiert.

Nathan zog mich kurz zur Seite und ich fühlte mich schäbig dabei, weil mir seine Berührung einen wohligen Schauer durch den Körper trieb. Solche Gefühle waren von nun an vollkommen unangemessen.

Als wollte ich meinen Gefühlsfauxpas geradebiegen, sah ich ihn besonders förmlich an. »Ja, Mister Ward?«

»Jonas ist etwas scheu. Bedrängen Sie ihn bitte nicht. Er kann mit Veränderungen nicht sehr gut umgehen.«

»Sie meinen, weil ich neu hier bin?«, vergewisserte ich mich.

Hoffentlich würde der Junge mich nicht total ablehnen. Das wäre dann wie ein kollektiver Familienkorb. Aber es wäre vor allem auch furchtbar schade, weil ich Kinder sehr gerne mochte und Jonas besonders niedlich fand.

»Ja, weil Sie neu sind«, stimmte Nathan zu. »Seine Hausaufgaben macht er schon in der Schule. Wenn er hier mit seinen Übungen fertig ist, malt er viel. Er ist gerne in seiner eigenen Welt.«

Oh.

Hm.

Hoffentlich war er nicht autistisch oder so. Es täte mir leid, wenn er eine tiefgreifende Entwicklungsstörung hätte.

»Malen ist toll. Ich werde ihn nicht stören«, versprach ich.

»Gut.« Nathan nickte und wiederholte sehr nachdenklich: »Gut. Ich werde manchmal weg müssen, wenn ich Aufträge habe. Nicht in den nächsten Tagen, keine Sorge. Aber es wäre leichter, wenn Jonas dann hierbleiben könnte. Natürlich könnte ich auch Emma anrufen, aber sie ist Maklerin und hat gerade nachmittags und abends viel zu tun, wenn ihre Kunden Feierabend machen.«

Also hatte er eine Erfolgsfrau. Es fiel mir schwer, nicht neidisch auf sie und ihr Gesamtpaket zu sein: ihr gutes Aussehen, den tollen Mann, das süße Kind, ihre Karriere. In meinem Kopf formte sich das Bild einer Frau, die alles hatte. Diese Emma Ward schüchterte mich weit mehr ein als Hugh Ward. Wenn Caitlyn einen Spitznamen für sie finden müsste, würde sie Emma vermutlich als Eiskönigin bezeichnen. Denn sie erschien so makellos, dass es kühl wirkte.

»Hugh hat noch weniger Zeit und ich bitte ihn nicht gerne um Gefallen. Und Jonas' Großvater, mein Vater, ist schon etwas gebrechlich.«

»Nein, das wird nicht nötig sein. Ich bin ja da«, beteuerte ich.

Ich hoffte inständig, dass ich mit Jonas klarkommen würde. Wenn der Junge mich mochte, könnte das helfen, dass ich für länger hier arbeiten durfte.

Apropos …

»Meinen Sie denn …« Ich räusperte mich. »Gestern hieß es, ich würde heute meinen Arbeitsvertrag bekommen.«

»Ach so, ja.« Nathan nickte. »Ich habe die Unterlagen vorbereitet. Kommen Sie.«

Er führte mich zurück ins Arbeitszimmer, wo Jonas gerade vor einem aufgeschlagenen Buch saß und angestrengt über eine Aufgabe nachdachte. Dann kritzelte er sich ein paar Notizen in sein Lernheft. Mir fiel auf, dass er Linkshänder war. Er hatte die typischen, verwischten Tintenflecken an seiner Schreibhand, die immer schon über das frisch Geschriebene rieb, bevor es getrocknet war.

»Hier«, riss mich Nathan aus meinen Gedanken. Er hatte einen Vertrag aus einer Schublade entnommen und ihn mir hingelegt.

Ich musste um den Tisch herumgehen. Er schien kein Problem damit zu haben, dass ich dadurch auf seine Seite des Tisches kam. Die Chefseite. Von hier aus fiel mir auch sofort die Fotografie ins Auge, die neben seinem Computer stand. Gestern hatte ich nur die Rückseite des Bilderrahmens gesehen und angenommen, dass Hugh Ward dort ein Foto von sich selbst aufgestellt hatte – etwa wie er summa cum laude seinen Abschluss verliehen bekam –, doch jetzt erkannte ich, dass es ein Familienfoto war. Es zeigte Nathan, Emma und Jonas, wie sie einander im Arm hielten und lachten. Sie sahen glücklich aus. So glücklich, dass es wehtat.

»Ich habe den Vertrag für sechs Wochen ausgestellt«, erklärte er und zeigte mir die betreffende Stelle. »In dieser Zeit können Sie keinen Urlaub nehmen. Hier steht Ihr Stundenlohn.« Sein Finger huschte über das Papier. »Wenn Sie sich gut machen, werden Sie etwas mehr bekommen.«

Ich nahm die Summe erleichtert zur Kenntnis.

»Dort müssten Sie unterschreiben.« Er hielt mir einen Kuli hin.

Aus dem Augenwinkel sah ich, wie Jonas uns beobachtete. Ich schaute in seine Richtung und lächelte ihn an. Der Junge schaute schnell weg und widmete sich wieder seinem Schulbuch.

Mit fahriger Hand unterschrieb ich den Vertrag.

Kapitel 6

Als ich weit weniger spät nach Hause kam als gestern, traf ich meine Mitbewohnerin Elvira in der Küche an. Sie trug ein marineblaues Kostüm und hatte sich Wollstrümpfe über ihre Feinnylons gezogen, weil die Küchenfliesen immer recht kalt waren.

Sie stand da und brühte sich Instantkaffee auf.

»Hallo«, grüßte ich sie erschöpft.

»Nanu«, wunderte sie sich. »Was ist denn aus ›*Ich wünsche dir einen wundervollen, tollen Tag*‹ geworden?«

Eigentlich redeten wir nicht viel miteinander. Aber sie war höflich genug für Smalltalk, wenn man sich über den Weg lief. Elvira war ähnlich mager wie viele andere Frauen in der Stadt, aber das war kaum verwunderlich, weil sie künstlichen Bohnenkaffee für vollwertige Nahrung hielt. Ansonsten wirkte sie wie eine graue Maus. Ihr Zopf saß noch immer tadellos streng nach hinten gebunden.

»Nichts weiter.«

Sie nickte. »Liebeskummer?«

Wow.

War sie ein menschliches Gefühlsbarometer?

Sensibel war sie dagegen nicht unbedingt.

»Kann sein«, gab ich schulterzuckend zu und nahm mir von der Vollfettmilch aus dem Kühlschrank. Dazu lud ich mir drei Löffel Schokopulver ins Getränk, was Elvira von Löffel zu Löffel mit größeren Augen quittierte.

Sie klammerte sich an ihre Kaffeetasse, als könnte sie sonst vom rechten Ernährungsweg abkommen. Im Herzen war sie sicher eine Schokoladenliebhaberin.

»Tja, nur Fakten und Akten sind das Wahre«, beschied sie. »Gefühle stehen einem bloß im Weg.«

Ich würde sie ja mit einem Roboter verkuppeln, aber irgendwie verfehlte das den Sinn der Sache.

Das Thema Gefühle schien für sie abschließend geklärt zu sein. Stattdessen fand sie meinen neuen Job wesentlich spannender. »Wo arbeitest du jetzt noch mal?«

»In einem Antiquitätengeschäft in Notting Hill.«

»Hm.« Sie schlürfte an ihrem Kaffee. »Als was genau?«

»Als Verkaufshilfe.«

Für einen Moment sah sie aus, als hätte sie sich am Getränk verbrüht. Etwas, das mir mit meiner kalten Schokomilch nicht passieren konnte. Doch dann wurde mir klar, dass sich ihr Gesichtsausdruck nicht darauf bezog. »Und dann gehst du da so hin?«

Ich zupfte an meiner Bluse und blickte an mir herunter. Dabei hielt ich das Glas etwas zu schief und kleckerte mir braune Milch über die Kleidung. »So ein Mist!«

Hektisch stellte ich das Glas ab, riss drei Blatt Krepp von der Küchenrolle ab und tupfte damit an mir herum.

»Nicht so schlimm«, fand Elvira. »Du solltest eh was anderes anziehen.«

Was blieb mir jetzt auch groß übrig?

Und natürlich wollte ich nicht an zwei Tagen hintereinander in derselben Kleidung ins Geschäft gehen. Das wäre später mal in Ordnung, wenn ich schon ein paar Monate dort arbeiten würde, aber jetzt am Anfang zählte ein guter Eindruck doppelt und dreifach. Leider gehörte das Auftragen der Wäsche vom Vortag nicht unbedingt in die Pluspunktkategorie.

»Was ist so schlimm an der Bluse?«, wollte ich trotzdem von ihr wissen.

»Nichts, wenn du Karten im Kino abreißen würdest. Aber für ein Antiquitätengeschäft in so einer Lage solltest du dich seriöser kleiden und nicht wie eine Schülerin, die versucht, professionell auszusehen, während sie sich was zum Taschengeld dazuverdient.«

Entgeistert hielt ich im Tupfen inne und blickte zu Elvira auf. Sie sah ganz ungerührt aus. Weder als hätte sie es böse gemeint, noch als würde sie auch nur im Entferntesten merken, wie kränkend sich das anhörte. *Fakten und Akten*, rief ich mir ihr Lebensmotto in Erinnerung.

Toll, der Mann, in den ich mich verschossen hatte, war in festen Händen, meine Mitbewohnerin war ein gefühlskalter Faktenroboter und meine Eltern lauerten nur darauf, dass ich zurück in mein altes Kinderzimmer zog. War die Welt nicht schön?

Nun, sie war es heute früh noch gewesen.

Wäre ich bloß nicht im Park spazieren gegangen. Nicht, weil das nachts angeblich so gefährlich war, sondern weil ich dann jetzt nicht diese emotionale Tauchfahrt durchstehen müsste. Ich hätte mich nie in Nathan verguckt, weil er mir nie ohne zu zögern zu Hilfe geeilt wäre wie ein schillernder Ritter aus einem Märchen. Er hätte sich mir von Anfang an nur förmlich vorgestellt und ich hätte seine Familie kennengelernt, lange bevor Gefühle aufgekommen wären.

Und es hätte mich jetzt nicht so schwer getroffen, dass Elvira meine Kleidung abstrafte, weil mein Nervenkostüm dicker gewesen wäre.

Im Moment machte ich mir viel zu viel aus ihren Worten.

»Was schlägst du vor?«, fragte ich matt, weil mir im Grunde jede Hilfe recht war, um in London nicht als Landpomeranze aufzufallen.

»Na, ein Kostüm!«, gebot sie feierlich und deutete an sich hinab. »Mit schwarz oder marineblau macht man nie etwas falsch. Du wirkst sachlich, seriös und kompetent. Du kannst es bei der Arbeit tragen und zum Feierabend. Ich hatte das hier schon im Gericht an, genauso wie als Gast auf einer Hochzeit oder zu einer Beerdigung. Da habe ich es allerdings in schwarz getragen.«

»Toll, das ist …« Ich kramte in meinem Kopf nach einer anerkennenden Äußerung. »… wirklich vielseitig.«

»Ja, absolut.« Sie pustete in ihre Tasse, nippte am Kaffee, dessen schwerer Duft den Raum erfüllte, und legte nachdenklich den Kopf schief. »Ich habe noch ein paar alte Kostüme in einer Nummer größer. Die trage ich nicht mehr, weil ich auf meine Figur achte. Aber dir müssten sie passen.«

»Spitze«, antwortete ich automatisch, bevor mir die Bedeutung ihrer Worte klar wurde.

Äh …

Was?

»Da ich ein Stück größer bin als du, sollte dir eine Konfektionsgröße mehr ausreichen.«

Im Klartext: Sie fand, dass sie gleich zwei Nummern kleiner trug als ich.

Das waren die Komplimente am Abend, die man nach einem Tag wie diesem so dringend brauchte wie ein Loch im Kopf.

»Sekunde«, beschied sie, stellte ihren Kaffee ab und huschte in ihr Zimmer.

Ich starrte in meine Vollfettmilch, dachte an den kaum gegessenen Döner und zuckte die Schultern, bevor ich das Glas komplett leerte, einfach, weil ich das jetzt brauchte.

Ah, war das gut.

Nimm das, Size Zero!

Himmel, ich war doch eigentlich schlank, aber diese *Stepford*-Frauen wie Emma Ward oder meine überdisziplinierte Mitbewohnerin vermittelten mir den Eindruck, als sei ich ein moppeliger Hamster, der optisch versuchte, sein Taschengeld an der Kinokasse aufzubessern.

Ich ging mich besser mal erschießen. Dafür bräuchte ich nicht einmal eine echte Knarre. Wofür machten die Leute überhaupt so ein Gewese um Waffen? Im Baumarkt gab es ganz unkompliziert Nagelpistolen zu kaufen. Die waren nicht schön, aber sie würden es zur Not auch tun.

Bevor ich herausfinden konnte, ob entlang der *Central Line* ein Baumarkt lag, tauchte Elvira wieder auf und hatte drei Kostüme über ihren Arm geworfen.

»Hier, die leihe ich dir. Schütte bitte keine Milch drüber«, instruierte sie mich, als würde ich das ständig tun. »Wenn sie dir gefallen, kannst du sie mir günstig abkaufen.«

Akten und Fakten. Hier wurde nichts verschenkt, sondern verliehen und verkauft. Allerdings passte das irgendwie zu ihr. Sie war so akkurat und ordentlich und damit sicher perfekt in ihrem Job als Gerichtsdienerin.

Und weil sie außerdem die Emotionalität eines Aktenschranks besaß, würde sie es gewiss auch nicht persönlich nehmen, falls ich ihr die Sachen letztlich doch nicht abkaufte. Trotzdem würde ich ihrem Outfit eine Chance geben. Diese Emma Ward hatte ziemlich herausgeputzt ausgesehen und auch Nathan trug zumindest schicke Hemden und Stoffhosen, wenngleich sein Sakko die meiste Zeit des Tages über der Stuhllehne gehangen hatte.

Da ich mich sowieso umziehen musste, schlüpfte ich probehalber in eines von Elviras durch und durch blaue Kostüme. Es passte tatsächlich einigermaßen, was irgendwie ein bisschen schade war, weil es mir eine Genugtuung gewesen wäre, wenn Elvira sich in ihrer Konfektionsvorstellung getäuscht hätte.

Leider war ich kleiner als sie, so dass die Rocklänge an mir etwas bieder anmutete. Die eingenähten Schulterpolster halfen auch nicht gerade. Ich hatte das bisher für eine Modesünde der Achtziger gehalten und fühlte mich ein bisschen wie ein Footballspieler. Aber das musste nicht schlecht sein, denn ich sollte wirklich nicht aussehen, als würde ich mit meinem vergebenen Boss flirten wollen.

Als Elvira mich in ihrem Fummel sah, nickte sie anerkennend.

»Viel besser«, beschied sie.

Natürlich war sie in ihrer Meinung nicht wirklich neutral, also machte ich ein Selfie vor dem Spiegel und schickte es an Caitlyn weiter.

Dazu tippte ich ihr ein paar kurze Zeilen, dass sie recht gehabt hätte und dass Nathan eine Frau und einen Sohn hatte. Dann fragte ich sie nach ihrer Meinung zu dem Kostüm.

Doch sie dachte nicht daran, mit einer SMS zu antworten. Stattdessen bimmelte mein Handy los.

»Oh, da muss ich rangehen«, entschuldigte ich mich bei Elvira, die das kein bisschen störend fand.

Sie spülte ihre Kaffeetasse aus und verschwand mit einem »Gute Nacht« in ihrem Zimmer. Ich wusste, dass sie sehr gewissenhaft war und dass sie sich immer pünktlich um neun Uhr schlafen legte. Jetzt war es fünf vor neun. Es war erstaunlich, dass wir überhaupt so viele Minuten miteinander geredet hatten.

»Ja?«, nahm ich Caitlyns Anruf entgegen und zog mich ebenfalls in mein Zimmer zurück. Es war klein, aber mein.

Ich setzte mich auf das Bett und strich den Rock glatt. Wenigstens kratzte das Material von Elviras Kostüm nicht.

»Er hat was?«, krähte Caitlyn ohne Umschweife durch das Telefon. »Kind und Kegel?«

Ich nickte. »Ja.«

»Scheiße.«

»Ja.«

»Ach, Mann.«

Ich seufzte und schloss die Augen.

»Und deswegen willst du jetzt rumrennen wie *Jane Eyre*?«

Caitlyn schaffte es doch glatt, mir ein Lächeln auf die Lippen zu zaubern. »Ich sehe nicht aus wie eine Gouvernante aus dem neunzehnten Jahrhundert.«

»Na ja.« Sie machte eine Kunstpause und wiederholte: »Na ja.«

»Schon gut, aber ich sollte etwas Seriöses anziehen.«

»Das macht dein Herz aber auch nicht heile.«

»Nein«, stimmte ich zu. »Aber das kann ich gerade nicht reparieren. Mein Outfit kann ich dagegen schon ändern.«

»Hm«, gab sie unbestimmt von sich.

Ich kannte sie gut genug, um zu wissen, dass sich hinter solch sparsamen Lauten meist eine komplexe Meinung verbarg.

»Was?«, hakte ich nach.

»Willst du ihn wirklich Tag für Tag sehen müssen? Das ist doch Folter. Du findest ihn toll, aber du kannst ihn nicht haben. Ally, wieso willst du dir das antun?«

»Er ist nett«, gab ich zu. »Ich bin gerne in seiner Nähe und ich mag seinen Laden. Es ist ein bisschen, als wäre man mitten in London in Steeple Claydon.«

»Hm«, machte sie wieder.

»Was?«

»Dann komm doch gleich her.«

Das erste Mal, seit ich mein London-Abenteuer angetreten hatte, geriet ich in Versuchung, ihren Vorschlag anzunehmen. Einfach alles stehen und liegen zu lassen und in meine vertraute Welt zurückzukehren, in der ich wusste, was ich anziehen konnte, in der ich den Mann, den ich großartig fand, aber niemals würde haben können, nicht ständig zu sehen bräuchte, in der ich kein Vermögen für die Miete eines winzigen Zimmers auszugeben hätte und in der meine Familie und meine beste Freundin statt meiner blau kostümierten Mitbewohnerin lebten.

Doch trotz der vielen guten Gründe, die dafür sprachen, spürte ich, dass ich das nicht wollte. Nicht, weil ich es als Scheitern angesehen hätte, wenn ich nun umkehren würde. Denn ich wusste, dass mir niemand in Steeple Claydon dieses Gefühl vermitteln würde, als wäre ich eine, die sich zu hoch nach den Sternen gestreckt hätte und dabei in voller Länge hingeknallt war.

Nein, ich wollte einfach nicht fort. Ich hatte mich in die Stadt verliebt, hatte es schätzen gelernt, ein eigenes Bad zu haben, unabhängig zu sein und flügge zu werden, zu sehen, was es außerhalb meiner kleinen Seifenblase noch so alles gab.

Mit viel Glück würde ich mich schnell entlieben, weil die Vernunft womöglich doch stärker war als das Herz. Vielleicht könnte ich meine Stelle behalten und in diesem reizenden Laden bleiben. Und so absurd mir das im Augenblick vorkam, aber es wäre doch denkbar, dass ich einen anderen Märchenprinzen kennenlernte, der mich verzauberte.

»Was meinst du, kann ich das Kostüm morgen anziehen?«, wechselte ich das Thema.

Caitlyn seufzte. »Ich kann mir einfach nicht vorstellen, dass ›bieder‹ ein Synonym von ›seriös‹ ist.«

»In den meisten Kulturen schon.«

»Und in unserer?«

Ich lächelte und zupfte am Saum des etwas zu langen Rockes. »Die Leute sollen ja nicht mich ansehen, sondern die Antiquitäten. Dann ist es doch gut, wenn ich nicht so knallig wirke.«

Wobei ich mich nicht unbedingt als knallige Person bezeichnet hätte.

»Na, ich weiß nicht«, entgegnete Caitlyn verhalten.

»Bist du sicher, dass du das nicht anziehst, weil du Liebeskummer hast?«

Selbst wenn.

»Und geht es jetzt, oder nicht?«

»Tja.« Caitlyn seufzte. »Jane Eyre im Antiquitätenladen. Klar geht das.«

Kapitel 7

»Guten Morgen, Mister Ward.«

Ich würde seinen Blick nicht unbedingt als verstört bezeichnen, aber Nathan musterte mich reichlich verdutzt.

»Müssen Sie zum Gericht?«, wunderte er sich.

Verlegen trat ich von einem Fuß auf den anderen. »Nein, wieso?«

»Ach, nur so.«

Okay. Möglicherweise sollte ich Elvira die Kostüme zurückgeben.

»Ehrlich gesagt wusste ich nicht recht, was ich anziehen sollte«, gab ich zu.

Nathan wirkte erleichtert, dass ich dem Thema gegenüber aufgeschlossen war. »Grundsätzlich ist gegen ein Kostüm nichts einzuwenden, aber sagen Sie mal, waren Sie krank?«

»Äh …« Ratlos sah ich ihn an.

»Darin versinken Sie total. Das ist doch viel zu groß.«

Wow.

Ich musste mich sehr zusammenreißen, um nicht entzückt zu seufzen. Wenn ich mich nicht schon in ihn verknallt hätte ... Er machte es mir nicht gerade leicht, mich zu entlieben.

»Also, gut sitzende und vielleicht etwas modernere Kostüme oder Kleider gehen prima. Genauso wie Stoffhosen und Blusen.« Und als hätte er meine Gedanken vom Vortag gelesen, fügte er an: »Aber bitte nicht so, als wären Sie eine Kellnerin.«

Ich nickte. »Danke.«

Überrascht wölbte sich die anscheinend familientypische Braue. »Sie sind wirklich nicht von hier. Wenn ich Emma sagen würde, was sie anziehen soll, würde sie mir den Kopf abreißen und in die Themse werfen.«

Ich schmunzelte, obwohl mir die Erwähnung seiner Frau einen Stich versetzte. »Sie scheint aber keine Kleidertipps zu brauchen.«

Er nickte zustimmend. »Nein, das braucht sie wirklich nicht.«

Ich dagegen hatte bei meiner früheren Tätigkeit immer einen blauen Kittel getragen und gar nicht gemerkt, wie toll es war, sich nicht groß den Kopf darüber zerbrechen zu müssen, was man bei der Arbeit am besten trug.

Ich brachte meine Sachen nach hinten. Nathan hatte mir einen kleinen Spind in seinem Büro gegeben. Es war eigentlich ein langer, schmaler Holzschrank, aber er reichte mir völlig aus.

Nathan trug mir auf, das Treppengeländer mit Bienenwachs zu pflegen. Es machte mir Spaß, das Wachs aufzubringen und das Holz hübsch zu polieren. Es war so eine liebevolle Arbeit und ich mochte den Geruch.

»Wenn wir Kunden haben, lassen Sie mich die Gespräche führen«, instruierte er mich. »Ich will, dass Sie mich beobachten und erstmal lernen, wie die Abläufe hier sind, okay?«

Ich nickte erleichtert, weil ich mich wirklich noch nicht mit den Produkten im Laden auskannte. Wenn mal niemand da war, erzählte mir Nathan sehr viel und hin und wieder fragte er mich auch spontan ab.

Ob ich noch wüsste, wo wir das Silber hätten. Oder die Lampenschirme. Oder anderen Klimbim. Allmählich kannte ich mich aus und war stolz, wenn ich die Antworten wusste, denn er sah dann immer so zufrieden aus, und es gefiel mir, wenn er mich mit diesem anerkennenden Blick betrachtete.

Falls ein Kunde mal Fachwissen einforderte, sollte ich ihn dagegen direkt an Nathan verweisen, bevor ich etwas Falsches sagte.

Mittags suchte ich mir wieder einen Imbiss, aber ich ging nicht noch einmal zu der Dönerbude von gestern. Für mich war sie mit einem schlechten Gefühl behaftet, weil ich Nathan direkt nach meiner Pause dort gewissermaßen verloren hatte. Stattdessen wich ich auf ein Thunfischsandwich aus.

Als ich zurückkam, war Nathan in ein Verkaufsgespräch eingebunden. Ich machte mich im Rahmen meiner Möglichkeiten nützlich – sortierte, verräumte und versuchte, mir die Preise der Sachen einzuprägen, um ein Gefühl für die Waren zu bekommen. Am Nachmittag gegen halb fünf kam Jonas aus der Ganztagsschule. Von seiner arbeitsamen Mutter fehlte jede Spur, was mir zumindest die unmittelbare Eifersucht ersparte.

Ich war gerade oben auf der Empore zugange und Nathan führte mal wieder ein Verkaufsgespräch, so dass er dem Kleinen nur kurz über den Kopf strich. Ich fand, dass er eine ordentliche Begrüßung vertragen konnte, und ging nach unten ins Büro.

»Hallo«, grüßte ich den Jungen, als er dort seinen Ranzen abstellte und seine Jacke auszog.

»Hallo.« Es klang mehr wie ein Flüstern.

»Soll ich das für dich in den Schrank hängen?«, bot ich ihm an und deutete auf seine Jacke.

Unschlüssig hielt er inne, weil er sie gerade über die Stuhllehne hatte hängen wollen. Doch dann nickte er und überließ sie mir. Ich fühlte mich ein bisschen stolz, weil er auf meinen Vorschlag eingegangen war, und verräumte sie für ihn.

»Na, freust du dich, dass jetzt Wochenende ist?«

Jonas zog bereits ein Schulbuch aus seinem Ranzen und legte es vor sich auf dem Tisch ab. Ich fand es ganz schön fleißig von ihm, dass er schon wieder lernen wollte. Immerhin war Freitagnachmittag und er hatte sich eine Pause verdient. Ich an seiner Stelle hätte bis Sonntag keinen Finger mehr gerührt. Andererseits wäre ihm hier sonst womöglich langweilig. Das Büro sah eben wirklich wie ein Arbeitszimmer aus und nicht wie ein Spielbereich. Aber ich konnte auch verstehen, dass Nathan ihm nicht einfach eine Ritterburg in einen Raum stellte, den er für berufliche Gespräche und Termine nutzte.

»Mhm«, machte Jonas.

Er wirkte so verloren, dass ich ihn fragte: »Kommst du klar?«

Der Kleine schaute mich nur fragend an.

»Brauchst du Hilfe?«

Er schüttelte den Kopf.

»Magst du vielleicht was trinken?«

»Bananensaft«, kam es wie aus der Pistole geschossen. Ich runzelte die Stirn, weil ich eher an den guten alten Teekocher gedacht hatte. »Haben wir denn so was da?« Jonas schüttelte den Kopf.

»Aha.« Ratlos sah ich ihn an. »Hm. Magst du dann was anderes?«

Wieder schüttelte er den Kopf.

Okay, eigentlich konnte ich das mit Kindern sonst besser, aber falls er überhaupt mal sprach, benutzte er nicht mehr als ein Wort.

Er schien sich nicht viel von dem Gespräch mit mir zu erhoffen, denn er setzte sich an den Tisch und steckte die Nase in sein Buch.

Es tat mir leid zu sehen, wie verschlossen er war, und ich überlegte, wie ich einen Draht zu ihm entwickeln könnte.

Vorsichtig machte ich die Tür zu und ging wieder an die Arbeit. Nathan hatte mir aufgetragen, ein bestimmtes Geschirr aus einer Ecke im Regal zu räumen, um etwas Platz für die »neuen« Dinge aus seinem Nachlasserwerb zu schaffen, wobei natürlich nichts davon in den letzten fünfzig oder hundert Jahren neu gewesen war.

Ich hatte eine kleine Holzkiste, die mit Stroh gefüttert war, und stapelte dort vorsichtig Teller hinein, die ich in Papier einwickelte. Aus dem Augenwinkel beobachtete ich Nathan, wie er über eine alte Vase referierte.

Es war schon irgendwie sexy, wie er sich damit auskannte. Er stand völlig selbstbewusst vor der Kundin und erklärte ihr etwas über die Herkunft des Stücks. Mir fiel auf, dass die Frau ihn ungefähr genauso interessant zu finden schien wie die Antiquität. Die Dame war hübsch zurechtgemacht. Natürlich reichte sie nicht an

Emma heran, aber mit Elvira Hillards Kostüm, in dem ich steckte, konnte sie es mühelos aufnehmen.

Schließlich kaufte die Frau die Vase. Nathan hatte ihr fünf Pfund Rabatt gewährt, was bei einem mittleren dreistelligen Betrag eher als nette Geste zu werten war. Trotzdem hatte die Kundin gestrahlt, als hätte sie das Geschäft des Monats gemacht.

Nathan sah ebenfalls zufrieden aus. Und natürlich viel zu gut.

Ich schluckte, rappelte mich in meinem etwas zu langen Rock hoch und ging zu ihm. »Das ist gut gelaufen, oder?«

»Stimmt.« Er trug etwas in einem Block ein.

Nathan führte immer Buch über die Tagesverkäufe. Er schrieb dann die Artikelbezeichnung auf und klebte das Preisschild daneben. Dann notierte er den kleinen Rabatt.

»Ich werte gerne aus, welche Artikel besonders gut laufen«, erklärte er.

Ich würde mal annehmen, dass es besser lief, wenn er eine Kundin vor sich hatte. Mir war schon aufgefallen, dass er eine gewisse Wirkung auf Frauen hatte. Davon war ich kein bisschen ausgenommen.

Ich deutete auf die Kiste, die ich gerade eingeräumt hatte. »Und dieses Geschirr lief nicht gut?«

»Nein, ein Ladenhüter. Das kommt vor.«

»Ähm, Mister Ward ... Ich habe Jonas gefragt, ob er etwas trinken möchte, und er wollte Bananensaft.« Nachdenklich strich ich über meinen Nasenrücken. »Da habe ich mich gefragt, ob das okay wäre, wenn ich ihm welchen kaufen gehe. Es gibt da doch den kleinen Laden mit Chips und Getränken vorne an der Ecke. Ich glaube, die haben auch Säfte.«

Nathan sah mich lächelnd an. Von seinem Blick bekam ich weiche Knie.

Er ist verheiratet. Er ist verheiratet. Er ist ... so was von tabu.

»Natürlich würde ich dann später einfach etwas länger bleiben«, versicherte ich ihm schnell, bevor er mir noch anmerkte, wie toll ich ihn fand. »Um die verlorene Zeit aufzuarbeiten.«

»Also erstens: Es wäre wirklich nett von Ihnen, wenn Sie ihm den Saft holen. Und zweitens: Wenn Sie schon Besorgungen für meinen Sohn vornehmen, dann lege ich Ihnen das nicht als persönliche Freizeit aus. Sie gehen natürlich pünktlich, verstanden?« Obwohl er lächelte, machte sein Ton mir deutlich, dass es in dem Punkt keine Diskussionen gab.

»Okay«, stimmte ich zu.

»Es ist nett, dass Sie das überhaupt machen, denn es ist nicht Teil der Jobbeschreibung.«

»Das stört mich nicht«, versicherte ich ihm. »Ich hätte auch kein Problem damit, falls ich mal was für Sie einkaufen soll. Na ja ...« Ich zuckte mit den Schultern, weil ich nicht recht wusste, was für ihn nützlich sein könnte. »Falls was anfällt.«

»Ally, Sie müssen nicht gleich meine persönliche Assistentin werden.«

Oh. »Ich wollte nicht aufdringlich sein.«

»Das sind Sie nicht.« Sein Blick nahm mich regelrecht gefangen.

Ich benetzte meine Lippen. »Es ist nur, dass ich wirklich gerne hier arbeite.«

Er lächelte charmant. »Ist hiermit zur Kenntnis genommen.«

Nathan öffnete die Registrierkasse und gab mir ein paar Pfund. »Hier, die sind für den Saft. Wenn was übrig bleibt, legen Sie es einfach zurück, okay?«

»Natürlich. Ich würde nichts behalten.«

Die Türglocke bimmelte und Nathan schaute auf. Ein Ehepaar, deren Kameras an den Hälsen sie eindeutig als Touristen auswiesen, betrat das Geschäft.

»Das hätte ich auch nicht gedacht«, antwortete er.

»Sieh nur, Biggy! Wir sind in Notting Hill«, erklärte der Mann begeistert. »Wie Julia Roberts und Hugh Grant.«

»Ja!«, tönte sie ganz aus dem Häuschen und zückte ihre Kamera. Dann knipste sie von ihm und den Auslagen ein Foto. Der Mann lächelte, als stünde er an einer *Oscar*-Nacht mit einem Filmstar auf dem roten Teppich.

Au weh! Ich hoffte mal, dass Nathan ihnen vielleicht die Zinnfiguren würde andrehen können, die nun mit dem Mann auf dem Bild waren.

Ich lief nach hinten und holte meine Jacke. Jonas blickte nur kurz auf und kritzelte dann weiter, aber er würde bestimmt Augen machen, wenn ich gleich mit seinem Saft zurückkäme.

Ich weiß nicht, wann ich das letzte Mal Bananensaft gekauft hatte, aber ich musste schmunzeln, während ich dafür an der Kasse anstand. Am liebsten hätte ich Jonas noch etwas anderes mitgebracht, aber ich wusste nicht, was er mochte, und ich hatte auch keine Ahnung davon, wie seine Eltern im Hinblick auf Süßigkeiten eingestellt waren.

Nathan schien mir kein übermäßig strenger Vater zu sein, sondern eher sehr warmherzig und beschützend, aber ich wollte mich nicht in seine Erziehung einmischen. Das Letzte, was ich brauchte, war, unangenehm aufzufallen. Mein Arbeitsvertrag war lediglich befristet und ich wollte die Verlängerung.

Hoffentlich würde sich der Junge auch einfach nur über den Saft freuen. Ich merkte mir, was es in dem Geschäft sonst noch an Saftsorten gab, und eilte dann zurück zum *A Place to Remember*.

Nathan blickte von der Kasse auf und lächelte mich an. »Das Touristenpaar hat einen Bilderrahmen gekauft. Da können Sie dann das Foto reintun, das ich gerade von den beiden gemacht habe.«

»Prima Idee.« Triumphierend hielt ich die Saftflasche hoch, damit er sah, dass ich auch nicht mit leeren Händen dastand.

»Sie hatten welchen«, verkündete ich fröhlich und wickelte mir den Schal vom Hals. »Wollen Sie Jonas damit überraschen?«

Nun war es mein Boss, der reichlich überrascht dreinschaute. »Nein, die Lorbeeren verdienen Sie sich selbst«, beschied er.

»Wir können ihm gemeinsam die Freude machen. Immerhin bin ich eine Fremde für ihn und von Fremden soll man doch nichts annehmen.«

Nathans Brauen wölbten sich erstaunt. Aber dann nickte er. »Stimmt. Ein gutes Argument.« Er kam hinter dem Verkaufspult hervor und half mir sogar aus meinem Mantel. »Ich mag es, dass Sie mitdenken und Initiative zeigen.«

Er beugte sich nicht zu mir herunter. Seine Lippen strichen weder über mein Ohr, noch über meinen Hals.

Aber seine Stimme war so sanft, dass es in meiner Vorstellung geschah, und ich drehte mich schnell zu ihm um, bevor er die Gänsehaut auf meinem Nacken sehen konnte.

»Gerne«, flüsterte ich.

Ich will für immer bleiben.

Ich will deine Mitarbeiterin des Monats werden.

Ich fantasiere von dir, obwohl du vergeben bist.

Ach, Mann.

»Dann gehen wir mal zu ihm«, beschloss Nathan, der von meinem inneren Aufruhr nichts ahnte.

Er trug den Saft und ich meinen Mantel, den Schal und die Tasche.

»Jonas«, sagte er, als er sein Büro betrat. »Miss Mayfair hat dir Bananensaft geholt.«

Der Junge blickte von seinem Buch auf und bekam leuchtende Augen.

»Mm, lecker!«, freute er sich.

Es war das erste Mal, dass ich ihn zwei Worte am Stück sagen hörte. Zumindest beschloss ich, *Mm* als Wort zu werten.

Nathan holte ein Glas aus seinem Schrank, während ich meine Sachen verstaute, und schenkte dem Jungen ein.

Jonas stürzte sich darauf, als hätte er schon ewig nichts mehr zu trinken bekommen.

Nathan schüttelte belustigt den Kopf. Dann sagte er mehr zu mir als zu dem Jungen. »Als wenn ich ihm sonst nichts geben würde.«

»Ich bin mir sicher, dass Sie das tun.«

Schließlich hatte ich seine fürsorgliche Seite selbst schon kennenlernen dürfen und der Blick, mit dem er Jonas maß, war erfüllt von Zuneigung.

Jonas leerte das Glas in einem Zug, stellte es ab und schleckte sich zufrieden mit der Zunge den Mund ab. Dann zog er wieder sein Buch zu sich heran.

Ich wollte mich schon hinausschleichen, als Nathan fragte: »Was sagt man da?«

Im ersten Moment dachte ich, dass er mich meinte, aber dann bemerkte ich, wie er Jonas abwartend ansah.

Der Junge blickte auf. Nate deutete mit einem Kopfnicken zum Getränk. Jonas schaffte es nicht, mir direkt in die Augen zu sehen. Vielleicht weil es eine Anweisung seines Vaters war. Stattdessen betrachtete er einen imaginären Punkt an meinem blauen Kostüm.

»Danke«, murmelte er.

Es zerriss mir fast das Herz zu sehen, wie scheu er war.

»Sehr, sehr gerne«, beteuerte ich.

Zumindest Nathan schaute mich an und bei seinem Blick schmolz ich wie Schokoglasur im Warmwasserbad.

Ich riss mich von seinem Anblick los und machte mich eilig wieder an die Arbeit, bevor aus meinem Plan, mich zu entlieben, ein unlösbares Problem wurde.

Kapitel 8

Vielleicht hatte ich in meinem früheren Leben etwas Blödes angestellt, was mich nun verfolgte. Es musste wohl Karma sein, denn als ich am Samstag zur Arbeit ging, waren gefühlt überall in der Stadt Plakate aufgehängt worden – von einem Ronan-Keating-Konzert hier in London.

Ganz toll.

Nun strahlte mich von allen nur erdenklichen Wänden und Säulen ein Gesicht an, das mich viel zu sehr an Nathan erinnerte.

Auch bei Caitlyn ging es an diesem Morgen um Ursachen und Folgen. »Oh, ich bin so böse. Ich habe ihren Zollstock versteckt.«

»Welchen Zollstock?«, murmelte ich halb schlaftrunken, denn sonderlich gut hatte ich bei der Vorstellung, dass Nathan jeden Abend zu seiner blonden Superfrau nach Hause ging, nicht schlafen können. Ich hatte im Bett gelegen und mir ausgemalt, was er wohl mit ihr zwischen seinen eigenen Laken so anstellte. Und dann hatte ich eine halbe Panikattacke bekommen und mir eine weitere Schokomilch angerührt, die die Eifersucht in meinem Herzen leider nicht hatte vertreiben können.

»Du hörst mir wohl gar nicht zu«, bemängelte meine Freundin. »Den von deiner Nachfolgerin, dieser Zollstocktante. Ich habe es nicht ertragen, wie sie damit durch die Gänge gelaufen ist und mich dann immer angesehen hat, als wäre ich abartig, weil ich die Waren im Regal ohne so ein Ding einsortiere.«

Ich lief an einem weiteren strahlend lächelnden Ronan Keating vorbei. »Das muss ja schlimm für dich gewesen sein … ihn andauernd zu sehen. Überall.«

»Den Zollstock?«, fragte Caitlyn etwas aus dem Konzept gebracht.

Ich räusperte mich, riss mich vom Anblick des Plakates los und stimmte ihr zu. »Genau. Was denn auch sonst?«

»Hm«, gab sie wieder mit ihrem ganz eigenen Tonfall von sich. So, als wäre sie argwöhnisch geworden.

»Wo hast du ihn denn nun versteckt?«, lenkte ich sie schnell ab.

»Er liegt bei mir zu Hause im Regal«, antwortete sie leichthin. »So ein Teil kann schließlich praktisch sein und da habe ich es nicht über mich gebracht, ihn einfach so wegzuwerfen. Er ist ja nicht kaputt.«

Ich gluckste. »Tolle Lösung.«

Wenn ich doch nur ebenso einfach eine Lösung für mein Problem parat gehabt hätte.

Zwei Frauen vor mir unterhielten sich so laut, dass ich sie nicht überhören konnte. Die eine sagte: »Ah, ich habe mir sofort Tickets für sein Konzert bestellt.«

Und die andere gackerte: »Ronan ist einfach so heiß.«

Oh Mann! Diese Nervensägen. Oder das vermaledeite Karma.

Wenn ich schon gefunden hatte, dass am Freitag mehr als am Donnerstag los gewesen war, dann wurde dieser Eindruck im Laufe des Samstags noch exponentiell gesteigert. Die Menschen verstopften regelrecht die Straßen und der Andrang wollte kein Ende nehmen.

»Heute ist Flohmarkt«, hatte mich Nathan schon am Morgen vorgewarnt. »Ein Stück weiter die Straße rauf ist der berühmte *Portobello Road Market*.«

Das *A Place to Remember* befand sich relativ am Anfang der Straße und somit noch nicht im Zentrum des Geschehens. Eigentlich. Aber es kam mir ein bisschen so vor, als würde eine Art Völkerwanderung an unserem Schaufenster entlangtreiben. Sie strömten aus der nahegelegenen U-Bahn-Station und kamen auf dem Weg zum Markt direkt bei uns vorbei.

Im Grunde fanden auch unter der Woche immer wieder Märkte in der Gegend statt. Das waren aber im Wesentlichen Obst- und Gemüsemärkte, so wie ich das auch von anderswo kannte. Und der Second-Hand-Markt war eher für die Einheimischen als für die Touristen spannend, obwohl sich dort natürlich auch ein paar von ihnen einfanden.

Freitag hatte es beim Straßenmarkt bereits Antiquitäten, Bekleidung und Accessoires gegeben, aber heute wurden sämtliche Register gezogen. Die gesamte Portobello Road war auf Höhe vom Westbourne Grove bis ganz hinauf zur Golborne Road mit unzähligen Ständen und Auslagen gefüllt. Auf den Antiquitäten lag dabei das Hauptaugenmerk, aber Nathan erzählte mir, dass es auch Blumen, Lebensmittel, Schmuck, Kleidung, Möbel oder Bücher zu kaufen gäbe. Und sicher noch eine Reihe anderer Dinge.

Es schien fast so, als würden alle Menschen Londons in diese eine Straße wollen – Einheimische wie Touristen. Als hätte jemand einen Schalter umgelegt, waren urplötzlich alle da. Und nicht wenige verirrten sich dabei zu uns hinein.

Es war gut, dass Jonas heute schulfrei hatte und zu Hause war, denn wir kamen kaum zum Durchatmen, geschweige denn, dass wir uns um ihn hätten kümmern können, und das wäre ziemlich langweilig für ihn geworden.

Kein Wunder, dass Nathan gleich zu Beginn festgelegt hatte, dass er mich jeden Samstag brauchen würde. Als ich zwischendurch kurz dazu kam, ein paar Worte mit ihm zu wechseln, fragte ich ihn: »Wie lange geht das denn heute so?«

Er grinste mich an wie jemand, der gute Geschäfte witterte. »Der Flohmarkt öffnet um neun und schließt um sieben am Abend.«

»Das ist ein Scherz, oder?«

Das umfasste ja die gesamte Öffnungszeit seines Ladens.

Er schüttelte belustigt den Kopf. »Nur nicht faul werden.«

»Sicher nicht.«

Immerhin wollte ich mich für ihn unentbehrlich machen.

»Ich würde ja sagen, dass Sie sich diese Attraktion unbedingt mal anschauen sollten, weil es dort zugeht wie in einem Ameisenhaufen, aber ich brauche Sie leider gerade dringend hier.«

»Ist nicht so schlimm«, wich ich aus. Denn solange ich noch kein Gehalt von ihm ausgezahlt bekommen hatte und nicht wusste, ob nach sechs Wochen vielleicht Schluss mit dieser Arbeit war, mied ich unnötige Ausgaben.

Geld wuchs leider nicht auf Bäumen, aber dafür wurde man es in London schneller los, als man es durchs Klo herunterspülen oder durch ein offenes Fenster hinauswerfen könnte.

Am Nachmittag drückte er mir etwas Geld in die Hand und entschied: »Okay, jetzt oder nie. Wir scheinen gerade eine kleine Lücke zu haben. Huschen Sie doch schnell mal hin und kommen Sie mit etwas Essbarem wieder.«

Ich hatte das Gefühl, dass er mich den Markt doch noch kurz sehen lassen wollte.

»Was möchten Sie denn haben?«

»Ganz egal. Besorgen Sie uns einfach etwas, das lecker aussieht.«

»Uns?«

Nun wölbte sich in seinem Gesicht wieder die berühmte Familienbraue. »Sie sind zu wertvoll für mich, als dass ich Sie verhungern lassen könnte.«

Dabei zwinkerte er verschmitzt und schob mich zu meinem Mantel ins Büro, damit ich mich beeilte.

»Ich soll mir auch was von dem Geld mitbringen?«, hakte ich noch einmal nach, nur um sicherzugehen, dass ich ihn richtig verstanden hatte. Schließlich hätte jeder andere Chef von mir verlangt, mein Essen entweder selbst mitzubringen oder es mit meinen eigenen Pfundnoten zu bezahlen.

»Das ist eine Anweisung von Ihrem Arbeitgeber, Miss Mayfair«, bestätigte er.

Manchmal hatte ich den Eindruck, dass er mich nur deshalb *Miss Mayfair* nannte, weil er das lustig fand. So, als würde er eigentlich kein Problem damit haben, mich auch Allison oder Ally zu nennen. So, als wäre das ein kleiner Insiderwitz zwischen uns. Und die Art, wie er es sagte, hörte sich eher freundschaftlich als förmlich an.

Ich hingegen nannte ihn *Mister Ward*, weil er einerseits mein Boss war, aber andererseits – und das war fast noch der gewichtigere Grund – war es die einzige Schutzmauer, die ich zwischen ihm und meinen Gefühlen ziehen konnte.

Je liebenswerter ich ihn fand, je mehr mein Herz sich Stück für Stück an ihn verlor, umso öfter betonte ich für mich selbst, dass er nicht mein Nathan, sondern nur Mister Ward war.

Tja, na gut, das klappte ungefähr so prima, wie Tontauben das selbstständige Fliegen beizubringen, aber ich durfte um meiner selbst willen nicht aufgeben.

Der Straßenmarkt verzauberte mich bereits, lange bevor ich die ersten Stände erreicht hatte. Die schiere Menge der Besucher war beeindruckend. Und ihre offen zur Schau getragene Heiterkeit steckte mich sofort an. Alle guckten, drängten und strömten auf die bunten Markisen und Stoffdächer der Stände zu, die zwischen ebenso bunten Häuserreihen aus dem Menschenmeer herausragten wie die aneinandergefügten Farbinseln in einem Tuschkasten.

Es schien, als wäre der Markt eine natürliche Erweiterung der Geschäfte und ihrer Auslagen, oder auch, als wären die an den Seiten liegenden Läden eine Fortführung des Marktes. Es kam mir wie ein großes, zusammenhängendes Gebilde vor, ganz gleich, in welche Richtung man es nun betrachten wollte.

Überall wurde gekramt und geguckt, wurde geredet, verglichen und gekauft. Zwischen den Geschäften befanden sich Cafés und Restaurants, die zum Verweilen einluden. Ja, oder meinen Magen zum Knurren. Und dann erspähte ich den ersten Imbissstand. Es gab warme Mahlzeiten, Snacks und Gebäck.

Ich hatte keine Ahnung, was Nathan mochte, also bestellte ich einfach Verschiedenes. Mir wäre alles davon recht und so hätte er Auswahl. Ich kaufte eine Pizza mit Pilzen und Salami, einen mit Käse überbackenen Wrap und einen handtellergroßen Schokolade-Nuss-Kuchen.

Dann wandte ich mich ab, um Nathan nicht so lange allein zu lassen und damit das Essen nicht kalt wurde. Diesmal ging ich auf der anderen Straßenseite zurück, wo mir ein Stand mit Spielzeug ins Auge fiel. Es war das reinste Kinderparadies.

Ich musste an Jonas denken und hatte keine Ahnung davon, was er mögen könnte. Aber er hatte sich so sehr über den Bananensaft gefreut, dass ich mir sicher war, dass ihn auch ein Spielzeug begeistern würde. Besonders eins von diesen, denn sie sahen so toll aus: große und kleine Plüschtiere, Plastikspielfiguren von Superhelden und Robotern, Autos und coole Getränkebecher.

Was sollte ich bloß nehmen? Die *Spiderman*-Actionfigur, den *Lego-Bionicle*-Becher für künftige Obstsaftorgien, den kleinen Plüsch-Nemo oder Shaun das Schaf?

Dann entdeckte ich das perfekte Geschenk, bezahlte es und eilte zurück zu Nathan.

Kapitel 9

Abends nach diesem irren Tag, wie ich ihn in so einer Form in Steeple Claydon noch nie erlebt hatte – nicht einmal an dem Tag, als es anlässlich der Fußballweltmeisterschaft Grillfleisch zum Sonderpreis gegeben hatte –, fuhr ich trotzdem nicht sofort nach Hause, um einfach nur tot ins Bett zu fallen, sondern stieg unterwegs in der Innenstadt aus und ging shoppen. Ich fand einen Laden, der Kostüme und Kleider im Ausverkauf anbot.

Also besorgte ich mir ein dunkelrotes und ein grau meliertes Kostüm. Sie ließen sich gut miteinander kombinieren. Außerdem fand ich noch einen geblümten Rock, zu dem ich verschiedene meiner Blusen anziehen konnte, die ich in allen möglichen Pastelltönen besaß.

Schließlich stand der Frühling ins Haus und ich wollte selbst ein bisschen frühlingshaft aussehen. Liebeskummer hin oder her. Nathan sollte mich nie wieder mit jemandem verwechseln, der einen Termin beim Gericht hatte.

Ich hätte gedacht, dass sich Elvira als Londonerin ein bisschen mit der örtlichen Mode auskannte, aber weit gefehlt. Zum Glück eigentlich. In meinen neuen Kostümen gab es keine Schulterpolster und sie reichten mir auch nicht bis zur Wade, sondern nur bis zum Knie. Darin fühlte ich mich deutlich wohler und mehr wie ich selbst.

Schon auf dem Nachhauseweg war ich gespannt, wie Nathan die Sachen wohl finden würde. Selig drückte ich meine Einkaufstüte an die Brust und konnte nicht aufhören, an unsere gemeinsame Mittagspause zu denken. Wir hatten uns in sein Büro zurückgezogen und waren über das Essen vom Markt hergefallen. Er lachte, weil ich etwas mit Salami mitgebracht hatte.

»Ich liebe Salami«, hatte er zugegeben. »Aber am Ende riecht immer alles danach.«

»Na, zum Glück habe ich nichts mit Knoblauch genommen.« Zwinkernd hatte ich vom Schokolade-Nuss-Kuchen abgebissen.

»Das fehlte noch. Aber nachher dürfen Sie trotzdem einmal mit dem Raumspray durch den Laden laufen.«

»Das kriege ich hin.«

Wir hatten in Rekordzeit gefuttert, weil wir Angst hatten, dass weitere Kunden auftauchen könnten, bevor wir satt waren.

Dann hatte er sich an den Mundwinkel getippt. »Sie haben da was.«

Ich fasste an meine linke Seite.

»Nein, da.« Sein Finger war meinem Mund so nah gekommen, dass mein Herz ausgesetzt hatte. Trotzdem hatte er mich nicht berührt, sondern nur darauf gedeutet.

Ich hatte den Kuchenkrümel entfernt und er hatte zufrieden gelächelt. Ich war in seinen blaugrauen Augen versunken. Momente vergingen, in denen wir uns nur anlächelten. Ich hatte das Gefühl, dass etwas in der Stimmung zwischen uns umschlug, aber dann hatte das Türglöckchen gebimmelt.

Danach war der ganze Tag wieder stressig gewesen. Doch egal, wie viel ich mir die Hacken abgerannt hatte, um mal zu kassieren, mal etwas Zerbrechliches einzupacken oder mal was aus dem Lager zu suchen, ich hatte – genau wie jetzt – immer nur an jenen Augenblick in seinem Büro denken können, der so vertraut und schön gewesen war. In dem ich vergessen hatte, dass wir beide nie zueinanderfinden könnten.

Und dann war eine alte Dame ins Geschäft gekommen, die keine Treppen mehr steigen konnte, die aber ständig nach Dingen fragte, die bei uns nur oben auslagen. Also war ich, um ihr alles zu zeigen, die Treppen hoch- und runtergelaufen. Immer und immer wieder. Das musste wieder dieses Karma-Ding gewesen sein.

Ich wackelte mit den Zehenspitzen in meinen Schuhen und streckte, so weit es ging, meine Beine aus, ohne die anderen Fahrgäste in der *Tube* zu gefährden. Die Fahrt ruckelte dahin und ich betrachtete mein Abbild in der Fensterscheibe. Ich sah aus wie ein Geist. Ein Geist mit zu vielen Träumen und Hoffnungen von einem Mann, den ich genauso wenig haben konnte, wie mein Spiegelbild in die echte Welt hätte hinaustreten können. Meine Gefühle waren genauso eingesperrt wie dieses Bild in der Scheibe. Sie durften niemals echt werden.

Als ich in *Barkingside* ausstieg und an flachen Backsteinhäusern vorbei die letzten Schritte bis nach Hause ging, musste ich feststellen, dass jemand ein Konzertplakat von Ronan Keating direkt neben unsere Haustür geklebt hatte.

Irgendwelche albernen Mädchen aus der Nachbarschaft hatten ihre Initialen mit ihm kombiniert und mit einem Rotstift in Herzchen drüber geschrieben: *R & K. R & B. R & E.*

Während ich die Treppen zur Wohnung hochstieg, überlegte ich, wie sie wohl mit vollem Namen heißen mochten. *Ronan & Kelly? Ronan & Becca? Ronan und –* haha, das wär's ja noch – *Elvira?*

Und ohne, dass ich es wollte, formte sich in meiner Fantasie noch eine andere Verbindung: Ally & Nate.

Ah, verdammt, ich bekam ihn einfach nicht aus meinem Kopf. Das musste doch irgendwie zu schaffen sein. Ich gab Elvira ihre Kostüme zurück, was ihr nicht das Mindeste ausmachte, und verbrachte dann kurzerhand den Feierabend damit, die Füße hochzulegen, mir mein Tablet zu nehmen und nach einem Ersatzprinzen zu suchen.

Da gab es doch immer diese ganzen Werbeeinblendungen von Single-Börsen im Fernsehen. Also, warum nicht?

Aber als ich durch das Internet surfte, erwies es sich als gar nicht so einfach, das richtige Portal für mich zu finden. Ich meine, die Single-Börse für Akademiker schied bei mir ja schon mal komplett aus. Schlagartig gruselte mich die Vorstellung, dass Hugh Ward dort angemeldet sein könnte. Ich konnte ihn mir lebhaft vorstellen: *»Flirten Sie bitte schneller, meine Zeit ist kostbar.«*

Dann gab es Partnerbörsen, die sich für Seitensprünge anboten. Nein, danke.

Als ich schließlich eine Seite aufklickte, die ich ganz ansprechend fand, weil man einfach normal sein durfte und weder akademisch noch polygam sein sollte, wusste ich auf einmal trotzdem, warum dieses virtuelle Dating doch nichts für mich wäre. Denn die Gebühr, die für die Anmeldung erhoben wurde, weckte in mir den Eindruck, dass man aus den vielen einsamen Herzen der Leute nur Profit schlagen wollte. Hatten die nicht mehr alle Latten am Zaun?

Genervt schaltete ich mein Tablet aus und ging ins Bett. Aber ich konnte wieder nur an Nathan denken, als ich die Augen schloss …

Er lächelte mich an. Sein Blick war so tief und blau, noch viel schillernder als sonst.

»Was willst du denn mit diesem Tablet?«, fragte er mich.

»Dich aus meinem Kopf bekommen.«

»Und funktioniert es?«

»Nein«, flüsterte ich. »Es wird niemals funktionieren.«

Nathans Lächeln vertiefte sich.

»Du hast da was«, raunte er.

Wie im Zeitraffer nahm ich wahr, wie seine Hand auf mich zukam. Federleicht strich sein Daumen über meine Unterlippe. Seine Berührung kribbelte auf meiner Haut und mein Herz klopfte ganz wild.

Wir sahen uns in die Augen, versanken im Moment und dann vergaßen wir alles um uns herum. Nathan beugte sich zu mir vor und küsste mich einfach.

Oh Himmel, er küsste mich!

Ich spürte seine Lippen auf meinen und genoss wie er schmeckte, wie warm er sich anfühlte, wie sinnlich alles war. Ich wollte für immer nur noch in diesem Augenblick existieren.

Doch auf einmal entrückte das Bild. Ich fühlte mich plötzlich ganz kalt und leer – so, als wäre alles bloß aus Glas. Und dann sah ich, dass dieser Kuss nur in der

Spiegelung einer Scheibe stattgefunden hatte – nicht echter als ein Geist.

Nichts davon würde je passieren.

Jäh verzerrten die grellen Lichter eines Bahnsteigs den Kuss in der Scheibe und wischten ihn einfach fort. Der Zug war in der Station Notting Hill Gate eingefahren. Und während ich noch durch die Scheibe schaute, erkannte ich ein neues Paar. Die Spiegelung war verschwunden, aber dafür standen – ganz in echt – Nathan und Emma am Bahnsteig und küssten sich innig.

Emma knickte das Bein nach hinten weg, wie es verliebte Frauen in jeder großen Filmkussszene taten. Dann drehte sie ihr Gesicht zu mir. Ihr roter Lippenstift war vom Küssen verschmiert und ihre Lippen leuchteten voll und zufrieden. Sie schmiegte sich an Nathan und genoss es, wie er hingebungsvoll an ihrem zarten Alabasterhals knabberte.

Nadeln zerstachen mein Herz.

»Er gehört nur mir, du Träumerin«, flüsterte sie mir hämisch zu.

Das war der Moment, in dem ich schweißgebadet aufschreckte und allein im dunklen Bett saß.

Kapitel 10

»Und? Bist du schon von deinem Nate geheilt?«, wollte Caitlyn wissen, als wir am Montagmorgen miteinander telefonierten. »Kann man ihn dir auf den Bauch binden und er lässt dich kalt?«

Also, man konnte ihn mir liebend gerne auf den Bauch binden ...

Mmmm. Das wäre schön.

Tja, da war ich wohl durchgefallen.

»Nein, noch nicht ganz.«

»Süße, das ist doch hoffnungslos. Er ist verheiratet.« Caitlyn seufzte. »Träumst du etwa davon, dass seine Frau eine heimliche Affäre hat, er sich trennt, du ihn tröstest, er dann seine Liebe für dich entdeckt und ihr gemeinsam in den Sonnenuntergang segelt?«

Nein. Ja. Nein.

»Ach, keine Ahnung.« Nachdenklich wickelte ich mir eine Haarsträhne um den Finger. »Ich bin lieber einfach nur in seiner Nähe, als mit einem anderen richtig zusammen.«

Natürlich wusste ich selbst, wie armselig das klang.

»Oh je«, stöhnte sie.

»Er hat so schöne Hände. Du solltest mal sehen, wie er die Antiquitäten hält: als wären es Schätze mit verborgenen Geheimnissen. Als wäre selbst der günstigste Artikel auf seine Weise kostbar.«

»Lass mich raten: Du fantasierst davon, wie er dich so in den Armen hält.«

Absolut. »Und seine Augen! Er kann mit ihnen richtig lachen. Manchmal könnte ich glatt in ihnen ertrinken. Sie sind so blau und dann wieder grau. Aber eigentlich ist es mehr die Art, wie er mich mit ihnen anschaut. Als ob er direkt in mich hineinsehen könnte.«

»Hoffentlich nicht. Was macht man mit einer verknallten Mitarbeiterin, wenn man ein verheirateter Familienvater ist? Im Idealfall wirft man sie raus, damit die eigene Frau glücklich bleibt.«

»Oh, Caitlyn«, seufzte ich.

»Schatzi, ich versuche doch nur, realistisch zu sein. Du darfst dir deine Gefühle nicht anmerken lassen, wenn du den Job behalten willst.«

»Ja, ich weiß«, jammerte ich. »Denkst du, ich weiß das nicht?«

»Shhh, schon gut«, tröstete sie mich.

»Aber wenigstens dir will ich sagen können, wie toll ich ihn finde.«

»Okay«, stimmte sie zu.

Also schwärmte ich weiter. Ich fühlte mich schlecht dabei, weil es moralisch völlig falsch war, aber mein Herz brauchte dieses Schmachten. Wenigstens für eine kleine Weile.

Nach unserem Gespräch besorgte ich einen Bananensaft für Jonas. Mit dem Geschenk, das ich für ihn auf dem Flohmarkt gekauft hatte, würde ich bis Freitag warten. Als eine Überraschung für das Wochenende.

Und dann, ja dann, war endlich der herbeigesehnte Moment gekommen, wo ich wieder das *A Place to Remember* betrat. In Steeple Claydon war es mir nie so gegangen, dass ich die Arbeitswoche dem Wochenende vorgezogen hätte, aber hier war alles anders. Wegen Nate.

Er blickte zu mir auf, als die Türglocke klingelte.

»Da sind Sie ja. Hatten Sie ein schönes Wochenende?«, begrüßte er mich.

Irgendwie sah er ein bisschen müde aus. Er arbeitete eben zu viel. Immer sechs Tage in der Woche. Eine Pause täte ihm sicher gut.

»Ja, es war toll«, log ich.

Denn ich würde ihm um keinen Preis auf der Welt erzählen, dass ich den Sonntag wie auf Kohlen gesessen und viel zu oft die Uhr angestarrt hatte, in der Hoffnung, dass der Tag bald vorbei wäre.

Selbst Elvira hatte mehr Spaß gehabt als ich, wobei ich bei ihrer Art von Spaß auch keine Freude gehabt hätte. Sie war Mitglied bei irgendeinem freiwilligen Netzwerk für Archivierung und Datenaufbereitung. Ich meine – brrr –, da schüttelte es einen doch. Da könnte ich ja genauso gut rosa Herzchen auf das Steuerformular malen, weil es immer so viel Spaß machte.

Nathan band mich mehr und mehr in den Alltag im *A Place to Remember* ein, ließ mich so oft es ging die Kasse bedienen, die Waren auszeichnen oder das Lager nach etwas durchsuchen, bis mir alles in Fleisch und Blut übergegangen war.

Wir entwickelten so eine Art Spiel. Er ließ mich gerne schätzen, was etwas wert war. Was soll ich sagen? Ich war zwar keine Expertin, aber bei einigen Dingen bekam ich langsam ein Gefühl für den Preis.

Beispielsweise hatte Nathan keine teuren Bilder in seinem Geschäft hängen. Das überließ er den Galerien.

»Touristen mögen Bilder. Sie hängen sich gerne eine Erinnerung aus London an die Wand. Deshalb führe ich erschwingliche Bilder für die Urlaubskasse«, erklärte er. »Natürlich sind sie alt, aber nicht alles, was alt ist, muss teuer sein.«

Letztlich stammte ein Großteil unserer Kunden von außerhalb. Meistens trugen sie eine Kamera um den Hals. Sie kamen aus allen Ecken Großbritanniens in die schöne Hauptstadt und wollten die Touristenattraktionen mitnehmen, zu denen auch der *Portobello Road Market* zählte. Aber sie kamen auch aus Japan, China, Deutschland, Russland, Italien, Schweden und von anderswo. Die halbe Welt schien zu Gast zu sein im *A Place to Remember*.

Als ich Jonas nach der Schule sah, zeigte ich ihm freudestrahlend den Bananensaft.

»Ich habe etwas für dich, großer Mann«, verkündete ich stolz und kramte die Flasche aus meinem Spind hervor.

Jonas legte den Kopf schief und schien nicht recht zu wissen, ob er lächeln sollte oder nicht.

Schauspielerisch setzte ich mich in Szene. »Wie? Ist dir übers Wochenende etwa die Lust auf Bananensaft vergangen?«

Die Frage schien ihm zu gefallen. Ich erkannte ein kleines Zucken in seinem Mundwinkel und er gab ein »Hm« von sich, das halb unbestimmt, halb nachdenklich klang. So, als müsste er wirklich erst einmal überlegen, ob er den Saft noch mochte.

»Bitte«, bat ich ihn. »Lass ihn mich nicht allein trinken müssen.«

»Okay«, gab er sich gnädig.

Ich schenkte ihm ein Glas ein, während er ein Bild zu malen begann. Darauf war ein Junge mit einer Banane zu sehen. Eigentlich war es ein süßes Bild. Aber er malte dem Kleinen keinen Lachmund, sondern nur einen schmalen Strich, und statt einer fröhlichen Sonne gab es eine Regenwolke.

»Bist du das?«, fragte ich ihn.

Ich glaube, wir wussten beide, dass er es war. Trotzdem zögerte er mit der Antwort, schüttelte den Kopf und sagte schließlich: »Tarzan.«

Na gut, der mochte vermutlich auch Bananen.

Später trank Jonas noch ein zweites Glas. Aber mehr wollte er nicht.

»Möchtest du morgen wieder Saft?«, fragte ich ihn.

»Kirsche«, entschied er.

Also trank ich auf meinem Nachhauseweg während der einstündigen Fahrt mit der *Tube* den restlichen Bananensaft leer. Am nächsten Tag besorgte ich eine Flasche Kirschsaft vor der Arbeit und das Spiel wiederholte sich. Jonas trank die Hälfte und ich reiste mit dem Rest nach Hause. Er malte das Bild von einem Jungen, einem Mann und einer blonden Frau, die unter einer Regenwolke standen.

Ob es Streit bei den Wards gegeben hatte?

Heute fragte ich ihn lieber nicht, wer das sein sollte. Er sah ein bisschen niedergeschlagen aus.

»Morgen werde ich nicht da sein«, erklärte ich ihm, als ich Feierabend hatte. »Mittwochs ist mein freier Tag.«

»Hm«, machte Jonas und drückte die Spitze seines blauen Stifts auf das Bild. Er hatte damit gefühlt fünfhundert Regentropfen zu Papier gebracht. Dabei war heute gar kein verregneter Tag, obwohl der Himmel draußen von einem drückenden Zementgrau war.

»Aber Donnerstag kann ich dir wieder Saft mitbringen.«

»Pfirsich«, lautete seine Antwort und ich reiste mit dem restlichen Kirschsaft meinem freien Tag entgegen.

Donnerstag hatte ich eine Flasche Pfirsichsaft unter den Arm geklemmt. Fröhlich betrat ich den Laden. Aber als ich Nathan mit seiner Frau sah, hatte ich das Gefühl, in eine Wand zu rennen. Sie streichelte gerade seine Wange.

Jonas war sicher schon in der Schule und sie hatte vermutlich noch einen Moment Zeit, bevor sie in ihr schickes Maklerbüro brausen musste.

Im Grunde war es einerlei.

Es war die Art und Weise, wie Emma Ward ihren Mann ansah, die mir klarmachte, dass diese Frau niemals eine Affäre mit einem anderen anfangen würde. Ihr Blick war so intensiv und voller Gefühle. Selbst ein Blinder hätte erkannt, dass er ihr Traumprinz war.

Meine Hände wurden ganz schwitzig und ich klammerte mich an die Saftflasche, weil ich schlichtweg einen Halt brauchte.

»Ah, Miss Mayfair«, begrüßte mich Nathan.

»Dann bis später«, säuselte sie ihm zu und machte sich zum Glück auf den Weg, bevor ich ihnen am Ende noch dabei hätte zusehen müssen, wie sie sich abschleckten.

Als Emma Ward wie eine ätherische Erscheinung an mir vorbeirauschte, hatte ich das Gefühl, dass mich ein kühler Luftstrom treffen würde. Ihr Blick in meine Richtung war unverhohlen misstrauisch. Nathan konnte es nicht sehen, weil er sie nur noch von hinten wahrnahm, aber mir entging es nicht.

Ich hatte keine Ahnung, was ich in ihren Augen falsch machte, doch mir schossen Caitlyns Worte durch den Kopf, dass Nathan mich eigentlich feuern müsste, wenn er im Interesse seiner Frau handeln wollte. Plötzlich hatte ich Angst um meinen Job. Vor Schreck entglitt mir fast die Saftflasche.

Den ganzen Tag blieb das nervöse Gefühl in meinem Bauch bestehen. Einerseits genoss ich es, Nathan nach meinem freien Tag endlich wiederzusehen, und andererseits wusste ich, dass ich auf dem Vulkan tanzte. Dabei würde ich es nicht einmal über mich bringen, ihn zu küssen, weil das völlig falsch wäre. Aber wenigstens träumen wollte ich davon.

Dann stellte ich mir vor, dass er keine Frau hätte, dass er es in jener Nacht im *Hyde Park* nicht eilig gehabt hätte und dass es zu einem Kuss gekommen wäre. Das war Folter. Ja, schon klar. Es war sogar eine besonders grausame Form von Folter. Bittersüß. Verboten und verwerflich. Manchmal wollte ich einfach nur meinen Kopf in den Nacken werfen und meinen Frust herausschreien.

Natürlich tat ich das nie. Wo hätte ich das auch machen sollen, ohne ein Problem mit meiner Umwelt zu bekommen?

Ich entstaubte, was ich entstauben konnte, polierte, was ich polieren konnte, fegte, was ich fegen konnte, räumte ein, was ich einräumen konnte. Ich werkelte wie eine Maschine vor mich hin, weil Arbeit das Einzige war, was mich ablenkte. Fatalerweise verrichtete ich diese Arbeit jedoch direkt in Nathans Nähe.

Ich sah ihn, hörte ihn, redete mit ihm. Verdammt, ich roch sogar sein Aftershave.

Mm. Er roch richtig gut. Vielleicht verwendete er *Armani* oder *Bulgari*. Wie ein Schüler duftete er jedenfalls nicht. Auf seine ganz reduzierte Art mit Hemd und Hosen und seiner Bodenständigkeit war er diesem Hugh Ward, den ich zum Glück nicht mehr hatte wiedersehen müssen, um Längen voraus.

Die Frau, die zu diesem Schnösel passte, musste vermutlich erst noch geboren werden.

Während ich die Sachen im Regal neu arrangierte, stieß ich auf eine Schneekugel. Sie war wunderschön und zeigte ein Paar, das seine Hände zum Himmel hochstreckte. Der Anblick war so romantisch und anheimelnd. Aber als ich die Kugel schüttelte, merkte ich, dass kein Schnee darin war. Und nirgendwo gab es eine Öffnung, um die Kugel zu befüllen.

So hübsch sie auch war, sie war eindeutig kaputt. Außerdem nahte der Frühling. Wer wollte da schon Schneekugeln kaufen? Ich verstaute sie in einer Holzkiste und machte den Deckel drauf. Dann lief ich Richtung Lager.

Es war das Klingeln der Türglocke, was mich über die Schulter zurückschauen ließ. Ein alter Mann betrat das Geschäft. Er war in Begleitung von Jonas.

»Ist das die Neue?«, krächzte die Stimme des Herrn, der über einen Gehstock gebückt ging, an mein Ohr.

Jonas nickte. »Mhm, Opa.«

Oh, es war ein guter Tag. Der Kleine bildete Zwei-Wort-Sätze und er sah aus, als würde er sich freuen, mich zu sehen. Ich stellte die Kiste zur Seite und ging auf die beiden zu. Das war also der ältere Mister Ward, den Nathan flüchtig erwähnt hatte.

Ich war so aufgeregt, dass ich fast einen Knicks gemacht hätte. »Hallo. Ich bin Allison Mayfair.«

»Und sie kauft dir Saft?«, vergewisserte sich Mister Ward.

Jonas nickte und sah mich gleichzeitig fragend an. »Pfirsich?«

»Ja, genau«, stimmte ich zu. »Die Flasche wartet schon auf dich.«

Nathan kam die Treppe von der Empore herunter. »Hallo, Paps. Was macht dein Bein?«

»Geht schon.« Dann grinste er über beide Ohren. »Haha! *Geht schon*. Alles klar?«

Ich gluckste. Der Humor schien in der Familie zu liegen.

»Ihr kennt euch bereits?«, erkundigte Nathan sich bei uns beiden.

»Aber ja«, versicherte Mister Ward. »Wir sind schon beste Freunde.« Er stieß mir den Ellbogen in die Seite. »Kannst mich Willie nennen.«

»Willie?«, staunte ich.

»Er heißt William«, klärte mich Nathan amüsiert auf. »Ihr sogenannter neuer bester Freund. An seine Art werden Sie sich schon gewöhnen, Miss Mayfair. Zumindest sollten Sie das, denn er kommt hin und wieder vorbei.«

Bumm, bumm. Mein Herz raste los. Bedeutete das etwa, dass ich länger als nur sechs Wochen bleiben dürfte, wenn ich mich schon mal an seinen Vater gewöhnen sollte?

»Jesus, seid ihr beide steif«, fand *Willie*. Ich schaffte es kaum, den Namen auch nur zu denken, weil er mehr zu einem Lausbuben als zu diesem gesetzten Herrn mit dem grauweißen Haar und der Nickelbrille passte. Ansonsten entdeckte ich wenig Ähnlichkeit zu Nathan, aber das konnte daran liegen, dass Williams Gesicht voller Falten war, die sowohl vom Alter als auch eindeutig vom Schmunzeln kamen.

»Saft!«, rief Jonas aus dem Büro und ich fuhr herum. Er schaute mich erwartungsvoll an.

Nathan verdrehte die Augen. »Was haben Sie da nur bei ihm ausgelöst, Miss Mayfair?«

»Ja, einen Vitaminrausch«, stimmte William Ward beifällig zu.

»Er bekommt sonst auch Vitamine«, versicherte Nathan mir.

Bevor ich zu dem Jungen gehen konnte, stupste mich Willie wieder an. »Er mag Haribo. Aber das hast du nicht von mir. Emma findet, dass Gelatine schlecht für Kinder ist.«

Nathan rollte erneut mit den Augen. »Sie findet, dass Gelatine schlecht für jeden ist.«

»Von mir bekommt er Gummibärchen«, stellte Willie sofort klar.

Schmunzelnd ging ich zu Jonas.

»Junger Mann, das heißt eigentlich: ›Kann ich bitte Saft haben, Miss Mayfair?‹«, rief ihm Nathan nach.

»Sei froh, dass er überhaupt spricht«, verteidigte ihn Willie.

Ich hörte die beiden hinter mir ihren kleinen Schlagabtausch fortsetzen. Jonas nahm sich die Worte seines Vaters dennoch zu Herzen, schaute mich aus seinen großen, blauen Augen an und fragte: »Saft, Ally?«

»Aber klar.«

Wahnsinn! Er hatte mich Ally genannt. Das hatte ich ihm schon am ersten Tag angeboten, aber es war das erste Mal, dass er meinen Spitznamen auch benutzte.

Ich brachte ihm seinen Saft und ein Glas und er nahm wieder auf Nathans Chefsessel Platz. Es war fast wie ein Ritual. Ich schenkte ihm ein und er lernte ein wenig. Später schaute ich erneut bei ihm vorbei und ich reichte ihm ein zweites Glas, obwohl er sich natürlich selbst hätte eingießen können. Aber darum ging es ja gar nicht. Mit dem Rest der Flasche würde ich später nach Hause fahren.

Heute hatte er auch wieder gemalt. Sein Bild zeigte eine Frau mit braunen Haaren, die eine Saftflasche in der Hand hielt. Daneben stand ein Junge, der aber genauso groß war wie die Frau.

»Bin ich das zufällig?«, erkundigte ich mich ganz beiläufig.

»Mhm«, stimmte er zu.

»Und bist du das?« Dann lächelte ich. »Oder ist das Tarzan?«

Jonas schaute mich mit einem so ungläubigen Blick an, dass ich fast lachen musste.

»Na, er ist so groß wie ich. Das könnte Tarzan sein. Ich und Tarzan beim Safttrinken.«

Jonas rümpfte die Nase.

»Okay, ich glaube, das bist doch du«, räumte ich ein.

»Ja.«

»Aber du bist gleich groß. Findest du mich so klein?« Ich stemmte unter Aufbietung meiner schauspielerischen Fähigkeiten die Hand in die Seite und machte ein ganz schmollendes Gesicht.

Jonas grinste.

Ich nahm fröhlich zur Kenntnis, dass er das Bild heute nicht mit tausend Regentropfen erstochen hatte. Es gab zwar eine Wolke, aber dahinter schaute eine Sonne heraus. Wow. Malte er seine Gefühle oder die anderer Leute etwa als Wetter?

Nathan kam vorbei, als ich gerade mit seinem Sohn herumalberte. Er stand im Türrahmen und schaute uns einfach nur an. Ihm standen ein halbes Dutzend Gefühle über das Gesicht plakatiert. Ein bisschen kam es mir vor, als hätte er einen Geist gesehen.

»Ich wollte nur schauen, ob alles okay ist«, sagte er bloß und ließ uns wieder allein.

Seltsam. Aber ich wollte mir vor Jonas nichts anmerken lassen und wandte mich ihm fröhlich zu. »Soll ich dir morgen wieder Saft mitbringen?«

»Apfel.«

»Finde ich gut.« Das fand ich wirklich. Besonders, weil ich immer die Hälfte von seinem Saft trank und Apfelgeschmack sehr mochte.

Willie verabschiedete sich mit einem Augenzwinkern von mir. »Schön, dass du hier bist«, lobte er mich. »Aber soll man über die Kiste da hinten drüberfallen?«, zog er mich im selben Moment auf.

»Oh, die habe ich vorhin ganz vergessen.«

»Na, na, jetzt werd' mal nicht hektisch. Auf fünf Minuten mehr kommt es auch nicht an.«

Ich stellte fest, dass ich die Wards sehr mochte. Okay, ja, ich war in Nate und seinen kleinen Sohn verknallt. Die beiden waren einfach ein tolles Gespann. Und auch Willie ... Vielleicht hätte ich Emma Ward ebenfalls mögen können, wenn ich sie nicht so maßlos beneidet hätte.

Kapitel 11

»Es war ein schöner Tag gestern, oder?«, fand Nathan.

»Ja, sehr.« Ich hatte gerade meine Jacke und den Apfelsaft im Spind verstaut. Außerdem stellte ich den Regenschirm aufgespannt in die Ecke, denn draußen war es kühl und regnerisch geworden.

»Paps war schon länger nicht mehr hier. Er hat Gicht im Bein.«

»Dann braucht er den Stock nicht immer?«

»Nein.« Nathan schüttelte den Kopf und betrachtete mich schmunzelnd. »Der alte Mann ist ein bisschen eigen, aber er mag Sie.«

»Das freut mich.«

Es war schön, dass der Morgen mit einem unerwarteten Kompliment begann. Und ich hatte Willie auch gern. Da war etwas so Junges in seiner Art, das mich mehr an Jonas als an einen Senioren erinnerte, was ihn ganz reizend machte. Vielleicht war es sein Schalk.

»Jonas mag Sie auch«, grübelte Nathan.

Ich schluckte gerührt und lächelte. »Ich mag ihn auch. Er ist ein toller Junge.«

»Ein bisschen zu still …«, sagte Nathan mehr zu sich selbst als zu mir und mit einem Mal war sein Blick meilenweit weg.

Vermutlich machte es ihn als Vater ganz verrückt zu sehen, dass Jonas nicht wie andere Kinder sprechen wollte. Nathan sah so bekümmert aus, dass ich ihm ohne zu überlegen die Hand auf den Arm legte.

»Das wird schon«, versprach ich.

Nathan schaute mich an. Er sah mich wirklich einfach nur sekundenlang an. Der Moment schrumpfte auf uns beide zusammen.

»Vielleicht«, murmelte er schließlich.

Aber ob er nun wirklich daran glaubte oder nicht, konnte ich nicht sagen.

Wie schon am letzten Freitag war heute wieder mehr los. So, als könnte man sich schon mal auf den hektischen Samstag einstimmen. Wie bereits am Vortag schaute Emma kurz vorbei und wie im Reflex verzog ich mich. Nicht so sehr, weil ich den beiden unbedingt ihre Privatsphäre einräumen wollte, sondern weil ich sie nicht zusammen sehen wollte.

Sie waren im Büro und unterhielten sich leise. Ich konnte ihre Stimmen hören, ohne etwas von ihrem Gespräch zu verstehen. Emma Ward legte bei ihrem Mann stets diesen Singsang an den Tag. Doch wann immer sie mich sah, wurde ihr Blick kühl und distanziert. Ich hatte keine Ahnung, was ich in ihren Augen falsch machte, aber ich benahm mich in ihrer Nähe sofort ungeschickt.

»Bis später«, hörte ich sie rufen und dann ertönte die Türglocke. Das war wie ein Erlösungsläuten.

Vorsichtig spähte ich von der Empore nach unten und erkannte gerade noch, wie sie davonlief.

»Miss Mayfair?«, klang Nathans Stimme von unten zu mir herauf.

Oh, oh.

Sein Ton war so sachlich, dass ich nicht wusste, was er wollen könnte. Aber nachdem die Eiskönigin soeben da gewesen war und ich nicht gerade ihr Liebling war, hoffte ich mal, dass er kein negatives Thema anschneiden würde.

»Miss Mayfair, nach reiflicher Überlegung sind meine Frau und ich zu dem Schluss gelangt, dass wir Ihren Vertrag nicht verlängern werden. Ich sage Ihnen das jetzt schon, damit Sie sich zeitig anderswo bewerben können.«

Meine Beine waren bleischwer, als ich die Stufen hinabstieg. Meine Hand glitt dabei über das Geländer, das ich vor Kurzem poliert hatte. Der Duft von Bienenwachs hing noch immer in der Luft.

Ich räusperte mich. »Ja, Mister Ward?«

»Ich gehe nachher mit Emma essen. Meinen Sie, dass Sie für eine Stunde allein die Stellung halten können?«

Puh.

Ich war total erleichtert. Aber erst, als ich den Atem ausstieß, merkte ich, dass ich die Luft angehalten hatte. »Ja, natürlich.«

»Sie können davor oder danach Pause machen.«

Eigentlich hatte ich gehofft, dass ich uns nachher wieder etwas holen könnte, um es uns zu teilen. Schließlich war heute auch schon Markt. Aber womöglich klappte es morgen.

Vielleicht solltest du besser aufhören, darauf zu hoffen, Zeit zu zweit mit ihm verbringen zu können, ermahnte mich eine innere Stimme der Moral.

»Ich bin noch nicht so hungrig.«

Er nickte. »Dann also später.«

Gegen Mittag verschwand Nathan wie angekündigt. Ich hatte ihn zuvor noch einmal alles gefragt, was ich wissen müssen könnte, und war dennoch sehr nervös, als ich tatsächlich im *A Place to Remember* allein war.

Es schauten einige Kunden vorbei, die meisten guckten nur. Jemand wollte wissen, ob wir Bilderrahmen hätten, und ich war ganz erleichtert, die Antwort auf diese leichte Frage zu kennen, und zeigte sie ihm. Am Ende verkaufte ich sogar drei Stück davon.

Als ich merkte, dass nicht ausgerechnet in Nathans Pause lauter Menschen – am besten zwanzig auf einmal – mit exotischen Fragen über mich herfielen und mich komplett überforderten, sondern dass im Gegenteil alles wie am Schnürchen lief, freute ich mich darüber, dass ich mich vor Nathan als tüchtige Mitarbeiterin beweisen konnte.

Ich notierte sämtliche Verkäufe in seinem Block und klebte die Preisschildchen daneben.

Als er zurückkam, schaute er lächelnd zur Tür herein. So, als müsste er erst einmal nachschauen, ob alles noch stand. »Na, ging's gut?«

»Bestens«, antwortete ich fröhlich und zeigte ihm die Liste der Verkäufe.

Nathan nickte anerkennend. »Dann sollte ich Sie wohl öfter alleinlassen.«

Eigentlich nicht, denn es war viel schöner, wenn er in der Nähe war. Die Stimmung im Laden war dann eine ganz andere. *Meine* Stimmung war eine andere.

Aber das wäre nicht die Antwort der Mitarbeiterin des Monats, der eine Vertragsverlängerung winkte, sondern vielmehr die einer Frau, die zu blöd war, ihre unangemessenen Gefühle für sich zu behalten. Also entgegnete ich stattdessen: »Dafür haben Sie mich ja eingestellt.«

Er kratzte sich am Ohr und lächelte. »Stimmt.«

Dann schickte er mich in die Pause. Aber weil es noch immer regnerisch war, besorgte ich mir bloß wieder ein Thunfischsandwich.

Später am Tag kam Jonas von der Schule. Ich ertappte mich schon im Vorfeld dabei, wie ich immer wieder auf die Uhr blickte, um zu schauen, wann es so weit wäre.

»Hey, Großer!«, grüßte ich ihn.

Er drückte erstmal seinen Papa und sah mich gleich als zweite Amtshandlung mit diesem hoffnungsvollen Blick an. »Apfel?«

»Na, klar.«

Ich ging mit ihm ins Arbeitszimmer, nahm ihm wie gewohnt die Jacke ab, spannte seinen Schirm auf, damit er trocknen konnte, und füllte ihm seinen Saft ein. Jonas hatte bereits voller Vorfreude auf dem Chefsessel Platz genommen. Inzwischen wirkte er nicht mehr so klein und verloren darin wie noch vor gut einer Woche, als ich ihn kennengelernt hatte.

»Hier, Jonas.«

»Danke«, sagte er von ganz allein, was Nathan vermutlich Bauklötze hätte staunen lassen.

»Ich habe noch etwas anderes für dich«, verkündete ich mit feierlicher Pose. Er schien es zu mögen, wenn ich mich benahm, als wären wir im Theater. So mit großen Gesten und Tamtam.

Während er von seinem Saft trank, spähte er neugierig über den Glasrand. Ich holte ihm mein Geschenk vom Flohmarkt aus dem Spind.

»Es ist nur eine Kleinigkeit, aber ich hoffe, es gefällt dir.« Ich reichte ihm die Schachtel, die ich in buntes Geschenkpapier eingewickelt hatte.

Jonas stellte sein Glas beiseite und rupfte geschwind das Papier ab. Darunter kam eine Packung mit vielen Buntstiften zum Vorschein. Die Stifte waren mit schielenden und Grimassen schneidenden Außerirdischen bedruckt. Sie sahen so fröhlich und farbenfroh aus, dass man allein vom Anblick Lust aufs Malen bekam. Und das mochte er ja so gerne. Immerhin zeichnete er jeden Tag etwas.

»Cool!«, freute sich Jonas.

Ich war ganz aus dem Häuschen, dass es ihm so gut gefiel. Und das erste Mal, seit ich ihn kannte, steckte er seine Nase nicht zuerst in Bücher, sondern läutete sein Wochenende mit einer Kunststunde ein.

Ich ließ ihn in Ruhe, weil im Geschäft wieder einiges los war. Aber zwischen den Kundengesprächen schauten Nathan und ich so oft es ging bei Jonas vorbei. Er zeichnete ein Bild mit kleinen Außerirdischen, wie sie auch auf seinen Stiften zu sehen waren. Aber das Schönste war, dass er eine Sonne malte, obwohl es draußen regnete.

Kapitel 12

»Kann ich Ihnen helfen?«, fragte ich einen Mann mittleren Alters, der sich suchend umsah. Er musste hier irgendwo in der Nähe leben, denn ich hatte ihn schon mindestens dreimal gesehen. Meistens kaufte er Dinge zum Verschenken.

Er blinzelte mich an. Die Sonne schien grell durch das Schaufenster herein und spiegelte sich in den Pfützen, die den Gehweg vor dem Geschäft überzogen wie Flecken auf einem Kuhfell. Nach dem Regen der letzten Zeit war es noch immer kühl draußen, aber wenigstens begann London in einer Art Frühlingslicht zu strahlen.

»Ja, das wäre nett«, stimmte er zu. »Ist Mister Ward gar nicht hier? Er berät mich sonst immer.«

»Nein, er ist heute Vormittag unterwegs. Aber ich helfe Ihnen gerne weiter.«

Dank der Erfahrung vom letzten Mal, als alles wunderbar geklappt hatte, fühlte ich mich zum Glück nicht wie ein aufgeschrecktes Huhn, weil ich das *A Place to Remember* an diesem Dienstagmorgen allein betreute. Aber ein bisschen angespannt war ich dennoch. Bloß wollte ich mir das vor diesem Stammkunden nicht anmerken lassen. Vorhin hatte ich bereits erfolgreich ein paar Dinge an Touristen verkauft, die sich von dem guten Wetter zu einem Bummel angelockt fühlten.

»Ah ja«, murmelte er. »Ich suche ein Geschenk für meine Mutter. Wissen Sie, ich habe eine große Familie und einen noch größeren Freundeskreis. Da gibt es ständig Geburtstage.«

Ich stellte mir sein Umfeld eher etwas älter vor, weil er anscheinend ausnahmslos Antiquitäten verschenkte.

»Verstehe. Schwebt Ihnen denn etwas Spezielles vor?«

»Nein«, gestand er. »Das ist es ja gerade. Mir schwebt eigentlich nie etwas vor. Aber meine Mutter wird achtzig. Da will ich ihr natürlich schon eine besondere Freude machen.«

»Tja, wie wären dann zum Beispiel Silberlöffel?«, schlug ich ihm vor. »Wissen Sie, in Steeple Claydon, wo ich herkomme, war ich oft bei meiner Oma. Sie liebt ihr Silber. Das können Sie mir glauben. Wir haben es eigentlich ständig poliert. Nicht weil das immer nötig gewesen wäre, sondern weil es uns Spaß gemacht hat. Es ist so …« Ich suchte nach einem Wort. »… nun, einfach eine liebevolle Beschäftigung. Und ich hatte immer das Gefühl, einen echten Schatz in den Händen zu halten.«

Er nickte zufrieden. »Das hört sich gut an.«

Ich zeigte ihm das Besteck und er entschied sich für ein teures Set aus Sterlingsilber. Der Mann hatte seine Mutter offensichtlich sehr gern, denn er zuckte bei dem Preis nicht einmal mit der Wimper, obwohl er dafür mehr als mein Monatseinkommen heraushauen würde.

Dazu kaufte er noch einen Handspiegel für seine Nichte, der er anscheinend immer etwas mitbrachte, sobald er für andere Geschenke besorgte. »Damit sie nicht leer ausgeht.«

Ich runzelte die Stirn. »Bekommt sie da nicht ein bisschen oft was?«

Er grunzte belustigt. »Aber ja.« Dann zuckte er die Schultern. »Tja, ich habe sonst nur Brüder, Cousins und Neffen. Sie ist das einzige Mädchen.«

Er startete einen echten Großeinkauf.

»Ich mag Tee«, erklärte er, als er sich selbst noch eine Kanne aussuchte. »Mama und ich trinken immer zusammen Tee. Die hier wird ihr auch gefallen.«

»Ganz bestimmt.« Bei so einem aufmerksamen Sohn konnte die Frau doch nur entzückt sein.

Schließlich schafften wir es bis an die Kasse. Trotz des antik anmutenden Äußeren der Registrierkasse bot Nathan natürlich auch die elektronische Zahlungsweise mit EC- und Kreditkarten an.

Ich erfasste die Waren und packte alles sorgfältig ein.

»Was kostet das Bild dort?«, wollte der Mann wissen und schob mir seine Kreditkarte über den Tresen, laut der er Sergiusz Szczepański hieß. Ich versuchte gar nicht erst, das auszusprechen, obwohl ich ihn liebend gerne persönlich angesprochen hätte, weil das einfach netter klang. Leider war mein Polnisch – und ich ging mal schwer davon aus, dass es sich hierbei um einen polnischen Namen handelte, obwohl ich diesbezüglich keine Erfahrungen in Steeple Claydon gesammelt hatte – ziemlich unbrauchbar.

Ich drehte mich zu dem Gemälde um, auf das er deutete. Es hing direkt hinter mir an der Wand und zeigte geblümtes Geschirr.

»Da schaue ich gleich mal nach«, versprach ich.

Ich packte noch schnell den Handspiegel ein und suchte dann den Rahmen nach einem Preisschild ab. Als ich nichts fand, hängte ich es ab und schaute auf der Rückseite nach. Aber auch dort stand nichts. Mist! Nathan musste vergessen haben, es auszuzeichnen.

Es war ein kleines Bild, ein Stillleben, das gut in ein Antiquitätengeschäft passte, aber mehr auch nicht.

Ich legte es auf dem Tresen ab und betrachtete es ratlos. Es war nur in einem einfachen Holzrahmen eingefasst worden. Nichts Teures. Aber ich wusste ja ohnehin, dass Nathan nur günstige Bilder führte.

»Leider steht hier kein Preis drauf«, entschuldigte ich mich bei dem Mann.

»Egal«, fand Mister Szczepański. »Nennen Sie mir einfach einen Preis.«

Tja. Ähm ...

Die anderen Bilder im Geschäft kosteten zwischen zwanzig und vierzig Pfund. Vermutlich war das hier eher bei zwanzig angesiedelt, da nicht einmal der Rahmen kostbar war. Ich wollte nicht unverschämt sein und einfach die vollen vierzig Pfund fordern. Immerhin ließ er hier gerade gutes Geld liegen, und Nathan gewährte bei solchen Summen gerne mal einen kleinen Rabatt, was ich nun gar nicht getan hatte.

»Was wäre es Ihnen denn wert?«, drehte ich den Spieß um.

Zur Not könnte ich ihm etwas entgegenkommen.

Er zuckte mit den Schultern. »Na, es ist sehr hübsch. Mama hat ein ähnliches Geschirr. Sie könnte es sich neben den Geschirrschrank hängen. Sagen wir ...« Er wog den Kopf hin und her: »Zweihundert.«

Ich blinzelte verständnislos.

Das konnte er nicht gerade wirklich gesagt haben, oder?

»Was meinten Sie?«, fragte ich zur Sicherheit noch einmal nach.

»Zweihundert Pfund.«

Innerlich führte ich ein Freudentänzchen auf. Wenn ich das nachher Nathan erzählte, wäre er sicher ganz begeistert. Ich malte mir aus, wie er mich anlächelte, ja, und wie er möglicherweise meinen Arbeitsvertrag verlängerte, weil er mich für tüchtig hielt, und ich bekam Herzrasen.

Ich schluckte schnell und nickte dann möglichst beherrscht, um mir nicht anmerken zu lassen, wie großartig ich das gerade fand.

»Ja, ich glaube, das können wir schon machen«, willigte ich ein.

Heiliger Strohsack!

Ich machte alles fertig und Mister Szczepański bezahlte und verließ das Geschäft.

Als Nathan zurückkam, befand er sich in Begleitung von Emma. Aber davon ließ ich mir die gute Laune nicht verhageln, denn ich hatte so großartige Neuigkeiten für ihn, dass selbst sie ihren missbilligenden Blick einmal für den Moment vergessen könnte.

Sie trug ihre übliche verkniffene Miene zur Schau, als sie mich betrachtete, während Nathan mich erwartungsvoll ansah: »Na, ging alles gut?«

»Fabelhaft!«, verkündete ich. »Wir haben ganz viel Umsatz gemacht.«

Während ich ihn zu seinem Verkaufsblock führte – und ja, ich hätte ihn vor lauter Begeisterung am liebsten am Ärmel gepackt und dorthin gezogen –, zählte ich ihm die Ausbeute des Vormittags auf.

»… eine Teekanne, teures Silberbesteck, oh, und ich habe einen unglaublich tollen Preis für das Bild an der Kasse bekommen.«

Emma blieb wie angewurzelt stehen. Ich bemerkte es erst gar nicht, weil ich so fröhlich drauflosplapperte. Doch als ich über die Schulter zurückblickte, sah ich es, und mir fiel auch auf, dass sich Nathans entspanntes Gesicht in eine Maske verwandelt hatte.

Er starrte einfach nur geschockt auf die verwaiste Stelle an der Wand, an der das Bild gehangen hatte, und meine gute Laune verwandelte sich schlagartig in einen Klumpen Blei, der mir schwer im Magen lag.

»Aber was ist denn?« Meine Frage kam als halbes Fiepsen heraus.

So hatte ich Nathan noch nie gesehen. Er stand nur einen Meter weit von mir entfernt, doch plötzlich trennten uns Welten.

»Das Bild ist von meiner Frau«, sagte er mit erstickter Stimme.

Mein Blick huschte zu Emma, die sich einen Ruck gab, an seine Seite glitt und ihm liebevoll über den Nacken strich.

»Sie hat unser Hochzeitsgeschirr gemalt.« Nathan klang kaum wie er selbst, sondern ganz tönern. Offensichtlich ging seine Ehe emotional noch viel tiefer, als ich das bisher bemerkt hatte. Ich war eine Idiotin gewesen.

Hektisch benetzte ich meine Lippen und versuchte, das schreckliche Flattern in meinem Brustkorb zu unterdrücken. »Ja, aber …« Ich schaute zwischen den beiden hin und her. »Es tut mir ehrlich leid. Das wusste ich nicht. Aber kann sie Ihnen denn nicht einfach ein neues Bild malen?« Hilflos deutete ich auf Emma.

Mir war bewusst, dass so ein Motiv von ihrem Hochzeitsgeschirr sehr persönlich für die beiden sein musste, aber zum Glück hatte ich nicht versehentlich einen echten Rembrandt verkauft und mehrere Millionen gegen zweihundert Pfund eingetauscht.

Das hätte mich trotz des Schlamassels erleichtern können, aber Nathans Blick jagte mir ein Schaudern über den Rücken: Er sah aus, als hätte er einen Geist gesehen. Seine Augen weiteten sich entsetzt. Er machte auf dem Absatz kehrt und verschwand durch die erstbeste Tür ins Lager.

Ich konnte seine heftige Reaktion nicht nachvollziehen. Natürlich war das furchtbar unglücklich gelaufen, aber Nathan hatte buchstäblich ausgesehen, als wäre seine Welt untergegangen.

Emmas Blick war so eisig, dass mir innerlich kalt wurde.

»Das haben Sie toll hinbekommen«, rügte sie mich.

Um Verzeihung heischend bat ich sie: »Können Sie das Bild denn wirklich nicht noch mal malen, Misses Ward?«

Nun wirkte auch sie leidlich geschockt. »Ich bin nicht Misses Ward«, korrigierte sie mich mit kühler Beherrschung. »Nathans Frau ist tot, Miss Mayfair.«

Stille.

In meinem Kopf herrschte nur noch Stille und auch alles um mich herum schien stillzustehen. Der Moment, alle Geräusche, mein Herz.

Ich war zu verwirrt, um einen klaren Gedanken fassen zu können.

»Aber Sie sind doch … Ich meine, sind Sie denn nicht …?«

Als ich versuchte, es in Worte zu fassen, traf mich die Bedeutung mit voller Wucht. Plötzlich hatte ich das Gefühl, keine Luft mehr zu bekommen.

»Meine Schwester ist tot. Sie kann ihm kein neues Bild mehr malen«, zischte sie mit erfrorenem Gesicht.

Mit diesen Worten ließ sie mich stehen und ging Nathan hinterher.

Kapitel 13

Ich weiß nicht, wie es hatte passieren können, dass meine Euphorie in diesen düsteren Malstrom geraten war. Aus einem tollen Verkauf war eine komplette Tragödie geworden.

Ich zitterte so stark, dass ich zweimal am Tresen abrutschte, als ich versuchte, meine Hände darauf abzustützen. Seine Frau war tot? Nathan war *Witwer*? Das Wort war so schockierend, dass es meinen Verstand verstopfte. Und ich hatte ihr Andenken verkauft, das einer Zeit angehörte, die für Nathan unwiederbringlich verloren war. Oh mein Gott!

Hier ging es nicht mehr nur darum, wie ich mich als Verkäuferin geschlagen hatte – nämlich miserabel –, sondern darum, wie ich als Mensch Nathans Gefühlswelt demontiert hatte. Ich hatte ihn niemals unglücklich machen wollen. Ich lebte und atmete regelrecht für diesen Mann.

Wieso nur hatte ich ausgerechnet zu dem Zeitpunkt allein im Geschäft sein müssen, als sich jemand für das Gemälde interessierte?

Wieso hatte ich nicht einfach nein gesagt?

Aber zweihundert Pfund ...

Wie betäubt schlug ich meine Hände vors Gesicht. Wenn ich doch nur die Zeit zurückdrehen und diesen Fehler ungeschehen machen könnte.

Es war so totenstill im Geschäft, dass ich meinen eigenen Herzschlag in den Ohren dröhnen hörte. Und dann, als ich nur noch stumm lauschte und völlig erstarrt dastand, schwebte die leise Stimme von Emma aus dem Lager zu mir heran. Sie redete in einer Weise mit Nathan, die es mir nicht schwer machte, mir vorzustellen, wie sie ihren Arm um ihn gelegt hatte. Bilder entstanden in meinem Kopf. Bilder, die mich verrückt werden ließen, weil eigentlich ich ihn hätte trösten müssen. Schließlich war es mein Fehler gewesen, der ihn zu diesem Rückzug bewogen hatte.

Stattdessen war Emma an seiner Seite. Und nicht nur das. Ihre Worte hielten den nächsten Schock für mich bereit: »Entlass Sie endlich, Nate! Sie bringt nur alles durcheinander.«

Wie benommen taumelte ich auf den offenen Türspalt zu, durch den ihre Stimme zu mir herandrang. Es war, als würde ich auf einen Abgrund zuwanken, in dem mein Schicksal besiegelt wurde. Und Emma hatte nichts Gutes mit mir vor.

»Wir brauchen sie doch gar nicht«, raunte sie. »Wir sind immer klargekommen – du, Jonas und ich. Du weißt, dass ich für euch da bin ... Oh Gott, das schöne Bild ... Bitte, sag doch was, Honey ...«

Vielleicht gehörte Emma wirklich zu den Leuten, die jeden Honey, Schatz und Liebling nannte, aber ich konnte es mir beim besten Willen nicht vorstellen.

Dafür war sie sonst viel zu unterkühlt und distanziert. Außer bei Nathan und seinem Sohn – ihrem Schwager und ihrem Neffen, wie ich mir klarmachte.

Verflucht, es war doch kein Wunder, dass ich das alles falsch verstanden hatte. Immer fand sie Kosenamen für Nathan, streichelte seine Wange, hakte sich bei ihm unter oder drückte ihn. Seine Frau mochte tot sein, doch ich wollte einen Besen fressen, wenn Emma nicht die neue Frau an seiner Seite werden wollte.

Bei der Vorstellung wurde mir fast schlecht.

Dieses Bild auf seinem Schreibtisch, die Familie darauf ... dann waren das Nathan, Jonas und Emmas tote Schwester gewesen. Die Frauen waren sich wie aus dem Gesicht geschnitten. Ich hatte keinen Zweifel daran, dass sie eineiige Zwillinge gewesen sein mussten. Oh Gott, das war so verdreht.

»Ich kann mir ein paar Tage freinehmen und dir helfen, bis du eine neue Angestellte gefunden hast«, bot sie an. »Was hat sie denn vorher schon groß gekonnt? Das kann auch eine andere lernen ... Nathan? ... Nate-Schatz?«

Es dauerte einen Moment, bevor mir klar wurde, dass sie nicht mehr auf ihn einredete, sondern ihm nachrief. Bloß dass sie nicht wirklich laut dabei wurde. Und ehe ich begriff, dass er wohl gleich auftauchen und mich beim Lauschen erwischen würde, wenn ich nicht endlich ein paar Schritte zur Seite ging, schwang die Tür auch schon auf, und er lief fast in mich hinein.

Erschrocken zuckte ich zusammen. Nathan blieb wie angewurzelt stehen. Sekundenlang schauten wir einander an. Sein Blick war voller Trauer und irgendwie auch Abscheu. Ich wusste nicht, ob sich dieser Ausdruck direkt gegen meine Person oder nur gegen die ganze Situation richtete.

»Bitte …«, flüsterte ich und knetete hilflos meine Hände. »Es tut mir so leid. Ich hätte das doch nie …«

»Miss Mayfair«, unterbrach er mich und sah aus wie jemand, dem man gerade gesagt hatte, dass seine Frau noch mal gestorben war. »Vielleicht nehmen Sie sich einfach den Rest des Tages frei.«

Seine Worte verknoteten meinen Magen und gossen Säure in mein Blut.

»Was?«, hauchte ich.

Ich wollte ihn nicht verlieren, aber ich wusste mir auch nicht zu helfen. Ich hatte Mist gebaut. Den schlimmsten nur vorstellbaren Mist. Und jetzt erhielt ich die Quittung.

»Bitte, gehen Sie nach Hause.«

Mein rechtes Augenlid zuckte. Ich spürte es wie einen Todesstoß. War ich gerade meinen Job losgeworden? Es kam mir vor, als würde Nathan mit mir Schluss machen. Zumindest mit der Illusion, die ich mir bisher gemacht hatte.

Er formulierte es zwar als Bitte, doch mir war klar, dass es keine war. Er wollte, dass ich verschwand, und zwar umgehend.

Bevor ich vor ihm noch mit den Tränen zu kämpfen hätte, huschte ich ins Büro zu meinem Spind. Ich nahm meine Sachen heraus, konnte nicht aufhören, daran zu denken, dass ich dies vielleicht das letzte Mal tat, und warf sie mir über den Arm. Dann stellte ich die Saftflasche für Jonas auf den Schreibtisch, auf die er sich bestimmt schon freute und auf die er meinetwegen nicht verzichten sollte.

Ich wollte nicht Abschied nehmen. Wie ferngesteuert verließ ich das Büro. Noch immer trug ich meinen Mantel nur über dem Arm statt am Körper. Ich hielt den Riemen meiner Handtasche ganz fest umklammert, als könnte ich umfallen, falls ich ihn losließ. Statt meines hübschen, neuen Kostüms hätte ich besser eines von Elviras zu groß geratenen, dunklen Sachen angehabt, die mir mehr wie eine Büßerkutte vorgekommen wären.

Emma stand dicht hinter Nathan, bereit, um für mich einzuspringen. Bereit, um jede Frau zu verdrängen, die ihr bei ihren Plänen, ihn an sich zu binden, in die Quere kam.

Nathan wirkte wie eine leere Hülle seiner selbst und ich fühlte mich furchtbar, weil ich dafür verantwortlich war.

»Es tut mir leid«, flüsterte ich noch einmal und ging dann, weil es anscheinend genau das war, was beide von mir erwarteten.

Kapitel 14

Ich lief wie ein Roboter zur U-Bahn und fuhr nach Hause. Erst als ich meinen Mantel im Flur aufhängte, merkte ich, dass ich ihn die ganze Zeit über nur im Arm getragen hatte, obwohl draußen bloß acht Grad gewesen waren. Mir war kalt, aber das lag nicht bloß am vergessenen Mantel.

Elvira war natürlich noch nicht da, um mich in dieser dunklen Stunde nach Hause kommen zu sehen, und darüber war ich erleichtert, weil ich mit Akten und Fakten gerade nichts hätte anfangen können. Nein, sie war nicht hier. Denn anders als ich war sie bei der Arbeit.

Himmel, ich wusste wirklich nicht, ob ich am Donnerstag überhaupt noch einen Job haben würde. Womöglich rief Nathan an meinem freien Tag an, um mir zu sagen, dass ich gar nicht mehr zu kommen bräuchte.

Jetzt endlich, im Schutz der Wohnung, brach ich zusammen und weinte. Um Nathan und seinen Verlust. Um Jonas, dessen Trauer ich komplett falsch eingeschätzt hatte. Über den größten Fehler, der mir seit Langem unterlaufen war. Einfach wegen allem.

Jede Träne schien für ihren eigenen Schmerz zu stehen. Aber als sie alle versiegt waren, fühlte ich mich vor allen Dingen leer.

Trotzdem glomm auch ein kleines Licht in mir. Denn es gab etwas, was ich für Nathan tun könnte. Etwas, das ich probieren musste. Ich würde versuchen, das Bild zurückzubekommen.

Als ich mich – auch durch diesen Entschluss – einigermaßen gefasst hatte, rief ich Caitlyn an.

Sie hörte schon an meinem zittrigen Hallo, dass etwas nicht stimmen konnte.

»Süße, was ist denn los?«

Es waren genau die Worte, auf die ich gewartet hatte. Ich erzählte ihr alles, was sich zugetragen hatte. Von meinem schönen Hochgefühl über den verkaufsstarken Vormittag bis hin zum tiefen emotionalen Fall.

Anfangs stieß sie ungläubige Geräusche aus, bis sie schließlich nach einem ergriffenen »Scheiße!« ganz verstummte.

Die Stille waberte zwischen uns. Ich hörte nicht einmal mehr ihren Atem.

Dann hauchte sie: »Aber verstehst du denn gar nicht, Ally? Jetzt hast du endlich eine Chance.«

Chance?

»Was denn für eine Chance?«

»Er ist ungebunden«, erklärte sie. »Nathan ist frei. Er ist überhaupt nicht verheiratet. Jedenfalls nicht mehr. Und wenn du nicht willst, dass diese Emma ihn einwickelt, dann gehst du hin und kämpfst endlich um ihn. Denn jetzt darfst du es.«

»Meinst du wirklich?« Mit einem Mal keimte ein winziger Funken Hoffnung in mir auf.

»Ja. Ich sage so was sonst echt nicht, und ich kann nicht fassen, dass ich es jetzt tue – also diese Sache mit dem Schicksal –, aber vielleicht war das im Park ja doch so ein Wink für euch.«

»Wie meinst du das?«

»Na ja, erst kam er dich retten und jetzt gehst du hin und rettest ihn. Du rettest ihn aus diesem deprimierenden Leben.«

Nicht nur ihn. Auch Jonas konnte eine große Portion Glück und Freude vertragen. Bei meiner Mission, ihn ein bisschen aufzumuntern, stand ich doch gerade erst am Anfang.

»Bloß, dass Emma ihn schon retten will. Und optisch müsste sie ja genau sein Ding sein.«

Denn wenn er sich in ihre Zwillingsschwester hatte verlieben können, warum nicht auch in Emma?

Caitlyn sagte: »Weißt du, wenn sie aussieht wie seine tote Frau und sie für ihn da sein will, als wäre sie diese andere, warum sind sie dann kein Paar?«

Hm.

Ich dachte über ihre Frage nach. Woran lag es, dass Nathan nicht zugriff und die alten Zeiten mit dieser so identisch wirkenden Frau wiederaufleben ließ?

Ratlos zuckte ich die Schultern. »Trauerzeit?«

Ich hatte keine Ahnung, wie lange Nathan schon Witwer war.

»Oder …«, leitete Caitlyn ihren Gegenvorschlag mit einer dramatischen Pause ein, »… diese Emma hat am Ende gar nicht so viel mit ihrer toten Schwester gemeinsam. Mal ehrlich: Keine zwei Menschen sind gleich.«

»Vielleicht«, flüsterte ich und wollte dem Gedanken eine Chance geben.

Caitlyn schien sich für ihre Idee zu erwärmen: »Das ist wie in diesem Film, wo sie die Menschen gegen Aliens ausgetauscht haben, die genau gleich aussahen. Aber sie waren eben nicht gleich. Und die, die noch echte Menschen waren, haben einfach gespürt, dass etwas mit den anderen nicht stimmte.«

Sie hatte diesen Unterton, den sie immer anschlug, wenn sie sich selbst gerade genial fand. Dabei trug sie dieses unbestimmte »Na? Was meinst du zu dieser Theorie?« in der Stimme.

Und womöglich hatte Caitlyn wirklich recht.

Mir fiel Jonas' Bild wieder ein, wie er die drei gemalt hatte – sich, seinen Vater und die Frau, die ich für Emma gehalten hatte – und wie er eine Regenwolke über ihren Köpfen gezeichnet hatte. Das war kein Streit gewesen. Genau wie seine stille Art keine Entwicklungsstörung war. Das war Trauer. Der Junge war todtraurig, weil seine Mutter gestorben war.

Und Emma war nun einmal nicht seine Mutter. Trotzdem versuchte sie sich ins Bild hineinzudrängen, als wäre sie es. Wie eines von Caitlyns Aliens. Sie ständig zu sehen und dadurch immer wieder an seine tote Mutter erinnert zu werden, musste dem Jungen doch zu schaffen machen.

»Ich glaube, du hast recht«, wisperte ich.

Unvermittelt hatte ich das Gefühl, dass doch noch nicht alles verloren sein musste.

Ich würde alles dafür geben.

»Schnapp ihn dir, Ally!«, beschwor mich Caitlyn. »Bring etwas Licht in sein Leben und vergiss die frostige Puppe mit dem kopierten Gesicht.«

Fast tat mir Emma leid, weil es für sie schwer sein musste, dass er sich in ihre Schwester hatte verlieben können und sie selbst bisher nicht zu ihm durchgedrungen war. Trotz ihrer Blicke und ihrer Aufmerksamkeit. Trotz ihrer Umarmungen oder Streicheleinheiten. Sie mochte das äußere Erscheinungsbild haben, aber ich hatte das Herz.

Kapitel 15

Heute war mein freier Tag und ich wollte ihn dafür nutzen, um meinen Fehler wiedergutzumachen und um Nathan das zurückzugeben, woran seine Liebe hing. Ich würde ihm das Andenken seiner Frau zurückholen.

Beflügelt von meinem Plan war ich wie in einem Rauschzustand. Direkt nach dem Aufstehen klemmte ich mich an meinen Tablet-PC und bemühte für die Suche nach Sergiusz Szczepański die allwissenden Weiten des Internets.

Im Geschäft hatte ich den komplizierten Namen dieses Kunden mehrmals in meinem Kopf herumgespielt, um mir zu überlegen, wie ich ihn am besten aussprechen könnte. Das wusste ich zwar ehrlich gesagt noch immer nicht, aber zumindest hatte ich ihn mir dadurch gemerkt. Ich gab die Buchstaben ein und wartete nervös auf ein Ergebnis. Und da! Tatsächlich!

Ich war ganz erleichtert, als ich im Telefonverzeichnis einen Eintrag unter diesem Namen fand. Und weil er so ungewöhnlich war, musste ich auch nicht gleich eine ganze Liste von Männern, die so hießen wie er, durchforsten. Denn er stand genau ein Mal drin. Der Eintrag lautete: Sergiusz und Malgorzata Szczepański. Das mussten er und seine Frau sein. Dahinter fand ich sowohl seine Telefonnummer als auch seine Anschrift.

Ich notierte mir die Daten und rief auf der Londonkarte seine Adresse auf. Er wohnte in South Kensington, einer feinen Gegend südlich des *Hyde Parks*. Jenem Park, in dem ich Nate zum ersten Mal begegnet war. Jetzt gerade kam er mir wie ein Dreh- und Angelpunkt vor. Ich zog mich an, biss dreimal von einer Scheibe Toast ab, die ich mir in meiner Eile nicht einmal getoastet hatte, und schnappte mir meinen Mantel, den ich diesmal sogar anzog.

Dann machte mich auf den Weg, weil ich mein Anliegen lieber persönlich besprechen wollte. Ich nahm die rote *Central* bis *Holborn* und stieg dann auf die blaue *Piccadilly Line* um.

Während ich durch London fuhr, dachte ich über Nathans tote Frau nach. Wie sie wohl gewesen sein mochte? Wie sie sich wohl begegnet waren? Wie toll sie gewesen sein musste, dass er sich in sie verliebt und sie geheiratet hatte.

Ich kannte ihr Gesicht und trotzdem war sie eine Fremde, die ich nicht einschätzen konnte.

Ich fragte mich, wie alt Emma wohl sein mochte. Auf jeden Fall jünger als Nathan, aber doch etwas älter als ich. Vielleicht Ende zwanzig. Ich fragte mich auch, wie lange Nathans Frau schon tot war. Ob sie in meinem Alter gestorben war?

Die Vorstellung war erschütternd und ich klammerte mich an meiner Handtasche fest, während ich in der ruckelnden U-Bahn saß, die so dicht an den Rändern des Fahrschachts entlangfuhr, dass alles, was da im völligen

Dunkel lag, nur unscharf dahinsauste. Das Geräusch der Räder auf den Schienen wurde verzerrt zurückgeworfen wie ein metallisches Rauschen. Es bahnte sich seinen Weg bis in meine Gedanken.

Ob sie von einem Zug überfahren worden war? Hatte sie einen Unfall gehabt? War sie krank gewesen? Oder hatte sie sich etwas angetan?

So oder so, sie war viel zu jung gestorben, ganz egal, wie es geschehen war.

Und Jonas – wie musste er sich gefühlt haben? Ob er damals zu sprechen aufgehört hatte? Mein Herz blutete für den kleinen Jungen mit den großen Augen. Ich stellte ihn mir vor, wie er einen bedruckten Kinderpyjama trug, wie er einen Teddy unter den Arm geklemmt hielt und sich die tränennassen Augen rieb, wie er nachts schreiend aufwachte und nach seiner Mama rief, die nie mehr zu ihm kommen würde.

Ich dachte an Nathan – wie er für den Kleinen hatte da sein müssen, obwohl er ganz sicher selbst ein seelisches Wrack gewesen war. Wie er seine Tränen zurückhielt, wie er nur zusammenbrach, wenn er ganz allein war. Wie einsam er sich gefühlt haben musste mitten unter Menschen.

Und ich dachte an Emma – wie sie den Tod ihrer Schwester betrauerte, wie Nathan und sie gemeinsam diesen Verlust durchlebten und einander Kraft schenkten, wie sie begann, sich Hoffnungen zu machen und sich ein Leben an seiner Seite auszumalen. Und wie wenig sie mich mögen musste, weil ich – wie sie es selbst genannt hatte – alles nur durcheinanderbrachte. Alles, was sie sich seit dem Tod ihrer Schwester bei ihm aufgebaut hatte. Sie war diejenige, die für ihn da sein wollte. So wie ich für ihn hatte da sein wollen, als sie ihn im Lagerraum getröstet hatte.

»Wir sind immer klargekommen – du, Jonas und ich«, hallten ihre Worte in meinem Kopf nach. *»Entlass Sie endlich, Nate!«*

Endlich … Plötzlich stolperte ich über dieses Wort. Wie lange hatte sie denn schon versucht, ihn dazu zu überreden?

»Nächster Halt: *Knightsbridge*«, riss mich die elektronische Stimme der Durchsage aus meinen Gedanken.

Ich zuckte zusammen und schüttelte das unwohle Gefühl ab, das mich in Emmas Gegenwart andauernd beschlichen hatte. Vielleicht litt ich auch einfach nur unter Wahnvorstellungen. Am Ende hielt sie mich schlicht und ergreifend bloß für untalentiert.

»Was hat sie denn vorher schon groß gekonnt? Das kann auch eine andere lernen.«

Autsch.

Emma, die ich in Gedanken immer noch Emma Ward nennen wollte, obwohl sie gar nicht so hieß, schoss jedenfalls mit scharfer Munition.

Ich hängte mir den Riemen meiner Handtasche über die Schulter und stieg aus. Als ich die U-Bahn-Station verließ, kam ich an einer großen, belebten Hauptstraße heraus. Es war ähnlich voll wie in Notting Hill, wenn Markt war. Es war eine vornehme Gegend und gleichzeitig eine der beliebtesten Einkaufsmeilen. Eine mit *Dolce & Gabbana* oder dem weltberühmten *Harrods*-Kaufhaus in der Nähe. Aus allen Schaufenstern drang dieser schillernde Schein von Glamour und Weltschick. Wer hier keine Kreditkarte mit dickem Verfügungsrahmen hatte, bummelte besser in eine andere Richtung.

Ein bisschen kam es mir vor, als wäre ich in der Londoner Variante dessen gelandet, was in Hollywood der berühmte Rodeo Drive war. Nur ohne die sonnenverwöhnten Palmen oder die eingefassten Sternchen berühmter Stars am Boden.

Ich lief los und bahnte mir meinen Weg durch die Menschenmassen. Auch auf der Straße war es voll und laut. Durch den Verkehr rollten einige rote Stadtrundfahrtbusse. Ich stellte mir vor, wie einer der Touristen aus dem Fenster schaute und mich dabei erblickte, eine von vielen, die vielleicht etwas verloren wirkte.

Ich stellte mir auch vor, wie Nathan jetzt im *A Place to Remember* war und wie Emma ihm zur Hand ging. Wie sie ihm zusäuselte, dass mit ihnen beiden doch alles wunderbar klappte. Wie Nathan merkte, dass ich ihm gar nicht fehlte. Wie er Emmas Gesellschaft mehr schätzte als meine.

Bilder von den beiden fuhren in meinem Kopf Karussell. Emma, die ihn anlächelte, die ihn Honey nannte, die ihm zärtlich die schmale Hand auf die Wange legte, auf der heute ein Bartschatten zu sehen sein würde, weil Nathan sich zu schlecht gefühlt hatte, um sich wie üblich zu rasieren. Ich vermisste ihn und ich konnte es einfach nicht abstellen.

Direkt gegenüber vom *Harrods* mit seinen ausladenden, grünen Schaufenstermarkisen bog ich von der großen Hauptstraße ab. Mit einem Mal war der Flair der Ladenstraße verschwunden. Links von mir befand sich eine Lagerzufahrt und weiter vorne erblickte ich rote Backsteinhäuschen. Von dort gelangte ich in eine schmale Einbahnstraße und hatte mein Ziel erreicht. Rund um einen langen, schmalen Anwohnerpark, in dem sich das erste zarte Frühlingsgrün zeigte, erstreckte sich eine endlose Front mehrstöckiger Reihenhäuser.

Sergiusz Szczepański wohnte hier am Trevor Square in einem hübschen Haus mit einer blauen Tür. Alles wirkte sehr einladend und viel schöner als meine Wohngegend in *Barkingside*, wo der erfrischendste Anblick ein Spielplatz aus lauter quietschgrünen Plastikspielgeräten war.

Meine Anspannung wuchs, als ich die Türklingel betätigte. Zur Sicherheit strich ich noch einmal meinen Mantel glatt, während ich mir ausmalte, wie überrascht Mister Szczepański gleich gucken würde. Hoffentlich war er zu Hause.

Als niemand aufmachte, überlegte ich, ob ich schon lange genug gewartet hatte, dass es nicht aufdringlich wirken würde, falls ich noch ein zweites Mal läutete. Im Kopf zählte ich langsam bis drei.

Man konnte über Timing sagen, was man wollte, aber gerade, als ich meinen Finger auf den Klingelknopf drückte, ging die Tür auf. Eine ältere Frau tauchte vor mir auf und sie trug einen leicht genervten Gesichtsausdruck zur Schau, während wir beide das fünftönige Läuten der Türglocke abwarteten, das unangenehm laut in den Ohren hallte. Es schien mir eine Ewigkeit zu dauern, bis die Klingel verstummte, und irgendwie erinnerte es mich an das elektronische Gedudel, wie man es von Telefonwarteschleifen aus Arztpraxen gewohnt war.

»Tut mir leid«, murmelte ich, während mir aufging, dass sie wie eine Hausherrin vor mir stand.

Von wegen Ehefrau! Malgorzata Szczepański, die ebenfalls im Telefonverzeichnis gestanden hatte, musste die Mutter meines Kunden sein. Ich fand es immer etwas seltsam, wenn ältere Männer noch bei ihren Müttern wohnten, aber darüber wollte ich mir jetzt kein Urteil erlauben.

Sie war eine vornehme Frau, die ein gebügeltes Kleid mit Spitzenkragen trug. Ich versuchte mein Bestes bei der Aussprache ihres Namens: »Misses Tsch…zsch…«

Sie rollte nur mit den Augen, weil sie das anscheinend schon gewohnt war.

»Szczepański«, sprach sie es mir vor. »Und ich kaufe nichts.«

Sie war drauf und dran, die Tür vor meiner Nase zuzuhauen.

»Nein, es geht um etwas anderes«, beschwichtigte ich sie sofort.

Ich war ganz erleichtert, als ich Sergiusz Szczepański hinter ihr die Treppe herunterkommen sah. Er trug einen feinen Anzug und schaute mich erstaunt an, aber wenigstens erkannte er mich sofort.

»Ah, hallo!«, grüßte er mich.

»Allison Mayfair«, stellte ich mich vor, weil er sich den Namen einer Angestellten sicher nicht gemerkt hatte und weil seine Mutter mich sowieso noch nicht kannte.

»Na, das ist aber eine Überraschung«, fand er.

»Du kennst die Frau?«, wollte sie misstrauisch wissen.

»Ja, Mama«, beruhigte er sie. Dann schaute er mich an. »Wollen Sie sich etwa persönlich erkundigen, ob uns alles gefällt?«

Misses Szczepański runzelte die ohnehin schon sehr faltige Stirn. »Wer ist das, Junge?«

Junge?

»Die Frau, bei der ich dein Bild und die Teekanne gekauft habe«, erklärte er und warf mir gleichzeitig einen beschwörenden Blick zu, damit ich das eigentliche Geschenk, das Silberbesteck, nicht erwähnte.

»Ah«, machte sie, obwohl sie weiterhin nicht gerade erbaut von meinem Besuch zu sein schien.

»Genau um das Bild geht es mir«, nahm ich den Faden auf. »Die Sache ist die, dass ich es gar nicht erst hätte veräußern dürfen. Es stand überhaupt nicht zum Verkauf.«

»Es hing aber im Laden«, wunderte sich Mister Szczepański.

»Es ist ein persönlicher Gegenstand von Mister Ward. Ein Andenken.«

Ich wollte ihm nicht gleich die Familiengeschichte von Nathan auftischen, weil sie ihn schließlich nichts anging.

»Jedenfalls würde ich Ihnen das Bild gerne wieder abkaufen.«

Mister Szczepański wirkte etwas überfordert. »Tja, nun, ich habe es schon meiner Mutter geschenkt.«

Jetzt wandte ich mich auch an sie. Ich wünschte, dass ich dieses Gespräch nicht vor ihrer Haustür hätte führen müssen, aber Malgorzata Szczepański schien in diesem Haushalt den Ton anzugeben und sie sah nicht aus, als wollte sie mich in ihre heilige Wohnstube einlassen.

Eine etwas eifersüchtige Stimme in meinem Hinterkopf fragte sich, ob sie wohl die elegante und kultivierte Emma hereingelassen hätte. Das schien mir eher ein Klassending zu sein. So wie sich manche Leute an ihre Briefkästen den Hinweis klebten, dass sie keine Werbung wünschten, hätte Malgorzata sich an ihre blaue Haustür auch ein Schild mit dem Aufdruck »Hunde und Landpomeranzen müssen draußen bleiben« hängen können.

Ich lächelte sie trotzdem tapfer an, weil ich schließlich etwas von ihr wollte. Und hier ging es auch gar nicht um mich, sondern um Nathan.

»Misses Szczepański«, sprach ich ihren Namen einigermaßen flüssig aus, jetzt, wo ich wusste, wie er klingen sollte. Aber auf diese Sprechweise wäre ich im Traum nie gekommen. »Es würde mir sehr viel bedeuten, wenn ich das Bild zurückkaufen könnte. Ich glaube, mein Job hängt davon ab.«

Ein feines Lächeln formte sich auf ihrem korallenrot geschminkten Mund. »Dreihundert.«

»Wie bitte?«, fragte ich freundlich nach.

»Dreihundert Pfund und Sie können es haben.«

»Aber Mama, es hat nur zweihundert gekostet«, wand sich ihr Sohn.

Sie maß ihn mit einem tadelnden Blick. Als wäre er ein Trottel, dass er überhaupt so viel dafür ausgegeben hatte. Dabei hatte er ihr nur eine Freude bereiten wollen.

»Tja, ich mag es«, behauptete sie an ihn gewandt. »Irgendwie sollte sie meinen Verlust doch kompensieren. Außerdem hat sie wohl was falsch gemacht. Fehler zu vermeiden lernt man am besten, wenn einem die Konsequenzen auch wehtun.«

»Mama«, bat er sie erneut.

Aber er konnte gegen sie nichts ausrichten. Malgorzata Szczepański hatte ihren Sohn ganz nach ihren Regeln erzogen und schien nun auch mir eine Lehre erteilen zu wollen.

Und dieser Frau hatte er allen Ernstes das Sterling-Silberbesteck gekauft? Die war ja der reinste Drachen.

»Mach mir einen Tee, Junge!«, trug sie ihm auf.

Mister Szczepański warf mir einen um Verzeihung

bittenden Blick zu, bevor er mich mit dieser Regentin alleinließ.

Sie stand mit verschränkten Armen vor mir und so deutlich wie unter einem Mikroskop drang der Anblick ihrer auf den Ellbogen trommelnden Finger in mein Bewusstsein. Die Geste war halb lauernd, weil sie sehen wollte, ob ich ihr ins Netz ging, und halb gelangweilt. Schließlich konnte sie ja nach Lust und Laune ihren Sohn tyrannisieren, der vermutlich in eben jenem Moment einen Tee für sie aufbrühte in der Kanne, die er bei mir gekauft hatte. Im Geiste sah ich das Blumendekor vor Abscheu verwelken.

»Nun, kleine Miss«, fasste sie die Sache für mich zusammen. »Wenn Sie an Ihrer Arbeit hängen, sollte Ihnen das die hundert Pfund Aufpreis wert sein. Mehr ist es ja nicht.«

Für sie war das augenscheinlich eine Bagatelle. Dass sie mir das Geld abknöpfte, lag ganz eindeutig nicht daran, dass sie es nötig gehabt hätte, sondern sie tat es einfach nur aus Spaß an der Freude. Vielleicht feilschte sie gerne. Vielleicht sah sie mich auch gerne leiden – diese Frau, die es gewagt hatte, ihre Klingel zu oft zu drücken. Ja, die es überhaupt gewagt hatte, sie zu stören.

Was blieb mir anderes übrig?

Ich hätte ihr auch noch mehr gegeben, um das Bild zurückzubekommen, denn für Nathan war es unbezahlbar. Zum Glück hatte ich ihr das nicht verraten.

Ich willigte ein, ging zur Bank, hob das Geld ab und brachte es ihr. In der ganzen Zeit befürchtete ich, dass sie ihre Meinung ändern und den Preis nachträglich hochschrauben könnte, aber wenigstens hielt sie Wort.

Ich gab ihr das Geld und sie drückte mir das Bild in die Hand. Ich war einfach nur glücklich, es wiederbeschafft zu haben, und wickelte es vorsichtig in mein Halstuch. Dann schob ich es in einen Stoffbeutel und trug das Bild an meinen Bauch gedrückt wie einen Schatz von hier fort.

Kapitel 16

Eine Erpressung und eine U-Bahn-Fahrt später an diesem Tag betrat ich mit bebendem Herzen das *A Place to Remember* und wie gewohnt verkündete das Türglöckchen meine Ankunft. Es war Mittagszeit und ich wappnete mich dafür, Emmas und Nathans lachende Stimmen aus dem Büro dringen zu hören, während sie gemütlich eine Mahlzeit miteinander teilten. Und ganz vielleicht würde Nathan ihren Mund berühren, weil sie dort einen Krümel hatte, und ihn anders als bei mir gleich selbst mit seinem Daumen fortwischen.

Bevor dieser Bilderdämon in meinem Kopf heranwachsen konnte, sah ich Nathan aus dem Lager kommen. Er schien einen Kunden zu erwarten und blieb bei meinem Anblick verdutzt stehen.

»Miss Mayfair?«, wunderte er sich.

Wir standen ganz allein im Geschäft. Es waren keine Kunden hier. Aber was noch viel Wesentlicher war: Auch von Emma fehlte jede Spur. Hatte sie ihm nicht helfen wollen? Oder besorgte sie nur gerade das Essen? In dem Fall sollte ich mich besser beeilen.

»Ja, hallo.«

»Was machen Sie denn hier?« Ich hoffte, dass sich die Frage darauf bezog, dass heute mein freier Tag war, und nicht darauf, dass ich gleich gar nicht mehr zu kommen bräuchte.

Ich atmete tief durch und ging dann auf ihn zu.

»Etwas geradebiegen«, erklärte ich und hielt ihm den Stoffbeutel entgegen, in dem ich das Bild hergetragen hatte.

Nathans Blick huschte von mir zum Beutel und wieder zurück. Nun kam er mir entgegen – ich hoffte, dass das irgendwie symbolisch ausgelegt werden konnte – und nahm ihn mir ab. Er zog den Inhalt heraus, klemmte sich die Tragetasche unter den Arm und wickelte den Gegenstand aus meinem Halstuch.

»Gwens Bild«, flüsterte er.

Während er es ansah, biss er die Zähne fest zusammen, um nicht von seinen Gefühlen überwältigt zu werden. Er schluckte, sah mir direkt in die Augen und murmelte: »Danke.«

»Gerne. Immerhin ist es ja mein Fehler gewesen.«

Das schien für ihn und die Gefühle, die ihn seit meinem Verkauf dieses Bildes geplagt hatten, eine Steilvorlage zu sein. Er legte es auf dem Tisch ab und drehte sich halb zornig zu mir um. »Ja, verdammt richtig! Wie sind Sie nur dazu gekommen, selbst einen Preis festzulegen? Ich habe Ihnen damals gesagt, dass ich hier im Laden die Expertisen mache.«

»Schon«, räumte ich geknickt ein. »Aber Sie haben auch gesagt, dass Sie kein einziges teures Bild führen. Und, na ja, mit dem Rahmen sah es ja auch gar nicht so wertvoll aus.«

»Der ist selbst gebastelt von Gwen und Jonas.«

Ich schluckte hart. Verdammt, ich trat ständig nur in Fettnäpfchen. Mit einem Mal sah ich diesen Bilderrahmen mit ganz anderen Augen.

»Als er die zweihundert Pfund angeboten hat, da habe ich gedacht, dass das ein toller Preis wäre und dass Sie sich freuen würden.«

»Tja, habe ich aber nicht.«

Offensichtlich. Und das war ja auch nachvollziehbar, aber ...

»Das war doch keine Absicht. Ich hätte Ihnen nie wehtun wollen.« Und dann setzte ich alles auf eine Karte. Ohne auf den Anstand zu achten, wechselte ich in einen vertraulichen und liebevollen Ton. So ohne Schranken, wie wir das bei unserer allerersten Begegnung im Park gehabt hatten. »Weißt du denn gar nicht, dass ich bei allem, was ich tue oder denke, immer nur im Kopf habe, dass es dir gefallen soll, Nate?«

Er schaute mich überrascht an. Jeder Zorn verpuffte ins Nichts. Aber meine Worte hallten in der Stille zwischen uns nach, als würde ich sie noch immer aussprechen.

Er fuhr sich mit der Hand durch sein Haar, etwas, das ich ihn noch nie zuvor hatte tun sehen, weil es seinen seriösen Ladenbesitzer-Look in etwas sehr Freizeitliches verwandelte. »Verdammt«, murmelte er.

Das war womöglich nicht die allerbeste Antwort auf meine Fast-Liebeserklärung. Aber ich hatte nicht Malgorzata Szczepański überstanden, um jetzt die Flinte ins Korn zu werfen.

»*Schnapp ihn dir, Ally!*«, schwirrte mir Caitlyns Aufforderung durch den Kopf. »*Bring etwas Licht in sein Leben.*«

Also, das mit dem Bild sollte beim Licht schon mal geholfen haben. Aber natürlich war das bloß der Anfang. Jedenfalls hoffte ich das.

Ich machte einen Schritt auf ihn zu. »Bitte, Nate, ich will meinen Job nicht verlieren. Ich bin gerne hier.«

Im Laden.

Bei Jonas.

Bei dir.

Ihm schien aufzugehen, dass ich nicht vorhatte, zum förmlichen »Mister Ward« zurückzukehren. Also ließ er sein übliches »Miss Mayfair« ebenfalls weg. Juhu!

»Wie kommst du darauf, dass du deinen Job los bist, Ally?« Sein blauer Blick durchbohrte mich. »Du hast nur heute frei.«

»Aber gestern, als du mich weggeschickt hast, da habe ich befürchtet …« Ich ließ es unausgesprochen.

Nathan schüttelte den Kopf und wandte sich in Richtung Büro. »Komm mal mit.«

Wir gingen nach hinten und er öffnete seinen Schrank. Dann nahm er eine dicke, gelbe Mappe heraus, legte sie auf seinem Schreibtisch ab und klappte sie auf. Darin kamen lauter Zeichnungen von Jonas zum Vorschein.

»Als Gwen, also meine Frau, starb, hat Jonas aufgehört zu sprechen. Er hat nur noch gemalt. Das haben sie früher immer zusammen gemacht. Gwen hat gerne gezeichnet.« Die Erinnerung schien ihm einiges abzuverlangen und er nagte verbissen an seiner Unterlippe, als würde ihn das im Hier und Jetzt halten.

Nathan zog einige Blätter, die ganz unten lagen, hervor. »So sahen seine Bilder damals aus.«

Egal, welches er mir zeigte, sie waren voller schwarzer Wolken, dicker Regentropfen und trauriger Menschen, deren Münder sich nach unten krümmten. Mal hatte Jonas nur sich, dann sich mit einem größeren Mann, der anscheinend Nathan sein sollte, und mal sie alle drei – wobei ich mir nie sicher war, ob die blonde Frau nun Emma oder seine tote Mutter darstellen sollte – gemalt. Nie sahen die Zeichnungen fröhlich aus, als wäre dem Jungen jedes Glück verlorengegangen.

»Du hast sie alle aufgehoben«, hauchte ich ergriffen, weil es viel über ihn aussagte, dass er es tat.

Er nickte. »Der Trauertherapeut hat es empfohlen.«

Oh Gott, Trauertherapie! Das verstärkte nur die Gewissheit, wie schlimm es ihnen gegangen sein musste. Am liebsten hätte ich Nathans Hand gedrückt.

»Das malt er, seit du da bist.«

Er zeigte mir die Bilder, die ich schon kannte. Auf den ersten waren noch einige Regentropfen, aber erst jetzt – im Vergleich zu den anderen Zeichnungen – fiel mir auf, dass sie trotz allem weniger düster waren. Und auch wenn der Mund des gemalten Jungen nur aus einem schmalen Strich bestand, so war es keine nach unten gebogene Linie mehr.

Dann hatte der Regen aufgehört und die Sonne hatte sich erst etwas und später ganz gezeigt. Der Junge auf den Bildern hatte zu lächeln begonnen und neben dem Obst oder Saft war eine Frau mit braunen Haaren, die so lang waren wie meine, aufgetaucht. Diese Frau lachte auf allen Bildern. Sie war bunt, richtig bunt.

Ich hatte vorher nie gemerkt, wie bunt sie für den Jungen war. Wie bunt ich für Jonas war. Ich spürte Tränen in meinen Augen brennen.

»Und das hat er gestern gemalt, als du nicht da warst.« Dann räusperte er sich. »Und als Emma versehentlich rausgerutscht ist, dass du vielleicht nicht mehr kommst.«

Ich starrte ihn geschockt an. Versehentlich? Unterliefen dieser Frau denn je Dinge versehentlich?

Nathan schob mir ein neues Bild hin, das ich noch nicht kannte. Es war ganz neu. Und es zeigte Jonas und mich – unnötig zu sagen, dass wir mal wieder gleich groß waren – wie wir ohne Wolken im Bild unter einer Sonne standen, uns bei den Händen hielten und beide lachten. Um uns herum war ganz viel Obst: Äpfel, Bananen, Kirschen und gelbe runde Kreise, die ich für Pfirsiche hielt.

»Zum Vergleich«, sagte Nathan und schob mir das Bild von sich, Jonas und Emma hin. Jenes, das der Junge mit Regentropfen erstochen hatte.

Sprachlos und vollkommen überwältigt starrte ich auf die Flut an Zeichnungen. Nathan sah mich an, beobachtete mich und meine Reaktion. Das wusste ich genau, denn ich spürte seinen Blick von der Seite, und schaute zu ihm.

Wieder schwebte diese Stille zwischen uns, diese Intensität, die uns auch ohne Worte verband. Ich fühlte mich ihm so nah, so zusammengehörig, als würde mich ein Magnet direkt auf ihn zuziehen.

»Du siehst also, dass ich dich gar nicht entlassen kann, Ally«, raunte er.

Ich schluckte schwer.

Es war die Art, wie er meinen Namen ausgesprochen hatte. So vertraut und sanft. Oh Gott, ich hätte sonst was dafür gegeben, ihn jetzt zu küssen, aber dafür hätte es wohl keinen unpassenderen Moment geben können. Hier, vor der gemalten Trauer seines Lebens. Vor dem Andenken dessen, was Jonas und er verloren hatten.

»Dann bin ich erleichtert«, flüsterte ich und wagte zu lächeln.

Erst als Nathan es erwiderte, konnte ich wieder atmen. Und gleichzeitig konnte ich es nicht mehr. Alles in mir geriet bei seinem Anblick ins Stocken. Wir waren wie die beiden Menschen in der kaputten Schneekugel, die ich neulich verräumt hatte – eingeschlossen in eine Welt, die nicht richtig funktionierte. Aber da war diese Zweisamkeit zwischen uns und ich betete, dass er sie auch fühlte.

Das Klingeln des Glöckchens über der Ladentür riss uns aus dem Moment.

»Nate-Schatz?«, trällerte Emmas glockenhelle Stimme bis zu uns heran und ich zuckte zusammen.

Nathan lächelte bei meinem erschrockenen Anblick und schob die Bilder zurück in die Mappe. »Hier hinten!«, rief er.

Er legte die Kunstmappe gerade zurück in seinen Schrank, als Emma das Büro betrat.

»Miss Mayfair!«, entfuhr es ihr entsetzt.

Sie ließ fast das Bio-Essen fallen, das sie mitgebracht hatte. Nach dem, was mir Willie über ihre Gelatineabneigung erzählt hatte, musste es etwas so Leckeres wie Tofu mit Alfalfa-Sprossen sein. Plötzlich ruhte der eifersüchtige Dämon, der mich zuvor befallen hatte, denn ich konnte mir keinen romantischen Moment zwischen den beiden vorstellen, in dem Nathan ihr – ja, was eigentlich? – Dinkel vom Mundwinkel wischte.

»Dann bis morgen«, wandte er sich an mich. Lächelnd schob er nach: »Miss Mayfair.«

Ich nickte schmunzelnd, weil es wie ein Geheimnis zwischen uns schwebte, dass wir uns inzwischen viel persönlicher ansprachen. »Mister Ward.«

»Sie bleibt hier?«, stammelte Emma.

»Ja«, erklärte er ihr. »Miss Mayfair hat das Bild zurückgebracht, sich aufrichtig entschuldigt und wird morgen wie gewohnt zur Arbeit erscheinen.«

Ich verließ das Büro, weil es merkwürdig wäre, den beiden zuzuhören, wie sie über mich sprachen.

Trotzdem schnappte ich noch Teile ihrer Unterhaltung auf, bis ich draußen war.

»Aber Nate ...«, wandte Emma ein.

»Das wird das Beste sein. Schließlich hast du einen angesehenen Job, den du wohl kaum für eine Stelle als Verkaufshilfe aufgeben willst.«

Dann war ich draußen und atmete die kühle Frühlingsluft ein. Ich spürte ein tiefes Glück in mir. Die Welt schien voller Möglichkeiten zu sein.

Kapitel 17

Ich stand mit einem Lächeln auf, als mein Wecker für mich den Tag einläutete, der mir noch viel kostbarer vorkam als mein allererster Arbeitstag im *A Place to Remember*. Ich zog mir den geblümten Rock und eine rote Bluse an, weil ich mich so fabelhaft fühlte. Ich grüßte Elvira endlich wieder mit einem: »Ich wünsche dir einen wundervollen, tollen Tag.«

Sie machte nur große Augen, schüttelte dann unter einem Anflug von Belustigung, der eine völlig neue Seite an ihr zum Vorschein brachte, den Kopf und murmelte: »Muss Liebe schön sein.«

Ich schluckte, wurde rot und lächelte. Denn ja, ich war verliebt. Und nun pfiffen es schon die Spatzen von den Dächern oder die Elviras dieser Welt in ihre Kaffeetasse.

Ich fuhr mit der *Tube* ins Zentrum und betrachtete die anderen Pendler an diesem Morgen. Im Wesentlichen trugen sie blau, schwarz und grau. Viele von ihnen waren geradezu uniform gekleidet. Sicher gehörten sie in die Büros, Kanzleien und Banken dieser Stadt.

Sie wirkten müde. Einige lasen Zeitung, andere Unterlagen. Viele saßen einfach nur da. Ihre Köpfe wackelten ganz leicht im Takt des Zuges. Ein anderes verliebtes Gesicht entdeckte ich nicht.

Am *Notting Hill Gate* stieg ich aus und schlenderte gut gelaunt zum kleinen Einkaufsladen. Erst jetzt, wo ich vor den Regalen stand, merkte ich, dass ich gar nicht wusste, welche Geschmackssorte Jonas haben wollte, weil ich ihn Dienstag nicht gesehen hatte. Spontan entschied ich mich für Orangensaft, einen Klassiker, den wir noch gar nicht auf unserer Liste gehabt hatten.

Und schließlich gelangte ich beim *A Place to Remember* an. Ich wusste, dass die Türglocke klingeln würde, noch bevor sie es tat. Ich wusste, wie es im Laden roch, noch bevor ich eintrat und das erste Mal einatmete. Ich wusste, wie alles darin angeordnet war und wo ich was fand. Denn ich war so vertraut mit diesem schönen Ort.

Und dann sah ich Nathan. Er trug eine graue Stoffhose und ein schwarzes Hemd mit vielen kleinen weißen Pünktchen. Er war glatt rasiert und ich erinnerte mich an den Geruch seines Aftershaves und hatte es in der Nase, ehe ich neben ihm anlangte und es tatsächlich roch. Seine dunkelblonden Haare waren ordentlich gekämmt und mit etwas Haarwachs in Form gebracht. Er sah wieder aus wie der Sänger Ronan Keating auf den Plakaten, die an allen Mauern der Stadt klebten.

»Hallo, Miss Mayfair«, sagte er betont förmlich, doch ich sah den Schalk in seinen Augen.

Ich lächelte und neckte ihn zurück: »Weißt du, du siehst ein bisschen aus wie Ronan Keating.«

Jetzt grinste er. »Genau so was habe ich vor Kurzem schon einmal gehört. Wo war das nur gleich?«

»Bestimmt im *Hyde Park*«, gab ich mich gespielt mutmaßend.

Er deutete mit dem Zeigefinger in meine Richtung. »Stimmt. Da war diese verrückte Frau, die nachts allein durch den Park gelaufen ist. Und das, obwohl sie aussah, wie sie aussah.«

Mein Herz schlug einen Purzelbaum.

»Das hört sich nach einer schönen Beschäftigung an.«

»Das hört sich ganz schön unbedacht an und ich hoffe, dass sie das nicht mehr macht.«

Ich schüttelte den Kopf. »Seither nicht mehr.«

»Gut.«

Ich hielt den Saft hoch. »Mag Jonas Orange?«

»Klar.«

Als ich näher auf ihn zuging, sah ich, dass das Bild seiner Frau wieder an der Wand hing.

»Das werde ich nie wieder verkaufen«, versprach ich.

»Also, falls doch, muss ich dich wirklich rauswerfen.«

Und vorher würde er mich wahrscheinlich in der Luft zerreißen.

»Ich habe es ehrlich nicht gewusst, Nate.«

Der Tod war ein ganz eigenartiges Thema. Eines, das jeden von uns betraf, und das wir – wenn das nicht ironisch war – totschwiegen.

Er nickte still, schob seine Hände in die Hosentaschen und gab mit einem Schulterzucken zu: »Ich schätze, es hat einige Missverständnisse gegeben.«

»Tja, nun …« Ich stellte die Flasche auf dem Verkaufstresen ab. »Ich habe wirklich gedacht, dass du und Emma … na ja, dass ihr verheiratet seid. Und dann das Foto auf deinem Schreibtisch. Wie hätte ich wissen sollen, dass sie Zwillingsschwestern waren?«

»Gar nicht.« Er stieß die Luft aus und sein Blick wanderte zum Gemälde seiner Frau. »Als Gwen starb, hat uns das völlig unvorbereitet getroffen. Von einem Tag auf den anderen war sie einfach tot.« Er schaute mich an, als würde er meine unausgesprochene Frage ahnen. »Ein Aneurysma im Gehirn. Wir haben es nicht gewusst, bis es zu spät war.«

Oh Gott.

Endlich traute ich mich zu tun, was ich zuvor nicht gemacht hatte: Ich nahm seine Hand und drückte sie sanft. »Oh, Nathan …«

»Einerseits war es gut, weil sie nicht lange leiden musste wie bei Krebs oder so, und andererseits war es schrecklich, weil wir nicht einmal voneinander Abschied nehmen konnten.«

Ich versuchte mir vorzustellen, was man an so einem Tag wohl täte, wenn man wüsste, dass es der letzte wäre. Welche Worte müsste man finden? Welche Dinge noch machen?

»Wenigstens haben wir uns nicht gestritten«, murmelte er. »Das tun sie in den Filmen doch immer: streiten, bevor der Unfall passiert.« Ein gequälter Ausdruck trat auf sein Gesicht. »Als ob es nicht auch so schon schlimm genug wäre.«

»Wie lange ist es her?«

»Zwei Jahre.«

»Das tut mir leid.«

»Zwei Jahre, in denen Jonas kaum ein Wort gesprochen hat. Zwei Jahre, in denen er nur dunkle Bilder gemalt hat.«

Nun drückte er seinerseits meine Hand. Ich hatte ihn nicht losgelassen. »Und irgendwann malt er plötzlich eine Sonne hinter die Wolke. Irgendwann malt er einen lächelnden Jungen.«

Ich wusste genau, wann dieses *Irgendwann* eingetreten war.

»Dann verkaufst du das Bild und es ist der schlimmste Tag seit Langem«, fuhr er fort. »Und dann malt Jonas sich und dich mit einer Sonne, mit lachenden Gesichtern, mit bunten Farben und er sagt zu mir: ›*Papa, ich mag Ally. Sie soll bleiben.*‹ Und plötzlich ist es der beste Tag seit Langem, weil mein Junge wieder spricht und weil er wieder lächeln kann.«

Oh Gott. Ich wusste kaum, wohin mit meinen Gefühlen.

Nathan nickte zu dem Saft. »Den hat er gestern vermisst, an deinem freien Tag.«

»Wow«, flüsterte ich.

»Ja, wow«, stimmte Nathan zu und schaute mich ganz merkwürdig an. »Du weißt nicht zufällig, warum Mister Szczepański gestern Nachmittag in mein Geschäft gekommen ist und mir unter einem Dutzend gestammelter Entschuldigungen hundert Pfund in die Hand gedrückt hat?«

Ich schaute Nathan mit offenem Mund an. »Ehrlich?«

»Ja, ganz ehrlich.« Er legte den Kopf schief und beobachtete mich.

»Das hat er gemacht?«, flüsterte ich bewegt.

»Ally?«

»Tja, also, ähm …«

»Wann wolltest du mir sagen, dass du für dreihundert Pfund das Bild zurückgekauft hast?«

Ups.

Das wusste er also schon.

»Eigentlich …«

»Eigentlich gar nicht, oder?«

Stumm schüttelte ich den Kopf. Er schielte nur ungläubig zur Decke und schüttelte seinen Kopf ebenfalls.

Kurz kam mir in den Sinn, wie wir wohl gerade aussehen würden für jemanden, der jetzt in den Laden käme. Wie wir so voreinander standen und beide die Köpfe schüttelten.

Nathan ließ meine Hand los, ging um den Verkaufstresen und öffnete unter einem lauten Pling seine Registrierkasse. Dann zählte er dreihundert Pfund ab und reichte sie mir.

Sprachlos starrte ich auf das Bündel Scheine, ohne mich zu rühren.

»Weißt du, es läuft so«, erklärte er mir, als wäre ich so alt wie Jonas. Aber Jonas malte mich schließlich auch immer so groß wie sich selbst. »Ich bin dein Boss und ich gebe *dir* Geld. Nicht andersrum.«

»Es war mir nur so unangenehm«, stammelte ich. »Weil es doch mein Fehler war.«

Er schnaubte, kam um den Tisch herum, fasste nach meiner Hand und drückte mir die Scheine hinein. »So, jetzt ist alles wieder, wo es hingehört. Ich hab mein Bild und du hast dein Geld wieder.«

»Danke«, murmelte ich und steckte es ein.

»Den Saft kaufst du ja neuerdings auch von deinem Geld oder hast du dir seit dem einen Mal noch etwas dafür aus der Kasse genommen?«

»Nein«, gab ich zu. Aber als er aussah, als wollte er mir schon wieder Geld geben, schüttelte ich vehement den Kopf. »Nein, nicht dafür, Nate. Ich mache das gern.«

Er seufzte, als wäre ich ein hoffnungsloser Fall, aber gleichzeitig sah er mich mit einem sehr warmen Blick an.

Irgendwie hatte sich alles zwischen uns geändert.

Nathan erklärte mir neue Sachen im Geschäft und er ließ mich die Schaufensterauslagen neu gestalten. Plötzlich fühlte ich mich nicht mehr nur wie eine Hilfskraft, sondern so, als würde er mich zu einer echten Verkäuferin heranziehen wollen.

Am Nachmittag kam Jonas wieder aus der Schule. Als er mich sah, rief er begeistert: »Ally, Ally!« Er ließ seinen Schulranzen mitten im Verkaufsraum auf den Boden plumpsen, hopste auf mich zu und drückte mich.

Ich fühlte mich wie im Himmel.

»Hey, mein Großer.« Ich ging in die Hocke, um ihn besser anschauen zu können, und strubbelte ihm durch sein Haar.

»Bleibst du da?«, fragte er mich.

Ein Satz mit drei Wörtern.

Ich nickte und drückte ihn ganz gerührt. Dabei konnte ich erahnen, wie sich Nathan gefühlt haben musste, als Jonas plötzlich wieder mehr gesprochen hatte.

»Tante Emma hat gesagt, du kommst nicht mehr«, wandte er ein.

»Ich glaube, deine Tante hat da nur was durcheinandergebracht.«

»Okay.« Er strahlte mich an.

»Heute habe ich Orangensaft für dich«, verriet ich ihm. »Ich hoffe, das ist auch in Ordnung.«

»Ja.« Er nickte ausgelassen und ich hatte das Gefühl, dass es ihm egal war, welche Sorte Saft ich ihm besorgt hatte. Er schien einfach nur selig zu sein, weil ich noch da war.

Nathan, der gerade ein Telefongespräch beendet hatte, gesellte sich zu uns. Er ging sehr herzlich mit seinem Sohn um und Jonas beschloss: »Wir trinken alle Saft!«

Also taten wir es und es wurde ein zauberhafter Nachmittag.

Kapitel 18

»Ich bin so froh, dass alles gut gegangen ist«, erklärte ich Caitlyn, als wir abends miteinander telefonierten.

»Ja, allerdings. Diese Emma ist eine echte Schlange.«

»Ich glaube, sie will nur in die Fußstapfen ihrer toten Schwester treten.«

»Das ist krank!«, fand Caitlyn.

Ein Teil von mir empfand das ähnlich. Aber dann konnte ich sie auch wieder verstehen. Sie war einfach nur eine Frau, die ein bisschen Liebe in ihrem Leben wollte und die sich ausgerechnet in den Mann ihrer toten Schwester verliebt hatte.

Das hatte sie sich garantiert nicht ausgesucht. Es war ihr passiert, so wie es mir passiert war, dass ich mich in Nathan verliebt hatte.

»Wie geht es Bob?«, erkundigte ich mich nach dem neuesten Tratsch und Klatsch.

»Das glaubst du nie!«, verkündete Caitlyn. »Du erinnerst dich doch sicher noch daran, dass Donnerbusen-Dorothy auf den armen Kater von Josy Hopkins gestürzt ist. Seine Beerdigung war übrigens ganz reizend. Josy hat echt rührende Worte gefunden. Aber das ist nicht der Punkt. Nein.« Sie holte tief Luft. »Anscheinend war unserem lieben Zahnarzt Bob die Sache so peinlich, dass er Josy …«

»… eine lebenslange Gratis-Zahnbehandlung versprochen hat«, schlug ich vor.

»Määäp«, tönte Caitlyn wie ein Verlierersignal aus einer Quizshow. »Nein. Er wollte ihr sein Beileid ausdrücken und sie trösten. Tja …«

»Tja *was*?«, bohrte ich nach.

»Bob hat so seine eigene Weise, Frauen zu trösten.«

»Nein!«, entfuhr es mir.

»Doch. Trostpimpern«, beschied sie. »Na, man sagt ja: Wenn zwei sich streiten, freut sich der dritte. Bäcker-Betty und Donnerbusen-Dorothy haben sich gestritten und nun freut sich die katerlose Josy.«

»Ach, du lieber Himmel.« Und dann gluckste ich. »Das kann man sich echt kaum vorstellen.«

»Ich will mir das auch gar nicht genauer vorstellen.« Es rann ein regelrechtes Schaudern durch Caitlyns Stimme. »Bob ist echt nicht mein Fall.«

Das war auch wirklich besser so, weil Caitlyn sonst selbst noch eine Episode in seinen Frauengeschichten werden würde. Vor ihm schien keine sicher zu sein, die bei drei nicht auf den Bäumen war.

»Und was tut sich an der sexy Stallknechtfront bei dir?«

»Phhh!«, gab sich Caitlyn genervt. »Ich weiß nicht, wo die heißen Typen alle stecken. Und ich meine das jetzt echt nicht doppeldeutig. Aber so einer wie Bob bekommt reihenweise die Frauen ab …«

»Das ist, weil ihr Männermangel in Steeple Claydon habt.«

»… und ich finde nicht mal einen gescheiten Muskelmann in Knackpo-Jeans fürs Leben.«

Ich lachte, weil Caitlyn natürlich gleich wieder ganz groß träumte. Aber das hatte ich mit London ja auch getan und es war geglückt.

»Letzten Sonntag war ich vor lauter Langeweile bei deiner Oma und habe mit ihr Silberlöffel poliert«, gab sie seufzend zu.

»Du brauchst eindeutig einen Mann.«

»Ja, was sag ich denn die ganze Zeit? Ching chang chong?«

Ich gluckste. »Nein, du sprichst kein Chinesisch.«

»Also, schnapp du dir wenigstens Nathan. Romanze so ein bisschen für mich mit.«

»Ich glaube nicht, dass es das Wort so gibt.«

Aber das war Caitlyn ja meistens egal. Ich würde nur allzu gerne für sie *mitromanzen.*

Im Geschäft herrschte am Wochenende der übliche Andrang und Nathan und ich rotierten kräftig. Für den Umsatz war das prima, aber wir kamen immer nur zu kurzen Gesprächen. Meist drehten sie sich ebenfalls um die Arbeit. Er hatte angefangen, mich in seine Entscheidungen miteinzubeziehen. Dann fragte er beispielsweise: »Was gefällt dir besser: diese Vase oder die andere?«

Oder: »Was hältst du davon, wenn wir den Sekretär in die Ecke dort hinten räumen und dafür den Barschrank hier vorne aufstellen?«

Oder: »Ally, ich habe diesen Wandteppich erworben. Wo, denkst du, würde er sich am besten machen?«

Oder: »Du als Frau, würdest du eher diese Spieluhr mögen oder jene dort?«

Ich fühlte mich geschmeichelt, dass er sich für meine Meinung interessierte, und ich gab ihm immer freimütig Auskunft.

Mittlerweile traute ich mich auch ganz ungefragt zu sagen: »Wenn das mein Laden wäre, würde ich diesen hässlichen Lampenschirm entsorgen.«

Nathan grinste. »Planst du etwa eine feindliche Übernahme?«

»Klar. Ich habe ja noch diese dreihundert Pfund übrig.«

Er schüttelte bloß den Kopf, räumte aber den Lampenschirm ins Lager. »Den wollte eh keiner haben«, gab er zu.

Mittags teilten wir uns wieder etwas zu essen.

»Was soll ich dir mitbringen?«, fragte ich ihn, bevor ich zum Markt ging.

Mit einem verlegenen Grinsen hatte er sich den Nacken gekratzt. »Ich habe noch etwas von dem Raumspray übrig. Also könntest du eigentlich …«

»Salamipizza mitbringen?«, mutmaßte ich mal stark.

»Das wäre super.«

Also kaufte ich einfach noch einmal dasselbe wie beim letzten Mal. Nicht, dass es an Auswahl gemangelt hätte, aber mir hatte jene erste gemeinsame Mittagspause so gut gefallen, dass ich sie am liebsten eins zu eins wiederholen wollte. Inklusive seines atemberaubenden Blickes.

»Mann, das ist viel besser als Tofu«, seufzte er, als er von seiner Pizza abbiss.

Ich gluckste, weil ich an das Bio-Essen von Emma denken musste. Nichts gegen Bio-Essen. Es gab da verdammt leckeres Zeug. Aber ich ging mal schwer davon aus, dass Emma eher einen Bogen um die allzu leckeren Sachen machte und sich lieber ganz auf die gesunde Ernährung konzentrierte.

»Ja, Mensch, ob es für dich auch Tofu-Pizza gibt?«, grübelte ich schadenfroh.

Nathan gab ein würgendes Geräusch von sich.

»Tofu-Dinkel-Alfalfa-Pizza«, schlug ich ihm den Namen vor und plakatierte ihn mit der Hand in die Luft.

Er schnaubte und plakatierte ebenfalls etwas in die Luft: »Tote Assistentin in Themse gefunden.«

»Haha, wenn ich ein Säckchen Dinkel dabei hätte, würde ich dich jetzt damit bewerfen.«

Die Pause ging nur allzu schnell vorbei und schon landeten wir wieder ausschließlich bei Arbeitsthemen: »Ally, könntest du das einräumen?«, »Machst du mal die Kasse?«, »Könntest du im Lager schauen, ob wir noch dies oder das haben?«

Am späten Samstagnachmittag, kurz vor Feierabend, hatte Nathan eine weitere Frage für mich: »Was machst du eigentlich morgen?«

Ich brauchte einen Moment, um zu kapieren, dass er sich gerade nicht nach einer neuen Gestaltungsmöglichkeit für den Laden erkundigt hatte.

»Äh, morgen …«, stammelte ich überrascht und wunderte mich, was das zu bedeuten hatte.

Aber Nathan interpretierte meine Unschlüssigkeit falsch. »Wenn du natürlich was mit deinem Freund machen willst, ist das wirklich in Ordnung.«

»Ich habe gar keinen Freund«, klärte ich ihn umgehend auf.

Er lächelte. »Bestens. Also?«

»Morgen mache ich nichts. Ich meine, ich habe nichts vor.«

Nun vertiefte sich sein Lächeln. »Weil Jonas nämlich darauf bestanden hat, dass ich dich frage, ob du zusammen mit uns Enten füttern möchtest.«

»Oh«, hauchte ich gerührt.

»Du kannst nein sagen, wenn du das langweilig findest. Ich werfe dich deswegen nicht raus.«

»Aber nein!« Hastig schüttelte ich den Kopf und dann nickte ich gleich wieder. »Ich meine: ja. Ich würde sehr gerne mitkommen.«

Kapitel 19

»Ally, unser Ausflug in den Park muss leider ausfallen.«

Ich hörte Nathans Worte durch das Telefon und hockte geknickt auf meiner Bettkante. Das Licht, das von draußen durch das Fenster hereinfiel, war deutlich dunkler als sonst. Dicke Regentropfen prasselten vom Himmel herab, als hätte jemand die Dusche aufgedreht. So konnten wir wirklich nicht draußen spazieren gehen. Außer vielleicht im Neopren-Taucheranzug.

»Ja«, gab ich traurig zu. »Das habe ich auch gerade gemerkt.« Ich begann mich zu fragen, wie ich den Tag nun ohne ihn durchstehen sollte. All diese entsetzlich langsam dahin tickenden Stunden, bis endlich wieder Montag wäre und ich zur Arbeit gehen könnte.

Irgendwie wurden Wochenenden völlig überbewertet.

Doch dann sagte er: »Jonas will jetzt ins Kino gehen. In seinem Lieblingskino kommt gerade *Shaun das Schaf.* Sehr englischer Humor …«

Vor Erleichterung hätte ich tanzen können.

»Sag ihr, dass man den gesehen haben muss«, hörte ich Jonas im Hintergrund krähen.

»Den muss man gesehen haben«, sprach Nathan ihm bereitwillig nach. »Als echter Engländer muss man diesen BBC-Heimatfilm gesehen haben. Schafe aus Knete. Wer das nicht kennt, hat was verpasst.«

Ich gluckste. »So wie du das sagst, kann ich gar nicht ablehnen.«

»Es gibt Popcorn, Ally.« Ich hörte förmlich das Zwinkern heraus.

»Zufällig mag ich *Shaun das Schaf.*«

Er lachte. »Wieso lässt du mich dann so lange zappeln, wenn ich bei dir offene Türen einrenne?«

»Weil es Spaß macht zu hören, wie du dich anstrengst.«

Es war überhaupt wunderschön, seine Stimme am Telefon zu hören. Dadurch, dass er mich anrief, hatte ich nun sogar seine Nummer.

»Du und Jonas, ihr beide bringt mich echt um den Schlaf«, behauptete er.

Merkte er eigentlich, was er da gerade gesagt hatte?

»Ehrlich?«, flüsterte ich erfreut. »Ich bringe dich um den Schlaf?«

Stille.

Also zumindest von seiner Seite. Jonas rief »Ja, ja, ja!« und »Mäh, mäh, mäh« im Hintergrund, als wäre *Shaun das Schaf* eine kämpferische Action-Figur.

»Das soll schon vorgekommen sein«, raunte Nathan.

Oh mein Gott. Hoffentlich dachte er dabei nicht bloß an die schlaflose Nacht, die er sicher wegen des verkauften Bildes gehabt hatte.

»Es gibt eine Mittagsvorstellung«, fuhr er fort. »Also würden wir dich in einer Stunde mit dem Auto abholen.«

Was?

»Aber das ist doch der totale Umweg für euch.« Auch wenn ich eigentlich gar nicht wusste, wo die beiden genau wohnten. In *Barkingside* sicher nicht.

»Das weiß ich selbst. Aber sonntags will Jonas immer gerne Auto fahren.«

»Das könnt ihr ja …«

»Und er will wissen – Zitat: ›… *wo die Ally wohnt*‹. Also haben wir beide keine Wahl.«

»Na, dann«, willigte ich ein, »lasse ich mich eben von euch durch die Gegend kutschieren.«

»So ist's recht. Vermutlich mache ich erziehungstechnisch alles falsch, aber wenn Jonas schon mal spricht, dann höre ich zur Belohnung auch auf ihn.«

Ich lachte. »Lass ihn das lieber nicht wissen, sonst könnte es für dich teuer werden.«

»Ich bin einfach nur so froh, dass er wieder spricht, verstehst du?« Seine Stimme war so rau von Gefühlen, dass ich einen Kloß im Hals bekam.

»Ja, das verstehe ich. Es ist wirklich toll, Nate. Ich freue mich so für euch.«

Nachdem ich aufgelegt hatte, huschte ich zu meinem Kleiderschrank. Ich würde den Teufel tun und eines der Kostüme von der Arbeit anziehen. Es war Freizeit angesagt, also schlüpfte ich in meine eng geschnittene Lieblingsjeans, die meine Beine und den Po betonte. Wenn Nate mich schon mal anders zu Gesicht bekäme, dann sollte ihm der Anblick ruhig gefallen. Dazu kombinierte ich einen roten Strickpulli, weil es doch noch recht frisch war, und bequeme Sneaker, weil man sich in London die Füße platt laufen konnte. Sicher war sicher.

Ich benutzte ein wenig Make-up, frisierte meine Haare offen und zauberte mit dem Glätteisen ein paar

Wellen hinein. Vermutlich würde der Regen damit schon bald kurzen Prozess machen – allein die Feuchtigkeit, die in der Luft lag –, aber ich säße zunächst einmal im Auto und würde danach so oft es ging einen Schirm bemühen.

Die ganze Zeit pfiff ich ein fröhliches Liedchen oder summte vor mich hin. Elvira, die mich ab und zu vorbeihuschen sah, schaute mir zu, als wäre ich ein interessantes Studienobjekt.

»Du hast ein Date, hm?«, fragte sie, während sie sich mal wieder ihren Instantkaffee machte. Sie häufte so viele Löffel in die Tasse, dass man damit vermutlich einen Elefanten aus dem Koma hätte holen können. Später würde der Löffel noch in der Tasse stehen und wenn er reden könnte würde er sagen: »*Guck mal, Elvira, ohne festzuhalten, ohne festzuhalten!*«

»Also, ich weiß gar nicht, ob es ein richtiges Date ist. Wir machen was zusammen mit seinem Sohn.«

»Ah, gleich ein Familiending. Das hört sich anstrengend an.«

»Nein, überhaupt nicht. Ich habe den Jungen richtig gerne. Er ist zuckersüß.« Apropos Zucker. »Wieso machst du eigentlich diese blöde Diät? Kaffee zu essen, statt ihn zu trinken, kann doch keine Lösung sein.« Ich nickte zu ihrer Tasse.

»Oh«, seufzte sie nur und hörte auf, sich einzufüllen. »Dieses Regenwetter macht mich immer so müde.«

Ich gluckste. »Das ist aber ganz schön blöd, wenn man in England wohnt, oder?«

»Ja.« Sie stand wieder in einem ihrer Kostüme mit Feinstrumpfhosen und den warmen Socken in der Küchenzeile. Der Zopf war wie sonst auch streng gebändigt.

Elvira sah eigentlich jeden Tag in der Woche gleich aus, ob sie nun arbeitete oder nicht.

»Geh doch auch mal ins Kino«, schlug ich ihr vor. »Oder ins Restaurant. Du könntest dich verabreden.«

»Nein, nein«, lehnte sie ab. »Gefühle sind so anstrengend. Ich mache nachher lieber meine Steuererklärung.«

Igitt!

»Aber Elvira, ich meine, du bist …« Tja. Eine attraktive Frau war sie in ihrer Aufmachung eigentlich nicht. »… in deinen besten Jahren für eine feste Bindung.«

Das klang doch schön solide. Sie mochte Dinge, die solide waren.

»Männer sind anstrengend.«

»Na, vielleicht ein Buchprüfer.«

»Hm«, grübelte sie und sah aus, als wäre das eine vernünftige Idee.

»Such doch einfach deine Unterlagen für die Steuer raus und vereinbare dann einen Termin bei einem männlichen Steuerberater«, schlug ich ihr vor und machte eine motivierende Geste. »Und weil heutzutage ja alles online abrufbar ist, könntest du googeln, welcher dieser Kerle dir am besten gefällt. So landest du genau da, wo du hin willst.«

Jetzt nickte sie doch tatsächlich.

»Weißt du, Verliebte haben manchmal doch ganz brauchbare Ideen. Ich gehe mal meine Unterlagen sortieren.« Mit diesen Worten nahm sie ihre Tasse mit dieser unappetitlichen Kaffeemasse mit und zog sich in ihr Zimmer zurück.

Oh je, oh je.

Pünktlich wie verabredet klingelte Nathan an meiner Haustür. Ich hatte keine Ahnung, wie er das bei dem schwer abschätzbaren Londoner Verkehr bewerkstelligt hatte, aber ich hüpfte gut gelaunt die Treppe nach unten zur Haustür. Ich riss sie auf und sprang schwungvoll nach draußen. Allerdings hatte ich dabei nicht damit gerechnet, dass Nathan sich so nah an der Tür aufhalten würde. Gut, ja, rückblickend betrachtet machte das wegen des Regens Sinn, aber in diesem Moment rannte ich einfach nur direkt in ihn hinein.

Ich fühlte mich wie ein lebender Rammbock, als ich in voller Länge gegen ihn prallte, und es war nur seinem Gleichgewichtssinn geschuldet, dass ich uns beide nicht zu Boden riss. Mit einem Arm stützte er sich an der Hauswand ab – direkt am Ronan-Keating-Plakat –, mit dem anderen Arm umschlang er meinen Rücken, um mich aufzufangen.

»Uff!«, keuchte er.

»Oh!«, quiekte ich erschrocken. Und noch erschrockener war ich, als ich merkte, dass ich ihm halb die Jacke vom Leib gerissen hatte, als ich mich an ihm festgekrallt hatte. Schnell schob ich sie ihm wieder über die Schultern, aber sein frischer, männlicher Geruch, der sich mit dem Duft von Regen vermischte, und die Nähe zu seinem Körper, der diese Wärme abstrahlte, brachten mich ganz aus dem Konzept. Ich vergaß, ihn loszulassen, und starrte ihm in seine tollen Augen, um die sich Lachfältchen abzuzeichnen begannen.

»Miss Mayfair«, raunte er. »Werfen Sie alle Männer so aus der Bahn?«

»Ich hab einfach nicht mit dir gerechnet«, stammelte ich.

»Ehrlich? Ich dachte, ich hätte vorhin angerufen und mich mit dir verabredet.«

»Ich meine, so nah bei der Tür.«

»Ah«, murmelte er. »Dann ist das meine Schuld.«

»Nein«, entgegnete ich sofort, bevor mir klar wurde, dass er mich nur aufzog.

Aber das alles tat er, während sein Arm mich noch immer fest an sich drückte. Wie sollte ich da irgendetwas Sinnvolles denken?

Und meine Hände hielten sich weiter an seinen Schultern fest. Die ganze Pose, die wir einnahmen, war so intim, dass mir der Atem stockte. Dabei hatte ich bisher nur ein einziges Mal seine Hand gehalten. Und jetzt: Vollkontakt. Es war genau das, wovon ich nachts regelmäßig fantasierte. Allerdings stellte ich mich in meinen Träumen geschickter an und die Berührungen kamen dabei allesamt anders zustande.

»Bereit für Popcorn mit Schafen?«, erkundigte er sich und wackelte mit seinen Augenbrauen.

Er war so ausgelassen und kein bisschen mehr wie mein Chef.

»Auf jeden Fall.« Ich strahlte ihn an.

Ganz behutsam entließ er mich aus seiner Umarmung. »Da vorne stehen wir schon.«

Nathan zeigte auf einen blauen Range Rover, der in unserem Sichtfeld parkte. Ich sah Jonas hinten im Wagen sitzen, wie er uns zuwinkte. Ach, du Schreck! Dann hatte er meine tolpatschige und gleichzeitig innige Begrüßung mit angesehen. Zum Glück schien es ihn nicht zu stören, denn als wir durch den Regen zu ihm gerannt und in den Wagen gesprungen waren, wirkte er richtig fröhlich.

»Hallo, Ally!«, rief er.

»Hallo, Großer.«

Dann schaute er uns beide an und begann zu kichern.

Oooooookay.

»Er ist neuerdings etwas albern«, erklärte mir Nathan und war sichtlich glücklich damit.

Keine Regenwolken mehr, obwohl der Himmel über uns die Schleusen geöffnet hatte. Wir fuhren sehr bequem und trocken in seinem Range Rover. Das war wirklich eine schöne Abwechslung zur *Tube*, obwohl sie so typisch für London war, dass ich sie liebte.

»Schicker Wagen«, lobte ich ihn. »Ein Rover. Sehr englisch.«

Er grinste mich an und ich zählte weiter auf, wie britisch er war: »Englisches Auto, englische Antiquitäten in einem weltberühmten englischen Stadtteil, …«

»Englische Schafe«, half er mit.

»Shaun!«, freute sich Jonas.

»Mein Pass ist auch britisch«, fuhr Nathan fort. »Und mein Name.«

»Er guckt James Bond«, erzählte mir Jonas.

»Tja, was soll ich sagen? Ich mag mein Land.« Nathan wirkte ganz entspannt, wie er da souverän durch den doch eher dichten Verkehr steuerte. Ich war zuletzt in Steeple Claydon Auto gefahren, wo alle Straßen hübsch ordentlich und vor allem ziemlich leer waren. Durch London zu kutschieren, traute ich mir noch nicht zu.

»Aber Tee und Scones gibt es selten bei uns«, zählte er nun Gegenargumente auf.

»Nie!«, behauptete Jonas.

»Doch, das eine Mal vor ein paar Wochen, als Emma bei uns war.«

Ihren Namen zu hören, verpasste mir einen regelrechten Stich. Aber sie war Jonas' Tante und Teil seines Lebens. Sogar ein sehr aktiver Teil.

Jonas kringelte sich vor Lachen. »Sie trinkt den Tee so«, verriet er mir und tat so, als würde er eine Tasse halten. Dabei stand sein kleiner Finger meilenweit ab. Es sah aus, als müsste das wehtun.

Tatsächlich konnte ich mir die vornehme Emma ganz gut dabei vorstellen, wie sie mit abgespreiztem kleinen Finger aus einer geblümten Teetasse trank und dabei so elegant und gleichzeitig unecht wirkte, dass ich mich neben ihr vollkommen deplatziert gefühlt hätte. Wenn ich aus einer Tasse trank, dann trank ich einfach nur daraus. Nichts daran war edel oder erhaben.

Noch vor ein paar Tagen wäre ich bei dem Gedanken, wie sie mit Nathan und Jonas Tee trank, vor Neid erstarrt, aber heute kam ich besser damit klar, weil schließlich ich es war, die gerade bei den beiden im Auto saß.

»Das waren keine echten Scones«, drang Jonas' Stimme durch meine Gedanken. »Das waren Bio-Haferkekse.«

»Ja, die waren nicht so lecker«, gab Nathan zu. »Und auch nicht sonderlich britisch. Wir essen auch nicht extra *After Eight* nach acht Uhr.«

Ich grinste. Als ob das jeder Engländer täte!

»Ich mag Minze«, erzählte Jonas.

Ja, und ich mochte gerne Lamm, aber das würde ich einem Kind, mit dem ich gerade *Shaun das Schaf* gucken fuhr, nicht sagen.

»Und Mister Bean und Sherlock Holmes«, fuhr er fort. »Und George …«

»Wer ist George?«, wunderte ich mich.

»Der Sohn von William und Kate.« Jonas schaute mich an, als hätte ich die Monarchie verpasst.

»Ah, *der* George«, ging mir ein Licht auf.

Von Prinz William und Herzogin Catherine. Da wäre ich im Traum nicht drauf gekommen, obwohl es wirklich britisch war.

»Er mag das englische Königshaus«, erklärte mir Nathan.

»Die haben ein Schloss!«

»Ja, das finde ich auch toll«, stimmte ich zu.

»Und alle kommen und knipsen es. Von überall.«

Gepriesen sei der Tourismus.

»Ab und zu schauen wir uns die Wachablösung an«, informierte mich Nathan.

»Wirst du einmal Palastwache, wenn du groß bist?«, fragte ich Jonas.

Er schüttelte den Kopf. »Nein, ich werde der Freund von George.«

Ich verkniff mir ein Glucksen. »Das ist wirklich praktisch.«

»Mhm.« Der Junge nickte zufrieden.

So ging das die ganze Fahrt. Irgendwann parkte Nathan plötzlich den Wagen, stellte den Motor ab und schaute mich erwartungsvoll an. »Auf geht's ins Kino.«

»Mäh, mäh, Mäh!«, machte Jonas begeistert und schnallte sich ab.

»Er ist wie ausgewechselt«, flüsterte ich Nathan gerührt zu.

»Ja, er ist endlich wieder er selbst. Und du hast es ausgelöst.«

Ich schluckte. »Ich hab doch gar nichts gemacht.«

Aber bevor Nathan mir antworten konnte, schob Jonas sein Gesicht zwischen unseren Sitzlehnen nach vorne und wollte aufbrechen.

Es war ein kleines Kino und hatte den Charme alter Zeiten. Wir besorgten uns Karten und Popcorn. Als Jonas seine Jacke aufmachte, sah ich, dass er ein Shirt trug, auf dem sogar ein Schaf zu sehen war.

Wir setzten uns in den Kinosaal, der sich zur Hälfte füllte, und nahmen Jonas zwischen uns in die Mitte. Aber über seinen Kopf hinweg konnte ich Nathan sehen. Es liefen ein paar Trailer und Jonas fand gleich etwas, das er auch unbedingt mal schauen wollte.

Dann begann der Film. Ich konnte gar nicht sagen, wann ich zuletzt einen Kinderfilm, oder überhaupt irgendeinen Animationsfilm, gesehen hatte. Das musste Jahre her sein. Wann war *Findet Nemo* gelaufen?

Aber es machte Spaß. Nicht zuletzt wegen Jonas und Nathan. Die beiden waren toll zusammen und der Kleine freute sich so sehr über diese verrückten Schafe. Die waren aber auch niedlich. Wenn sie lachten, schoben sich ihre Mäuler immer zur Seite weg. Wenn ich so lachen könnte, müsste ich mir hinterher den Kiefer einrenken.

Und sie ließen sich gut auseinander halten: Ein Schaf war beispielsweise ganz dick, ein anderes trug Lockenwickler, dann gab es ein Babyschaf und natürlich auch – wie der Name schon andeutete – Shaun, das geschorene Schaf. Er war dadurch der Dünnste von allen und heckte die ganzen Ideen aus. Und das sah so aus, dass der Bauer im Wohnwagen versteckt wurde, damit man eine Party feiern konnte. Aber dann rollte der Wohnwagen versehentlich in die große weite Stadt davon und die Geschichte nahm ihren Lauf, als die Schafe hinterherreisten, um ihren Bauern zurückzuholen.

Ich naschte vom Popcorn und freute mich mit Jonas. Aber hin und wieder trafen sich Nathans und meine Blicke und dann schauten wir einander einfach nur an und Nate lächelte.

Ich hatte Schmetterlinge im Bauch, bekam Herzrasen und verspürte dieses wilde Flattern tief in mir drin. Ich konnte bloß noch ihn ansehen und ich war mir sicher, dass meine Gefühle mir deutlich ins Gesicht geschrieben standen. Ich fühlte mich hilflos und berauscht zugleich.

Da hockte ich in einem Kinderfilm mit Schafen statt in einem Raum voller Geigenspieler, aber in meinem Herzen war mir, als würde eine Melodie für uns spielen. Abwechselnd starrte ich ihm in die Augen und auf seine Lippen. Mir wurde ganz warm und meine Haut kribbelte überall.

Ach, verdammt, ich war so was von verknallt.

Nathans Blick nahm mich gefangen und erst als Jonas »Das war so super!« rief, merkte ich, dass der Film vorbei war. Ich hatte keine Ahnung, wie er ausgegangen war oder wie lange Nate und ich uns einfach bloß angesehen hatten. Doch als wir aufstanden und Jonas heiter vorauslief, nahm Nathan meine Hand.

Ich war so glücklich, dass ich schwebte.

Als wir vor dem Ausgang standen und unsere Jacken zumachten, verkündete Jonas: »Ich hab Hunger«, obwohl er eine ganze Packung Popcorn verputzt hatte.

Nathans Daumen streichelte über meinen Handrücken, während er mich weiter festhielt. »Wie sieht's aus? Magst du mit uns noch etwas essen gehen?«

Ich nickte, denn wenn es nach mir gegangen wäre, hätte dieser Tag niemals enden müssen.

»Au ja«, fand Jonas. »*Pizza Hut.*«

»Er liebt *Pizza Hut*.« Nathan sah aus, als würden sie dort öfter hingehen.

»Ich wette, du nimmst Salamipizza«, riet ich drauflos.

»Kann passieren.«

In der Nähe des Kinos gab es auch eine Filiale, was vielleicht der Grund dafür war, dass Jonas das Kino so sehr mochte. Den Wagen ließen wir stehen, denn es war schwer genug gewesen, überhaupt einen Parkplatz zu finden. Deshalb spannten wir zur Abwechslung die Schirme auf und bummelten dorthin.

Die Bedienung wies uns einen ruhigen Tisch in einer Ecke zu, was mir sehr recht war. Wir suchten uns etwas zu essen aus und ich verschwand kurz zur Toilette. Als ich mich dort im Spiegel betrachtete, konnte ich kaum fassen, dass Nathan sich für die Frau darin interessierte, wenn es eine Emma gab.

Doch auf der anderen Seite konnte ich mir nicht vorstellen, dass Emma hierhin mitgegangen wäre. Aber da verpasste sie etwas Tolles. Seit ich in London angekommen war, hatte ich mich noch nie so wohl gefühlt wie heute.

Ich kämmte meine Haare durch – die Wellen, die ich mit dem Glätteisen hineingezaubert hatte, waren sogar noch zu sehen – und prüfte mein Äußeres im Spiegel. Mir war bewusst, dass ich es nur tat, um Nathan zu gefallen. Ach, wenn es wirklich wahr wäre, dass ich ihm gefiele. Dass er sich etwas aus mir machte. Ich wünschte es mir so sehr.

Als ich zurückkam, sah ich, wie Jonas etwas zu Nathan sagte und wie Nathan sich fast an seinem Getränk verschluckte.

»Was ist denn?«, wunderte ich mich, als ich mich zu ihnen an den Tisch setzte.

Aber Nathan schüttelte nur den Kopf und Jonas kicherte schelmisch.

Okay. Irgendwas lief da, doch ich hatte keine Ahnung, was. Und die beiden machten auch keine Anstalten, mich einzuweihen.

Das Essen kam und wir aßen die meiste Zeit mit den Fingern. Bei mir war das kaum zu vermeiden, weil ich Chicken Wings bestellte hatte. Während des Essens beugte sich Nathan zu mir. »Entschuldige, dass es nur Fast Food ist und ich dich nicht feiner ausführe, aber Jonas steht auf *Pizza Hut* und sonntags darf er sich immer aussuchen, was wir machen.«

»Es ist alles prima«, versicherte ich ihm und das war es auch.

Kurz dachte ich daran, dass ich mich auch bei *Pizza Hut* beworben hatte, und ich fragte mich, ob ich Nathan und Jonas selbst dann begegnet wäre, wenn ich die Stelle im *A Place to Remember* nicht bekommen hätte. Mir gefiel die Vorstellung, dass uns das Schicksal verband.

Als die beiden mich schließlich nach Hause fuhren, dämmerte bereits der Abend. Jonas schaute sich in diesem diffus grauen Restlicht, das der Regenhimmel erzeugte, genauer an, wo ich wohnte. Es schien ihn nicht zu stören, dass es kein besonders schöner Stadtteil war. Im Gegenteil. Als wir an dem grünen Plastikspielplatz vorbeikamen, verkündete er: »Dort kann ich mal rutschen, wenn wir Ally das nächste Mal besuchen.«

Wow.

Wobei das mit einem Besuch bei mir ziemlich eng werden würde – rein platztechnisch. Dann müssten wir entweder wie die Hühner auf der Stange alle auf meiner Bettkante sitzen oder Elvira in der Küche dabei zusehen, wie sie Instantkaffee anrührte. Ja, oder eben doch auf den grünen Spielplatz gehen, für den es heute viel zu nass war.

»Ich bringe dich noch schnell zur Tür«, erklärte Nathan, als er vor meinem Haus anhielt. Viel zum Bringen gab es da eigentlich nicht mehr, aber ich freute mich trotzdem darüber, dass er es tat.

So fühlte es sich etwas mehr wie ein Date an.

Er kam sogar um den Wagen herum und öffnete mir die Tür, obwohl es regnete und ich ja selbst schnell hätte heraushuschen können. Nate hielt mir die Hand hin und half mir aus dem Rover. Ich winkte Jonas zu, der langsam müde wirkte.

»Tschüss, Ally«, sagte er halb gähnend. »Bis morgen.«

»Bis morgen, Großer. Danke, dass ich heute mit durfte.«

Er zeigte mir den erhobenen Daumen und kuschelte sich dann an die Rückenlehne seines Sitzes.

»Ich bin gleich zurück«, versprach Nathan ihm.

»Mhm.«

Hand in Hand liefen wir unter das Vordach meines Wohnhauses.

»Ah, da ist ja mein Doppelgänger«, sagte Nathan, als er das Ronan-Keating-Plakat musterte.

»Eigentlich habe ich da ja ein Bild von dir aufgehängt. Erkennst du dich gar nicht?«

Er grinste und schaute mir lange in die Augen. »Es war schön heute.«

»Das fand ich auch.«

»Der Film hätte ruhig länger sein können, damit ich dich noch länger hätte anschauen können.«

Mein Herz schmolz bei seinen Worten und dann setzte er noch eins drauf: »Ich mag dich, Ally.«

»Ich mag dich auch«, wisperte ich.

Wobei *mögen* nur die entfernte Verwandte meiner Gefühle für ihn war. Vielleicht ging es ihm ähnlich. Und ganz vielleicht war es, wenn sein Sohn im Auto wartete, auch nicht der beste Zeitpunkt für Liebesgeständnisse. Aber ich hatte das Gefühl, gleich platzen zu müssen, weil ich nicht aussprach, was in mir vorging. Als würde mein Herz überlaufen.

Nathan legte seine Hand an meine Wange. Wir waren beide nass vom Regen. Wassertropfen hingen in seinen Wimpern wie Perlen und sein Haar war ganz klamm.

Er beugte sich zu mir herunter und brachte seinen Mund an mein Ohr. »Wir sehen uns morgen, Ally.«

Ich spürte seine Lippen in meinem Haar und nickte überwältigt.

»Ja, morgen«, stimmte ich zu.

Dann lächelte er mich an, ließ mich los und verschwand zu seinem Wagen.

Ich konnte morgen kaum erwarten.

Kapitel 20

»Bist du noch wach?«

Ich lag im Bett und starrte auf das leuchtende Display meines Handys. Mittlerweile war mir die Nummer, von der aus die Nachricht geschickt worden war, nicht mehr fremd. Sie gehörte Nathan und ich hatte sie mir sofort unter *Nate* abgespeichert.

»Ja«, begann ich zu tippen. Es war unnötig, ihn zu fragen, ob er es auch noch war. *»Mein Kopf ist voller Gedanken.«*

Die Bilder des Tages ließen mich einfach nicht los. Nathans Blicke, seine Worte, wie er meine Hand genommen hatte, wie er mich bei meiner etwas stürmischen Begrüßung aufgefangen hatte, wie er mir ins Ohr geflüstert hatte – all diese Eindrücke wirbelten in mir umher und ließen mich nicht einschlafen. So, als herrschte ein regelrechtes Bilderfeuerwerk in meinem Kopf.

Mir war ganz warm und kribbelig zumute. Ich war so aufgekratzt wie seit Ewigkeiten nicht mehr. Alles fühlte sich so lebendig an, wunderschön und kostbar, jeder

Augenblick mit ihm, jedes Wort, das wir tauschten, jede Sekunde, die wir uns nahe waren.

Dass er mir nun schrieb, ganz privat, ohne die Arbeit oder Jonas als Anlass, wühlte mich komplett auf. Ich stellte mir vor, wie er auch nicht schlafen konnte. Wie wir beide, wenn auch viel zu weit voneinander entfernt, in unseren Betten lagen und an unsere im Dunkeln liegenden Zimmerdecken starrten, über die nur hin und wieder wundersame Licht- und Schatteneffekte trieben, wenn die Scheinwerfern vorbeifahrender Autos sie streiften.

»*Geht mir auch so*«, antwortete er.

Glücklich drückte ich das Handy an meine Brust. Dann schmunzelte ich und tippte: »*Diese Schafe lassen einen einfach nicht los.*«

Seine Antwort ließ nicht lange auf sich warten. »*Die Schafe, huh? Du kannst ruhig sagen, dass du mich magst.*«

Ich gluckste, als ich seine Antwort las, schüttelte mein Kissen auf und lehnte mich an das Kopfteil meines Bettes. »*Du selbstsicherer Kerl.*«

»*Ich selbstsicher? Ich bin doch nur ein Junge, der vor einem Mädchen steht und es bittet, ihn zu … Ach, halt, das war ja gar nicht aus ›Shaun das Schaf‹.*«

Ich bekam kaum noch Luft bei seiner Antwort. Nein, das war nicht aus dem Schaffilm. Es stammte aus *Notting Hill* mit Julia Roberts und Hugh Grant. Und es waren Julias Worte – bei ihr war der Text natürlich auf ein Mädchen gemünzt, das vor einem Jungen stand. Aber das, was mir die Herzrhythmusstörungen bescherte, war nicht das, was dort stand, sondern das Wort, das er ausgelassen hatte mit seinen drei kleinen Punkten: *lieben.*

»*Bist du noch da?*«, fragte er in einer neuen SMS.

Ach, du lieber Himmel. Ich wusste nicht, wohin mit meinen Gefühlen.

»*Ally?*«

Mit zittrigen Fingern schrieb ich zurück: »*Meinst du das ernst, Nate?*«

Piep, piep.

Mein Herz galoppierte, als ich seine Antwort öffnete.

»*Ja.*«

Oh mein Gott!

Ich schnappte mir mein Kopfkissen, presste es vor mein Gesicht und jubelte hinein. Schließlich wollte ich Elvira nicht aufwecken, aber ich konnte auch nicht einfach nur stumm sitzen bleiben.

»*Eigentlich wollte ich dir das nicht am Handy sagen.*«

»*Eigentlich hast du es ja auch nicht gesagt.*« Lächelnd schickte ich die Nachricht weg. Aber in mir funkelten tausend Glückssterne, weil er es irgendwie doch gesagt hatte.

»*Ich will morgen nicht dein Boss sein.*«

Ich bekam große Augen. »*Mach keinen Blödsinn. Ich brauche den Job.*«

Dahinter setzte ich ein kleines Smiley.

»*Necken Sie mich wieder, Miss Mayfair?*«

»*Vielleicht.*«

»*Ich kann es kaum erwarten, dass der Tag beginnt.*«

»*Geht mir genauso*«, gab ich zu.

»*Erzähl mir noch was von dir. Etwas, wovon ich träumen kann.*«

Wow. Puh. Von mir?

»*Tja, also, deine unglaublich spannende Mitarbeiterin kommt aus Steeple Claydon. Als ich klein war, hatte ich eine Zahnspange. Mein erster Hamster hieß Bruno und sollte ich je einen zweiten kaufen, nenne ich ihn Mars. Du weißt schon …«*

Davon konnte er jetzt vielleicht nicht gerade träumen, aber ganz sicher wusste er das noch nicht von mir.

»Ah, ich merke schon. Ronan Keating, Bruno Mars, du stehst auf Musiker.«

Ich stellte mir vor, wie Nathan in seinem Bett saß – oder lag er vielleicht? – und grinste, während er mir schrieb.

»Eigentlich stehe ich auf Inhaber von Antiquitätenläden. Sag mal, sitzt du oder liegst du?«

Ich versuchte mir vorzustellen, wie er wohl bei meiner Frage aus der Wäsche guckte. Haha.

»Ich liege. Aber ich verrate dir nicht, dass ich nur schwarze Hugo-Boss-Shorts und sonst nichts trage, falls das Gespräch in diese Richtung gehen sollte. Antiquitätenladenbesitzer? Das klingt nach einem ziemlich eingeschränkten Geschmack.«

Bis über beide Ohren grinsend holte ich mir in der Küche ein Glas Milch, während ich weiterschrieb: *»Ja, sehr eingeschränkt. Auf eine Person, um genau zu sein. Hugo Boss? Ehrlich. Ich hätte dich ja mehr für einen Under-Armour-Träger gehalten.«*

»Dass du das als Mädchen aus Steeple Claydon überhaupt kennst … Ja, ja, ich weiß, wenn du jetzt Dinkel hättest, würdest du damit um dich werfen.«

Ich verschluckte mich fast an meiner Milch, weil der blöde Kerl mich so zum Kichern brachte. Bevor ich am Ende doch noch Elvira aufschreckte, zog ich mich mit meinem Getränk wieder in mein Zimmer zurück.

»Damit warte ich lieber, bis du in Reichweite bist.«

Ich hockte mich auf mein Bett und stellte mir vor,

wie er also nur mit seinen schwarzen Shorts bekleidet ausgestreckt auf seinem Laken lag. Das war definitiv eine Information, von der ich nicht leichter würde einschlafen können. Nathan, halb nackt … Ich stöhnte frustriert, weil ich keine Ahnung hatte, wie er wohl aussah. Gebräunt oder blass, mit Haaren auf der Brust oder glatt, muskulös oder eher schmal? So, wie er mir im Park den Zaun auseinandergedrückt hatte, eher kräftig.

Das alles würde ich ihn aber garantiert nicht fragen.

»Dann hast du morgen Dinkel dabei?«

Sch… doch auf den Dinkel. Ich versuchte, ihn mir gerade nackt vorzustellen.

»Flirtest du oft mit Frauen am Handy?«

Ich schickte die Nachricht weg, bevor ich darüber nachdenken konnte. Himmel, was hatte ich denn da getippt?

»Ich habe noch nie mit einer Frau am Handy geflirtet. Seit Gwen habe ich sowieso nicht mehr geflirtet und mit Gwen habe ich es nicht am Handy getan. Wir haben uns so jung kennengelernt. Gwen, Emma und ich, wir sind zusammen zur Schule gegangen. Sie waren zwei Klassen unter mir. Na jedenfalls ist das hier gerade eine Premiere.«

Ich starrte auf den Text und stellte mir vor, wie die blonden Schwestern in der Schule jedem aufgefallen waren. So auch Nathan. Und wie sie sich dort kennengelernt hatten. Aber natürlich hatte ihre Beziehung schon in so jungen Jahren beginnen müssen. Denn wenn ich es mal im Kopf überschlug, war Gwen erst Anfang zwanzig gewesen, als Jonas zur Welt kam. Und es war gut so, dass sie so früh geheiratet und einen Sohn bekommen hatten, es war gut so, dass sie alles so schnell erlebt hatten, denn Gwen war viel zu früh gestorben.

Viel eher, als die meisten Frauen überhaupt heirateten oder auch nur das erste Mal über Kinder nachdachten.

Ich wollte mir keine Welt vorstellen, in der es Jonas nicht gab. Er war so ein lieber Junge.

Jonas ...

»Sag mal, ist das für Jonas überhaupt okay, wenn du mit mir flirtest?«

Was, wenn der Junge das Gefühl hatte, dass Nathan seine Mutter betrog? Dass er die Familie verriet oder so etwas. Er machte gerade ganz tolle Fortschritte und das sollten wir auf keinen Fall in den Sand setzen. Auch nicht, wenn wir dabei ein Opfer zu bringen hätten – nämlich uns.

»Jonas hat damit kein Problem, Ally.«

»Bist du sicher?«

»Ja. Ich erkläre es dir morgen. Jetzt versuch zu schlafen.«

Mein Blick huschte zur Uhr. Es war drei in der früh und mein Wecker würde in drei Stunden klingeln, ob ich nun ausgeschlafen wäre oder nicht.

»Wie soll das gehen?«

»Träum einfach was Schönes. Ich habe ganz viel, wovon ich träumen kann.«

Und dann, kurz darauf, schickte er eine weitere Nachricht hinterher: *»Endlich wieder.«*

Kapitel 21

Mein Kopf war wie eine wattierte rosa Wolke. Weil ich nicht geschlafen hatte und weil Nathan mir mit seinen SMS total den Kopf verdreht hatte. Ich schwebte zum *A Place to Remember*, statt dorthin zu laufen. Die ganze Kulisse aus bunten Reihenhäusern, Schaufensterauslagen und dem anbrechenden Morgen, der glutrote Lichtstrahlen auf die Fassaden warf, zog an mir vorüber wie buntes Konfetti auf einer Parade. Es war für mich nicht greifbar, trieb einfach bloß vorbei. Es gab ohnehin nur ein Bild, das ich vor mir sah: Nathan, wie er mich im Kino angesehen und meine Hand genommen hatte. Das erste Mal Händchenhalten.

Ich freute mich schon auf den Klang des kleinen Glöckchens, als ich mit einer Flasche Birnensaft für Jonas im Arm die Ladentür aufdrückte. Und vor allem freute ich mich darauf, Nathan zu sehen. Er schien bloß auf mich gewartet zu haben, sein ganzer Körper stand unter Spannung. Er trug wieder das schwarze Hemd mit den vielen hellen Punkten, das ihm so gut stand. Sein Blick war seltsam konzentriert und ernst.

Er kam auf mich zu, sagte: »Ich müsste da was mit dir klären, Ally« und fasste nach meiner Hand. Wie in Trance folgte ich ihm in sein Büro. Er zog mich durch die Tür, drückte sie zu und schob mich dagegen. Dann legten sich seine Hände um meine Wangen und er senkte seinen Kopf. Bevor ich auch nur atmen konnte, drückte er seine Lippen auf meine. Aber kaum dass er meinen Mund berührt hatte, wich die Eile aus seinen Bewegungen. Er küsste mich langsam und genüsslich. Samtzart strichen seine Lippen über meine. Seine Finger wanderten in mein Haar und er vertiefte den Kuss.

Ich schlang meine Arme um seinen Nacken und war verloren. Nates Zunge strich zwischen meinen Lippen entlang und teilte sie. Ich öffnete meinen Mund für ihn und ließ sie ein. Als unsere Zungen miteinander zu tanzen begannen, spürte ich längst keine Knochen mehr in meinem Körper.

Nathan schmeckte nach Kaffee und Zucker, nach Mann und Frühling. Seine Hände glitten durch mein Haar, streichelten meine Kopfhaut und ich ließ mich in seinen Armen zurücksinken. Sein Mund folgte jeder meiner Bewegungen. So standen wir da, halb gegen die Tür gelehnt, die mich im Rücken hielt, halb verschlungen mit Armen und Mündern.

Ich kostete ihn und mein Herz bebte. Es war, als würden Luftballons in mir aufsteigen. Rote herzförmige Luftballons. Sie kribbelten in meiner Brust und ließen mich schweben. Ich weiß nicht, wie lange wir uns küssten, aber es hätte niemals lange genug sein können.

»Himmel, Ally.« Dann lachte er leise. »Das ist fast wie einer dieser Sätze von Jonas. Denn eigentlich müsste er lauten: Ich bin im Himmel, Ally. Mit dir.«

Sein Gesicht war nur Zentimeter von meinem entfernt. Gerade so weit, dass wir nicht schielen mussten, um uns in die Augen zu sehen.

»Ich auch mit dir«, seufzte ich.

»Aber eine Angelegenheit sollten wir noch klären.« Er sah mich betont förmlich an. »Miss Mayfair, mir ist da ein Fehler in Ihrem Arbeitsvertrag unterlaufen.«

»Ach, ehrlich?«, wunderte ich mich.

Wen interessierte denn jetzt dieser blöde Arbeitsvertrag?

»Ja, und das ist unverzeihlich. Da steht, er wäre auf sechs Wochen befristet.«

Hoffentlich warf er mich nicht raus, weil er nichts mit einer Mitarbeiterin anfangen wollte, oder so etwas Unsinniges. Nervös schaute ich ihn an.

Nathan erklärte: »Da sollte eigentlich kein Enddatum drin stehen.«

Ich schluckte schwer.

»Oder wenn überhaupt«, fuhr er fort, »dann möglichst: für immer.«

»Ah!«, quiekte ich und fiel ihm um den Hals. »Ich dachte schon, du schmeißt mich raus.«

Jetzt lachte er ungläubig. »Ich bin doch nicht bescheuert.«

»Oh Gott, Nate.« Ich küsste seinen Hals, seine Wange, gelangte zu seinem Mund und zwickte ihn mit den Zähnen in die Unterlippe.

»Miss Mayfair«, raunte er mit einem Blick, der halb Schalk, halb Feuer war. »Vielleicht müssten wir noch ein paar Ergänzungen darin vornehmen. Zur Stellenbeschreibung gehören von nun an wilde Küsse in der Mittagspause oder so was.«

»Ich wünschte, es wäre Pause.« Ich lächelte ihn glücklich an.

»Gut«, fand er. »Denn jetzt, wo das geklärt ist, war ich für heute lange genug dein Boss.«

Ich schaute ihn verwirrt an und er grinste.

»Komm, lass uns abhauen.« Nate hauchte mir einen Kuss auf den Mund, gab mich dann frei und öffnete die Bürotür für mich. »Nach dir.«

»Und wer ist im Laden, wenn wir beide gehen?«

»Niemand.«

»Was hast du vor, Nate?«

Er führte mich durch den Verkaufsraum bis zur Eingangstür. Dann hängte er das »Geschlossen«-Schild in die Scheibe.

Ich strahlte ihn an. »Ehrlich?«

»Wir nehmen uns frei. Wir haben beide nicht geschlafen und ich habe gerade keine Lust, irgendwem Vasen oder Schmuckschatullen zu verkaufen. Ich will lieber was mit dir unternehmen. Zu zweit. Nur wir beide. Keine Kunden und kein Date zu dritt mit Schafen.«

»Warte, ich lass noch den Saft hier.«

Immerhin war ich nicht darauf erpicht, den Birnensaft durch London zu schleppen, wo auch immer Nathan jetzt hin wollte. Dann folgte ich ihm nach draußen und er schloss das Geschäft ab.

»Du bist verrückt«, freute ich mich.

»Ah, tut das gut. Der erste freie Arbeitstag seit hundert Jahren.« Dann bot er mir seinen Arm an. »Hallo, schöne Dame.«

Zum Glück hatte es seit gestern zu regnen aufgehört, aber die Gehwege waren noch nass und die Sitzbänke der Londoner Parks wären es sicherlich auch. Am liebsten hätte ich mit ihm im *Hyde Park* gepicknickt, nur wir beide auf einer einsamen Insel, die aus einer Decke bestand, aber daraus würde in den nächsten Tagen garantiert nichts werden.

»Und wohin gehen wir jetzt?«

»Das ist eine wirklich gute Frage. Wo – in dieser riesigen Stadt – hat man seine Ruhe?«

Mir fiel da wirklich nur meine kleine Wohnung ein. Elvira war schon zur Arbeit gegangen und niemand würde uns stören. Aber es lag eine Stunde Fahrtzeit außerhalb und mal ehrlich, außer einem Bett stand kaum etwas in meinem Zimmer.

Trotzdem war ich drauf und dran, es ihm vorzuschlagen, als er gerade sagte: »Kennst du schon *Little Venice*?«

Hm, klein Venedig?

»Ist das vielleicht ein Café?«

Er lächelte. »Also nicht. Dann komm.«

Wir fuhren Richtung *Regent's Park*. Nathan parkte westlich davon in einer zauberhaften Wohngegend mit Herrenhäusern aus rotem Ziegelstein und weißen Villen mit ausladenden Terrassen und Stuckfassaden. Er hielt mir wieder die Tür seines Wagens auf und dann schlenderten wir Hand in Hand einen Weg zwischen den schönen Häusern entlang, bis wir schließlich auf einen schmalen Kanal stießen, an dessen beiden Uferseiten noch schmalere Kanalboote vertäut lagen. Und mit der Wasserstraße und den eleganten Häusern fühlte man sich tatsächlich, als könnte man an eine venezianische Wasserstraße gelangt sein.

»Dort vorne trifft der *Grand Union* Kanal mit dem *Regent's* Kanal zusammen«, erklärte mir Nathan.

»Das ist wunderschön«, schwärmte ich.

So viele Kanalboote – es mussten hunderte sein. Und sie waren bunt bemalt. Manche von ihnen sahen schon ziemlich alt aus.

»Ab April fahren hier täglich die Wasserbusse der *London Waterbus Company* und einiger Privatanbieter. Aber während der Wintermonate operieren sie nur an den Wochenenden.«

»Schade. Das wäre jetzt noch toll gewesen.«

Ich stellte mir vor, mit einem der bunten Kanalboote durch die schmalen Wasserwege zu fahren, vorbei an romantischen Stadthäusern, anderen bunten Booten und Bäumen, die das Ufer säumten und ihre zart begrünten Äste teilweise bis ganz hinunter hängen ließen, immer dieses Gluckern der Wellen unter dem Bootsrumpf, der gemächlich durch die Kanäle gleiten würde.

»Wo kommt man denn da raus?«, wollte ich wissen.

»Wenn man hier losfährt?«

»Mhm.«

»Vorbei am *Regent's Park* und dem Londoner Zoo bis hinter nach *Camden*.«

»So weit?«

Er nickte. »Eine Fahrt dauert ungefähr neunzig Minuten.« Dann deutete er mit dem Finger den Kanal hinauf. »Oben bei *Maida Vale* fährt man sogar durch einen dunklen Kanaltunnel. Direkt über der Einfahrt stehen die Tische und Stühle eines Cafés. Wir könnten hin laufen und es uns dort gemütlich machen.«

»Au ja.«

Nathan bot mir wieder seinen Arm an und ich hakte mich bei ihm unter. Wir schlenderten einen Gehweg entlang, der direkt am Kanal verlief. Ich konnte das Wasser riechen.

»Im Sommer ist hier alles voller Wasserlinsen.«

»Entengrütze«, sagte ich. Auch wenn es andere Tiere in solchen Gewässern, die dicht mit Wasserlinsen bedeckt waren, weniger mochten, die Enten waren immer hellauf begeistert, wenn sie durch die grünen Blättchen tauchten und sie futterten. »Bei uns auf dem Land habe ich immer gerne den kleinen Entenbabys zugeschaut, wenn sie darin gebadet haben. Hinterher gab es dann lauter grüne Küken zu sehen.«

Wir schritten unter einer kleinen Brücke hindurch und plötzlich öffnete sich der schmale Kanal zu einem größeren Becken. Es befand sich sogar eine kleine Insel mit Trauerweiden darin, auf der sich zahlreiche Enten tummelten. Weiter vorne führte eine hübsche, blau bemalte Brücke über den wieder schmaler werdenden Kanal. Es sah wirklich venezianisch aus.

Wir gingen immer weiter, als Nathans Handy klingelte. Er zog es aus der Tasche und kontrollierte das Display. Ich konnte Emmas Namen darauf leuchten sehen.

»Da muss ich rangehen, falls was mit Jonas oder Paps ist«, erklärte er mir und nahm den Anruf an. »Hey, Emma, was gibt's?«

Was sie sagte, konnte ich nicht hören, und ich schaute auf das Wasser, um Nathan das Gefühl von Privatsphäre zu vermitteln, während er mit der Frau telefonierte, die mir schlaflose Nächte der Eifersucht beschert hatte.

»Was wolltest du denn beim Laden? … Ich habe mir spontan freigenommen … Emma, ich habe mir seit Gwens Tod keinen freien Tag mehr gegönnt. Ich arbeite sechs Tage die Woche sechzig, manchmal siebzig Stunden … Mit mir ist alles in Ordnung. Ist bei dir alles okay? … Ja, Miss Mayfair hat auch frei …«

Als ich meinen Namen hörte, drehte ich mich doch zu ihm um. Er sah ziemlich genervt aus.

»Emma, wir wussten doch beide, dass der Tag einmal kommen würde«, sagte er mit belegter Stimme. Sie sagte irgendwas und er hörte ihr zu. Sein Brustkorb blähte sich auf und dann stieß er den Atem geräuschvoll wieder aus. »Dann lass uns heute oder morgen Abend reden … Ja, bis dann.«

Ich fühlte mich etwas verloren, wie ich dort neben ihm am Ufer des Kanals stand und ihn mit Emma sprechen hörte. Unwohl knetete ich meine Hände und spürte, wie ich Kopfweh bekam, weil ich vor lauter Anspannung meine Zähne zu fest aufeinanderbiss.

Nathan steckte das Handy zurück und sah mich an. Dann machte er ein ironisches Gesicht. »Das war Emma.«

»Habe ich schon gemerkt.«

»Wie es aussieht, sind wir wohl nie so ganz ungestört.«

»Sie ist eifersüchtig, oder?«

Sein Mund wurde zu einer schmalen Linie und er nickte.

»Und, äh … Ich meine, ändert das etwas zwischen uns?«, flüsterte ich.

Nathan schaute mich geschockt an. »Nein!« Er griff nach meinen Händen, zog mich an sich heran und legte seine Arme um mich. »Bloß nicht. Komm, lass uns ins Café gehen, einen Happen essen und darüber reden.«

Wir liefen zum *Café Laville*, das über dem Kanal lag. Dort, wo im Sommer vermutlich die Tische draußen standen, war nun eine Art Wintergarten aufgebaut worden. Wir traten ein und setzten uns an einen freien Tisch. Um uns herum war nur Glas: gläserne Wände und ein gläsernes Dach. Wir hatten eine wunderbare Rundumsicht.

Ich konnte den Kanal auf uns zulaufen sehen, eine schmale schnurgerade Wasserstraße, die unter uns verschwand und im Licht der Sonne silbern schimmerte. Selbst der Himmel wirkte silbrig, weil die Sonne durch einen hauchzarten, diesigen Dunst schien. Ich sah die schmalen Kanalboote, die am Ufer lagen. Seitlich oberhalb des Kanals führten kleine Straßen entlang, an denen Häuser und Bäume standen. Die Baumwipfel wirkten fast noch kahl, so verhalten war das Frühlingsgrün an ihnen. Aber es lag bereits das Versprechen in der nicht mehr ganz so kalten Luft, dass der Winter vorbei war und der Frühling seine Fühler ausgestreckt hatte.

Wir bestellten uns etwas zu essen. Ich nahm ein Croissant mit Marmelade und Rühreier mit Speck. Nathan bestellte sich ein Omelette mit Schinken und Pilzen und dazu ein Roast-Beef-Sandwich. Dazu tranken wir Cappuccino. Es hätte perfekt sorglos sein können, aber ich fühlte mich bedrückt.

Nathans Blick glitt aus dem Fenster, aber eigentlich tauchte er noch viel weiter weg – in die Vergangenheit, in jene Zeit, als er seine Frau verlor.

»Als Gwen starb, waren wir alle im Schock«, begann er. »Jonas, der immer viel gelacht hatte, verschloss sich wie eine Auster. Er wollte nichts mehr essen, nicht mehr spielen, nicht mehr sprechen. Ich wusste mir wirklich kaum zu helfen. Emma war für uns da. Sie war wirklich immer für uns da. Sie sprang ein wie eine Heilige, als mir alles entglitt. Sie sorgte dafür, dass Jonas wieder aß, dass wir beide pünktlich zur Schule und zur Arbeit gingen, dass wir eine Art geregelten Tagesablauf behielten. Ganz ehrlich: Ich wollte manchmal nicht mehr aufstehen.«

Ich schluckte, als ich ihn mir so zerbrochen vorstellte. Tränen brannten in meinem Blick.

»Emma war wie ein Uhrwerk, wie ein Rädchen, das uns antrieb. Natürlich war sie auch voller Trauer. Zwillinge …« Er seufzte. »Das war ein bisschen, als wäre sie selbst gestorben. Ich erinnere mich an den offenen Sarg, als Emma vor Gwen stand und auf ihr totes Ebenbild hinabschaute. Sie sah so tot aus wie meine Frau. So habe ich sie niemals sonst gesehen.«

Oh mein Gott. Plötzlich verspürte ich Mitleid mit Emma.

»Einmal sagte sie: ›*Es ist, als hätte ich kein Spiegelbild mehr.*‹ Sie waren immer zwei Teile eines Ganzen und dennoch grundverschieden gewesen. Gwen war voller Lebensfreude. Sie verströmte immer diese Heiterkeit, die jeden in seinen Bann zog und ansteckte. Sie war die Kreative, die Malerin. Jonas und sie haben stundenlang gezeichnet, gebastelt und geklebt. Immer gab es irgendein neues Kunstwerk von den beiden. Emma hingegen war stets die vernünftige Schwester. Entschlossen und ehrgeizig, mit klaren Zielen vor Augen. Manchmal wirkt sie dadurch kühl.«

Ich sagte nicht, dass sie eigentlich immer kühl wirkte. Denn im Grunde stimmte das auch nicht. Zumindest wenn sie bei Nathan war, kam eine sanfte Seite in ihr zum Vorschein.

»Unser Leben lief weiter. Anfangs war es eigentlich kein richtiges Leben mehr, aber es lief weiter. Ich vergrub mich in der Arbeit und war für Jonas da. Mehr existierte für mich nicht mehr. Ich habe wie in einer Blase gelebt.«

Dann schüttelte er den Kopf. »Umgeben von alten Dingen im Laden, umgeben von alten Erinnerungen in mir.«

Er legte seine Hände um die Kaffeetasse und schaute ohne Freude hinein. »Irgendwie war es echt ironisch, an einem Ort zu arbeiten, der *A Place to Remember* heißt. Ich war komplett gefangen in Erinnerungen.«

Mitfühlend berührte ich seinen Arm. Ich stellte mir vor, wie er sich völlig verkrochen hatte, umgeben von alten Gefühlen und Antiquitäten, früheren Fotos voller Glück und den Bildern von Gwen, die ihn allesamt in der Vergangenheit hielten. Das *A Place to Remember* war für ihn wirklich ein Ort des Andenkens, eine Zeitkapsel, worin er sein altes Leben von vor dem Tod seiner Frau konserviert hatte.

Und mittendrin Emma, die alles aufrechterhielt, die an seiner Seite war, Tag für Tag, die sich selbst in ihn verliebt hatte und auf ihre Gelegenheit wartete.

»Und Emma?«, flüsterte ich.

»Sie hat sich aufgeopfert und viel zurückgesteckt. Das war eine Eigenschaft, die ich so gar nicht an ihr gekannt habe. Sonst war ihre Karriere immer ihre Nummer eins gewesen, aber für uns ließ sie auch mal alles stehen und liegen.«

Ich fragte mich, wie lange Emma wohl schon in Nathan verliebt gewesen war und ob sie sich nicht nur deshalb in ihre Arbeit gestürzt hatte, um sich von den Gefühlen abzulenken, die sie für den Mann ihrer Zwillingsschwester entwickelt hatte.

»Hast du nie gemerkt, dass sie sich in dich verliebt hat?«, fragte ich ihn.

Er schüttelte den Kopf. »Nicht, bevor du sie mit meiner Frau verwechselt hast. Da habe ich erst erkannt, wie krank die Beziehung eigentlich ist, wenn du Jonas, Emma und mich für eine normale Vater-Mutter-Kind-Familie hältst.« Er schnaubte. »Ganz besonders, dass du Emma für meine Frau gehalten hast.«

»Ich wollte nicht …«

»Nein, schon gut. In meiner Trauer bin ich viel zu lange blind gewesen. Und auch als ich nicht mehr ständig nur an Gwen denken musste, sondern einfach alles nur in seinem Trott verlaufen ist, habe ich es nicht gemerkt. Es war so normal geworden.« Er trank einen Schluck von seinem Kaffee und sah aus, als würde ihn das zu den Lebenden zurückholen. »Ich habe zu spät gemerkt, dass Emma auch noch in einer anderen Hinsicht für mich da sein will, und dass sich etwas ändern muss.«

Mir gingen ihre Berührungen durch den Kopf, wie sie pausenlos Nates Nähe gesucht hatte. So, wie sie das vermutlich auch während seiner Trauerphase getan hatte. Irgendwann waren die Grenzen verschwommen.

»Ich will Emma nicht als Frau haben«, erklärte mir Nathan mit Nachdruck und sah mir fest in die Augen, damit ich sehen konnte, wie ernst ihm das war. »Weder Emma für sich genommen und erst recht nicht als Schwester von Gwen. Rein oberflächlich sieht sie aus wie Gwen, aber sie ist ganz anders als sie. Und es fühlt sich auch völlig anders an, wenn sie Zeit mit Jonas und mir verbringt. Jonas hat sie auch nie als mögliche Mutter akzeptiert.«

Ich kratzte mich am Hals. Wer wusste schon, ob er überhaupt jemanden so akzeptieren könnte?

Nathan schüttelte den Kopf. »Ich habe so viel falsch gemacht. Dass ich so festgefahren war, ist sicher nicht gut für Jonas gewesen. Er steckte mit mir fest. Das weiß ich jetzt. Denn er kann ja noch lächeln, fröhlich sein und sprechen. Durch dich sind wir aus unserem alten Trott geraten. Das war genau richtig.«

»Ich habe gar nichts gemacht, Nate.«

»Doch. Du bist einfach da. Alles ändert sich dadurch.« Er tippte auf sein Handy. »Das merkt nicht nur Emma, wenn sie mich anruft und mir eine Szene macht, weil sie ahnt, dass wir beide zusammen diesen freien Tag verbringen. Das spürt auch Jonas. Ich muss an meinen Sohn denken. Kinder sollten für die Zukunft stehen und nicht in einer traurigen Vergangenheit gefangen sein. Gwen wird immer in unseren Herzen sein, aber wir müssen auch loslassen.«

Nathan lächelte mich an. »Er öffnet sich durch dich, während er durch Emma verschlossen geblieben ist. Ich merke, dass es ihm besser geht.«

»Das freut mich so, Nate«, antwortete ich gerührt.

Er nickte und nahm meine Hand. »Ja, aber es geht nicht nur Jonas besser, seit du da bist.«

»Nein?«, hauchte ich.

»Nein. Du tust mir auch gut. Endlich spüre ich mein Herz wieder.«

»Oh, Nate.«

»Und als du mir das Bild von Gwen wiedergebracht hast, hatte ich längst ein schöneres Bild von Jonas. Mit frischen Farben. Eins, das Hoffnung ausstrahlt. Deine Wärme und Herzlichkeit erinnern Jonas an seine Mutter. Du bringst ihn zum Lachen. Durch dich bekommt alles eine neue Leichtigkeit. Gwen würde sich wünschen, dass wir glücklich sind. Sie würde sehen, dass du uns gut tust, und sie hätte nie gewollt, dass Jonas so traurig wird.«

»Oder du.«

Er nickte. »Oder ich. Ally, die Gefühle von damals werden immer zu mir gehören.«

»Das ist doch okay. Ich will ja gar nicht, dass du Gwen vergisst.«

»Aber ich spüre diese Gefühle von damals jetzt neu bei dir«, fuhr er fort. »Ich will dich in meinem Leben haben. Ich will wieder verliebt sein können und ein neues Glück finden.«

Ich vergaß das Café um uns herum, die anderen Menschen, ja, die ganze Stadt. Ich war einfach nur gerührt davon, dass Nathan bereit war, mir sein Herz zu schenken.

Allerdings gab es da einen ganz entscheidenden Punkt, der alles beeinflussen würde.

»Was macht dich so sicher, dass Jonas mich als neue Frau in deinem Leben akzeptieren kann? Im Moment bin ich einfach nur eine Angestellte, die ihm Saft und Stifte mitbringt. Aber wie würde er reagieren, wenn alles privat wird?«

Nathan lächelte. »Wir sind doch schon zusammen ins Kino gegangen. Er plant bereits, dich und den grünen Spielplatz zu besuchen. Und außerdem weiß ich, was er zu mir gesagt hat, als du im *Pizza Hut* auf der Toilette warst.«

Jetzt vertiefte sich sein Lächeln noch.

Ich erinnerte mich genau daran, wie ich von der Toilette gekommen war und Jonas etwas zu seinem Vater gesagt hatte, woraufhin er sich fast an seinem Getränk verschluckt hatte. Und hinterher hatten sich beide ausgeschwiegen, als wäre alles ein großes Geheimnis. Oder so ein Männerding.

»Was denn?«, flüsterte ich.

»Jonas hat mich gefragt: ›Papa, können wir Ally behalten?‹«

Ich gluckste. Wenn ich gerade etwas getrunken hätte, dann hätte ich mich genauso daran verschluckt wie Nathan, als Jonas ihn gefragt hatte. »Nicht dein Ernst.«

»Genau so.«

Wir schauten uns an und lachten beide.

Mir fielen tausend Steine vom Herzen, weil mir klar war, dass es Nathan nur im Doppelpack mit Jonas gab. Endlich schien es, als würde es für uns eine Zukunft geben können.

Kapitel 22

Es war Dienstag und ich hütete allein den Laden. Nathan war zu einem seiner gelegentlichen Auswärtstermine aufgebrochen. Mittlerweile fühlte ich mich aber schon sehr sicher, wenn er nicht da war, und es war auch noch kein Kunde gekommen, der sich darüber beschweren wollte, dass wir gestern den kompletten Tag geschlossen hatten.

Es war sogar noch der Birnensaft übrig, weil Nathan nach unserem schönen Ausflug direkt zu Jonas' Schule gefahren war und ihn dort abgeholt hatte. Abends war jeder von uns bei sich zu Hause gewesen. Aber Nate hatte mir wieder ein paar SMS geschickt.

Jonas hatte ihn nach meiner Handynummer gefragt und dann hatte der Junge begonnen, mir parallel auch immer Nachrichten zu schicken.

Nate schrieb: »*Ich koche uns gerade was Schönes.*«

Und Jonas kommentierte das dann mit: »*Papa kocht nicht so toll. Du kochst bestimmt viel besser.*«

Dann hatte Nate mir geschrieben: »*Habe Jonas gerade ins Bett gebracht. Feierabend!*«

Etwa zehn Minuten später simste mir Jonas: »*Papa hat mir was vorgelesen. Ich glaube, du kannst mir auch mal was vorlesen.*«

»*Das mache ich gerne. Wir sehen uns morgen, Großer.*«

»*Mit Saft?*«

»*Ja, ich habe Birne für dich.*«

»*Gute Nacht, Ally.*«

»*Gute Nacht, Jonas.*«

Zum Glück waren danach keine weiteren Nachrichten von dem Jungen mehr gekommen, weil er schließlich schlafen sollte. Immerhin war die Ganztagsschule für ihn auch anstrengend. Und dann war ich selbst todmüde ins Bett gefallen, aber ich war dabei so glücklich wie schon lange nicht mehr gewesen.

»*Träum süß*«, hatte mir Nathan noch geschrieben.

Und ich hatte ihm geantwortet, dass ich von ihm träumen würde.

Gut gelaunt räumte ich einige Auslagen um, als die Ladenglocke klingelte. Ich beugte mich herum und rechnete mit ein paar weiteren Touristen, die sich erschwingliche Souvenirs aus der *Portobello Road* zulegen wollten, doch dann sah ich, dass es Emma war.

Sofort blieb mir das Herz stehen.

Sie setzte eine noch kühlere Miene als sonst auf. Und nicht nur das – an ihrer Seite tauchte eine weitere Person auf. Ich erkannte den Mann natürlich sofort wieder. Es war Hugh Ward, bei dem ich dieses steife Vorstellungsgespräch geführt hatte. Das musste das Pech im Doppelpack sein.

Als sie den Anschein erweckten, nach hinten durchlaufen zu wollen, sagte ich: »Er ist nicht hier.«

Erst jetzt fiel mir auf, dass Nathan gar nichts von Emma getextet hatte. Also war sie gestern nicht bei ihm gewesen und es hatte noch keine Aussprache stattgefunden.

Oh je.

Die beiden hielten inne und vor allem Emma drehte sich zu mir um. Ich sah das Missfallen in ihrem Blick. »Wenn das mal nicht zur Gewohnheit wird.«

Sie wandte sich an Hugh Ward, der auch heute wieder fein geschniegelt wie ein Banker anmutete, der alle Zügel in der Hand hielt. »Da! Ich habe es dir doch gesagt. Gestern hatten sie den ganzen Tag geschlossen. Einen vollen Verkaufstag! Und heute fehlt Nathan schon wieder. Sie übt einen schlechten Einfluss auf ihn aus.«

»Er hat einen Termin«, stellte ich gleich klar, weil sie nicht denken sollte, dass er sich ständig freinahm. Im Gegenteil, Nate ackerte wie ein Pferd. Er bräuchte eigentlich mal mehr als einen Tag Pause.

Und was sollte das mit dem schlechten Einfluss überhaupt bedeuten? Ich gab mir alle Mühe im Geschäft. Nicht bloß wegen Nate, sondern weil ich das *A Place to Remember* wirklich in mein Herz geschlossen hatte.

Emma reckte würdevoll ihr Kinn vor und wandte sich erneut an ihren Begleiter. »Ich sage dir, seit sie hier angefangen hat, geht alles den Bach runter. Du wirst es an den Verkaufszahlen schon sehen.«

Hugh Ward – und das muss ich ihm wirklich zugute halten – wirkte reichlich skeptisch. Ich wusste nicht, unter welchem Vorwand sie ihn hergelockt hatte, aber er schien den Braten zu riechen, dass sie mich nur rausekeln wollte. Und ihre Motive hatten rein gar nichts mit dem Geschäft zu tun.

Trotzdem legte er ihr in einer beschwichtigenden Geste die Hand auf den Arm. »Ich gehe mir die Zahlen mal ansehen.« Dann richtete sich seine Aufmerksamkeit sogar kurz auf mich und er fügte erklärend hinzu: »Ich verwalte die Finanzen des Unternehmens.«

»Ja, prüf' das, bitte!«, verlangte Emma energisch. »Gegen diese Missstände muss man doch etwas unternehmen.«

Er nickte knapp und verschwand in Nathans Büro. Da es sich um einen Familienbetrieb handelte und er bereits das Vorstellungsgespräch mit mir geführt hatte, ging ich mal davon aus, dass das in Ordnung war. Besonders, wenn er sich auch sonst um die Finanzen kümmerte. Aber so ganz wohl fühlte ich mich nicht bei der Sache. Das lief doch eindeutig hinter Nates Rücken ab.

Emma stand nun mit mir allein im Verkaufsraum. Sie war, wie sonst auch, sehr apart gekleidet und makellos frisiert und geschminkt. Sie hätte direkt auf das Cover einer Zeitschrift springen können. Doch mit einem Mal kam sie mir auch wie ein Fremdkörper vor.

Sie wirkte noch immer enttäuscht darüber, dass sie nun mit mir Vorlieb nehmen musste, statt sich Nathan krallen zu können, doch dann richtete sich ihre Aufmerksamkeit ganz auf mich.

»Sie hätten nie hier anfangen sollen«, fand sie.

Ich runzelte die Stirn. »Verzeihung?«

»Wir sind ein gutes Team, Nate und ich. Wir verstehen uns auf eine Weise, die Sie nie begreifen werden.«

Ich ließ meine Arbeit liegen und ging auf sie zu. »Es tut mir leid, dass Sie mich nicht mögen. Besonders, weil sie Jonas' Tante sind.«

»Was geht Sie das an? Sie mischen sich doch nur in unsere Angelegenheiten ein und bringen alles durcheinander. Es war gut so, wie es war.«

»Jonas hat kaum gesprochen …«, erinnerte ich sie.

»Das macht er doch jetzt nicht wegen Ihnen«, fiel sie mir ins Wort. »Sondern weil ich endlich zu ihm durchgedrungen bin. Es hat Zeit gebraucht, bis die Wunden der Vergangenheit geheilt waren. Zwei Jahre Trauer …« Ihr Blick taxierte mich. »Ich weiß, dass in Nates Leben bald Platz für mich sein wird. Einmal kommt immer die Zeit.«

Ich wusste nicht, wie ich ihr sagen sollte, dass Nathan sie gar nicht wollte.

»Manchmal kommt die Zeit aber auch nicht«, probierte ich es diplomatisch.

»Blödsinn!«, zischte sie. »Ich sehe aus wie Gwen. Wenn er sich in Gwen verliebt hat, dann wird er sich auch in mich verlieben. Ich sehe aus wie die Frau seiner Träume. Das ist einfach so.«

»Aber …«

Doch sie ließ mich gar nicht zu Wort kommen. Ich konnte nicht einmal einschätzen, ob sie wirklich noch mit mir oder mehr zu sich selbst sprach. »Damals in der Schule war es einfach nur Zufall, dass seine Wahl auf Gwen gefallen ist. Es hätte genauso gut mich treffen können. Das wusste ich immer.«

Ach, du Schreck! Sie hatte ihn wirklich von Anfang an geliebt. Sogar, als ihre Schwester noch am Leben gewesen war.

»Er hat sie geheiratet und mit ihr Jonas bekommen. Das hätte alles mit mir geschehen können«, fantasierte sie weiter.

»Aber Sie und Ihre Schwester waren doch nicht beliebig austauschbar«, wandte ich ein.

»Ich glaube an Schicksal.« Sie sah mich entschlossen an.

»Das tue ich auch.«

Sie nickte, als wäre es das erste Vernünftige, das sie mich je sagen gehört hatte. »Das Schicksal hat ihn zuerst zu Gwen geführt, weil sie so jung gestorben ist. Ein Mann kann nicht zwei Frauen gleichzeitig haben. Das sehe ich ein. Sie hatte ihre Zeit zuerst mit ihm, weil ihr nicht mehr viel Zeit blieb, und nun bin ich an der Reihe.«

Ihr harter Blick traf mich, als wäre ich nur eine abgefallene Schuppe von einem Reptil. »Für Sie ist da kein Platz, Miss Mayfair. Packen Sie schon mal Ihre Sachen. Wenn Nate und ich erst zusammen sind, werde ich dafür sorgen, dass er Sie feuert. Ich sehe doch, wie Sie ihn anschauen.«

Langsam wurde es mir zu bunt. »Haben Sie auch gesehen, wie er mich anschaut?«

Ihr Ausdruck verwandelte sich in pures Gift. Zum Glück tauchte in genau diesem Moment Hugh Ward auf, wenn er auch seine Augenbraue wölbte, als er meinen letzten Satz hörte. Ich hätte nie für möglich gehalten, mich darüber zu freuen, ihn zu sehen, aber er entschärfte die gesamte Situation. Es war, als würde sich Emma durch seine Anwesenheit am Riemen reißen. Sie setzte wieder ihre unterkühlte Maske auf, aber ich hatte gesehen, wie es darunter brodelte.

Hugh Ward ging entschlossen auf sie zu und schüttelte den Kopf. »Emma, ich habe mir alles angesehen. An den Verkaufszahlen ist nichts auszusetzen. Sie sind sogar gestiegen, seit Miss Mayfair hier angefangen hat.«

Sie öffnete kurz ihren Mund und schloss ihn gleich wieder. Wenigstens war diese Rechnung von ihr nicht aufgegangen. Akten und Fakten – manchmal konnten sie ja auch ganz nützlich sein.

»Ich habe noch viel zu tun. Wir sollten besser wieder gehen«, schlug er ihr vor.

Ruckartig wandte sie sich ab und ließ mich stehen. Emma verschwand so schnell zur Tür hinaus, wie sie aufgetaucht war, doch sie ließ ein eisiges Gefühl in mir zurück.

Hugh Ward nickte kaum merklich. »Auf Wiedersehen, Miss Mayfair.«

»Wiedersehen«, murmelte ich.

Kaum dass die beiden verschwunden waren, schrieb ich Nate eine Nachricht, dass er dringend mit Emma sprechen sollte.

»*Was ist denn passiert?*«, fragte er sofort nach.

Ich erklärte ihm, wie sie aufgetaucht war und was sie alles gesagt hatte, was sie glaubte und hoffte. Wir hatten ja beide schon geahnt, dass Emma in ihn verliebt war, aber dass sie mich so offen zur Rede stellen würde, hätte ich nie erwartet.

»*Okay, ich treffe mich mit ihr*«, versprach er. »*Aber dann wird es vermutlich etwas später bei mir.*«

»*Das ist in Ordnung, Nate. Es ist eben wichtig.*«

Als Jonas von der Schule kam, war Nathan noch immer nicht zurück.

»Wo ist Papa?«, wollte er wissen.

»Er hat einen Termin. Aber er kommt nachher wieder.«

Ich strahlte mehr Zuversicht aus, als ich fühlte. Ich wollte jetzt nicht in Nathans Haut stecken und Emma erklären, dass sie sich seit Schulzeiten etwas ausmalte, das nie geschehen würde. Auch dann nicht, wenn es mich nicht geben würde.

Ich schenkte Jonas seinen Saft ein und weil gerade nichts los war, konnte ich ihm Gesellschaft leisten.

»Deine Stifte leuchten im Dunkeln«, erzählte er mir.

»Wirklich? Das ist ja toll.«

»Mhm. Also, eigentlich nur zwei der Farben, aber das ist echt cool.«

»Hast du Sterne damit gemalt?«

Er nickte, wobei sein hellbraunes Haar ihm in die Stirn fiel. »Sterne und eine Rakete. Das Bild hängt in meinem Zimmer. Wenn das Licht aus ist, leuchtet es. Du musst es mal anschauen kommen.«

»Das mache ich gerne«, versprach ich.

»Du kennst mein Zimmer noch nicht.«

»Ich kenne eure ganze Wohnung noch nicht.«

»Mhm. Du musst mal kommen.«

Jonas erzählte mir, dass er in der Schule einen Test schreiben musste, also lernten wir zusammen. Und als er alles konnte, malten wir gemeinsam ein Bild. Zwischendurch bediente ich Kunden, aber es klappte reibungslos.

Jonas lachte mich aus, weil er fand, dass ich schlechter zeichnen konnte als er. Ich behauptete einfach beharrlich, dass das so aussehen sollte.

»Wetten, dass Papa nicht erkennt, was das sein soll?«

»Was erkenne ich nicht?«, drang Nathans Stimme unerwartet von der Tür her zu uns herüber. Ich hatte das Glöckchen gar nicht gehört, weil ich so mit dem Kleinen ins Gespräch vertieft gewesen war.

Jonas sprang fröhlich auf und drückte ihn. Dann zog er ihn zum Schauplatz des künstlerischen Verbrechens.

»Das ist ein Elefant«, deutete Nathan mein Bild sofort.

Das sagte er sicher nur, weil er nicht genau hingesehen hatte.

»Nein, das soll ein Hund sein«, setzte Jonas ihn in Kenntnis. »Das ist kein Rüssel, sondern ein Schwanz.«

»Oh.« Nathan zuckte um Verzeihung bittend mit den Schultern. »Man kann ja mal vorne und hinten verwechseln.«

»Scheint so«, murmelte ich.

Aber ich war gar nicht mehr richtig bei der Sache, weil ich ihm ansah, wie müde er um die Augen herum wirkte.

»Ich muss Ally noch kurz was erklären«, sagte er zu Jonas.

»Okay.« Der Junge malte fröhlich weiter. Ich hatte das Gefühl, dass er meinen Hund in einen Elefanten umfunktionieren wollte, um Schadensbegrenzung zu betreiben.

Nathan und ich gingen nach draußen, wo wir ungestört waren. »Ich habe mit Emma gesprochen«, berichtete er mir. »Und es war sogar noch viel schlimmer, als ich gedacht habe. Sie will jetzt erstmal Abstand. Das ist sicher ganz gut so, damit sie sich sortieren kann. Sie wird Jonas aber ab und zu anrufen oder vielleicht auch mal abholen, damit er sich nicht wundert. Schließlich hat sie ja kein Problem mit ihm, sondern mit mir. Na ja, mit uns. Ich habe ihr erzählt, dass ich mich in dich verliebt habe und dass ich dich nicht entlassen werde.«

»Oh je«, seufzte ich. »Arme Emma.«

»Ja. Aber jetzt gerade kann ich nur an uns beide denken. An dich und mich, Ally.«

Er schloss mich in seine Arme und ich schmiegte mich an ihn.

»Ich habe mich auch in dich verliebt«, flüsterte ich ihm ins Ohr.

»Das ist alles, was zählt.«

»Drückst du Ally jetzt immer so?«, wollte Jonas wissen, der ganz unvermittelt hinter uns aufgetaucht war.

Vor Schreck wollte ich schon einen Satz nach hinten machen, doch Nathan hielt mich fest.

»Ja, wenn es dich nicht stört«, antwortete er ruhig.

Jonas spitzte den Mund, als dächte er darüber nach, doch dann lächelte er und zuckte die Schultern. »Nö. Ist okay.«

Dann schaute er mich an: »Bleibst du bei uns?«

Ich schluckte gerührt und nickte. »Gerne, Jonas.«

»Kann ich morgen Mangosaft haben?«

Ich wusste, dass es in dem kleinen Laden keinen Mangosaft gab, aber dann würde ich ihn eben woanders herbekommen. Im Moment hätte ich Berge versetzen können. »Klar.«

Kapitel 23

Die Woche verging. Jonas brachte seinen Test hinter sich, der sehr gut lief, und wir tranken weiter jeden Nachmittag unseren Saft. Manchmal aßen wir Kekse dazu. Und wenn niemand im Laden war, machten wir zu dritt mit Nathan Pause. Mir war klar, dass ich nicht einfach so die Mutterrolle für Jonas ausfüllen konnte, aber das versuchte ich auch gar nicht erst. Ich blieb ich selbst, so, wie er mich mögen gelernt hatte, und war einfach gerne für den Jungen da.

Ich berichtete auch Caitlyn von den Ereignissen und sie war ganz erstaunt, dass es in London noch mehr Dramen als in Steeple Claydon gab. Dann besann sie sich aber anders und korrigierte sich selbst: »Nein, halt, das größte Drama ist eigentlich, dass ich immer noch keinen tollen Mann gefunden habe. Und dass deine Nachfolgerin sich einen neuen Zollstock gekauft hat.«

»Vielleicht ist sie eine ganz arme Frau, die eine tiefsitzende Störung hat und einfach nicht anders kann.«

»Das ist mir doch egal«, fand Caitlyn. »Sie nervt mich.«

»Vielleicht hat sie einen Cousin, der aussieht wie der Muskelmann deiner Träume.«

»Nee«, stöhnte sie. »So gemein könnte das Schicksal, an das du so fest glaubst, niemals sein.«

Am Samstag war im Geschäft wieder die Hölle los.

»Wo hast du eigentlich Jonas gelassen?«, wunderte ich mich. Emma würde schließlich sicher nicht mehr so viel einspringen wie sonst.

»Er ist bei meinem Paps und danach geht er noch zu einem Schulfreund.«

In der Mittagspause holte ich uns wieder etwas vom Markt. Für Nathan eine Pizza mit seiner heiß geliebten Salami und für mich nahm ich ein Stück selbst gebackenen Apfelkuchen mit.

Als ich zurückging, kam ich wieder an diesem tollen Spielzeugstand vorbei. Jetzt, da ich wusste, dass Jonas *Shaun das Schaf* mochte, kaufte ich ihm eine riesige Plüschfigur davon. Das war doch auch eine zauberhafte Erinnerung an unseren ersten gemeinsamen Ausflug zu dritt.

Nathan machte große Augen, als er das Ding sah, doch er grinste nur und schüttelte den Kopf. »Da will wohl jemand Jonas verwöhnen.«

»Kann schon sein.«

»Und was ist mit mir?« Sein Blick war so tief und blau, dass mein Herz aufging.

»Was ist denn mit dir?«, neckte ich ihn.

»Bekomme ich auch was?«

»Salami-Pizza.«

Er wiegte den Kopf hin und her. »Mehr nicht?«

»Was möchtest du denn noch?«

Er grinste, weil ich ihm immer mit Gegenfragen antwortete. »Du könntest nachher mit zu mir kommen«, schlug er vor.

»Wenn Feierabend ist, meinst du?«

»Ja.«

Wir setzten uns in sein Büro und packten unser Essen aus. Es war mal wieder spät geworden. Aber samstags gab es ja oft erst gegen fünf Mittag für uns.

Ich hatte wahnsinnig Lust, mit zu ihm zu gehen.

»Gerne. Jonas wollte mir sowieso noch sein Kinderzimmer und das leuchtende Bild mit der Rakete zeigen.«

Nathan schaute mich eine Weile nur an. Schließlich sagte er: »Jonas wird nicht da sein. Er schläft bei seinem Schulfreund und ist erst morgen Nachmittag zurück.«

Nun begannen aufgeregte Schmetterlinge in meinem Bauch umherzuflattern. »Das hat er mir gar nicht erzählt.«

Nathan hatte diesen verschmitzten Gesichtsausdruck. »Sagen wir mal so: Das hat sich kurzfristig ergeben.«

»Du hast das extra eingefädelt?«

Er nickte. »Und was sagst du?«

Ich biss mir auf die Unterlippe und grinste ihn an. »Was ist, wenn ich nein sagen würde?«

»Dann würde ich schwer enttäuscht fernsehen. Vielleicht mit einem Bier.«

Jetzt lachte ich. Irgendwie hatte ich ihn noch nie etwas trinken sehen. »Hast du überhaupt Bier?«

»Nein, aber da gibt es diesen Saftladen um die Ecke, wo du immer einkaufst.«

Es stimmte schon, dass ich dort immer Saft kaufte, aber Saftladen klang irgendwie, als wäre es Nathans Endstation.

»Die sollen da auch Chips haben«, fuhr er fort, sein Elend zu planen.

»Ich komme gerne mit zu dir«, unterbrach ich ihn mit belegter Stimme.

Oh mein Gott. Nathan und ich zu zweit bei ihm zu Hause. Das schrie nach Romantik. Ich hätte mir nichts Schöneres vorstellen können.

Als es endlich so weit war, dass Nathan den Laden abschloss, stand ich an seiner Seite und zerbarst fast vor Aufregung. Er nahm meine Hand und brachte mich zu seinem Wagen. Dann fuhr er mit mir in ein Wohngebiet in der Nähe des *Hyde Parks*, wo wir uns begegnet waren.

Die ganze Zeit sagten wir beide nichts. Mir war fast schwindelig, als wir wieder ausstiegen. Er ging mit mir in ein größeres Haus, das über einen Portier verfügte. Dann fuhren wir mit dem Aufzug in den fünften Stock und gingen einen Flur mit roten Teppichen entlang, in denen gelbe Schwertlilien eingewebt waren.

Nathan hielt vor einer Wohnung, an deren Tür *Ward* stand. Sie sah alt und verschnörkelt aus, typisch britisch eben, und ich fand, dass sie fabelhaft zu jemandem passte, der seine Zeit mit Antiquitäten verbrachte.

Als Nathan aufsperrte und mir den Vortritt ließ, öffnete sich der Blick zu einem Wohnzimmer, dessen Fensterfront auf den Park gerichtet war.

»Wow!«, entfuhr es mir. »Du kannst ja den *Hyde Park* sehen.«

»Wahrscheinlich hätte ich dich damals von hier aus dort unten herumirren sehen können.«

Er folgte mir nach drinnen und schloss hinter uns ab. Er gab mir Zeit, die Wohnung auf mich wirken zu lassen. Sie war hell und freundlich mit Stuck an den hohen Decken und einem Kronleuchter im Wohnzimmer. Überall fanden sich alte Möbelstücke, die er so passend ausgewählt hatte, dass alles harmonisch wirkte. Sicher stammten sie alle aus derselben Epoche.

»Möchtest du etwas trinken?«

»Ähm …« Ich war so nervös, dass ich wirklich etwas vertragen konnte. »Vielleicht ein Glas Wein?«

Dabei trank ich kaum mal etwas. Aber heute war so eine Gelegenheit, zu der es passen würde.

Nathan nickte. »Sicher.«

Er führte mich in die angrenzende Küche. Sie war groß und beinhaltete gleichzeitig den Essbereich. Auf dem Tisch war für zwei Personen gedeckt worden. Ein Kerzenleuchter stand in der Mitte und direkt daneben befand sich eine kleine Vase mit einer einzelnen roten Rose darin.

»Wow.«

Nathan deutete auf das Gedeck. »Das habe ich heute früh hingestellt. Ich habe einfach gehofft, dass du mitkommst.«

»Hat Jonas das nicht gesehen?«, wunderte ich mich.

Er lächelte. »Was meinst du, wer die zwei Kerzen so schief in den Kerzenhalter gesteckt hat?«

»Ehrlich?«

»Ja, ich hätte nicht unbedingt blaue Kerzen ausgesucht.«

Ich schmunzelte und strich mit dem Finger über die leicht zur Seite abstehenden Kerzen. Nathan stellte sich hinter mich und legte seine Hände über meine. Gemeinsam rückten wir die Kerzen gerade und ich genoss es, wie er seine Finger mit meinen verwob.

Da es draußen schon dämmerte, griff er nach den Streichhölzern und entzündete die Kerzen. Ich lehnte mich an ihn und schaute den beiden Flammen zu, wie sie auf den Dochten flackerten und begannen, das Wachs schmelzen zu lassen. Die blaue Farbe verband sich mit dem hellen Wachskern und formte immer neue Muster, die zusammen mit dem Feuer geradezu hypnotisch wirkten.

»Endlich bist du bei mir«, murmelte Nathan in mein Haar.

Ich spürte seinen Atem auf meiner Kopfhaut und seine Lippen, wie sie sanft über mein Haar strichen. Wie von selbst drehte ich mich zu ihm um, weil ich es nicht länger aushielt, ihn nicht zu küssen. Ich ging auf die Zehenspitzen, schlang meine Hände um seinen Nacken und berührte mit meinen Lippen seinen wunderbar zärtlichen Mund.

Er stöhnte kurz auf und erwiderte dann meinen Kuss. So standen wir da in seiner Küche, um uns herum existierte nur der tanzende Kerzenschein, der im dunkler werdenden Abendlicht alles in einen orangen Glanz tauchte. Es war so unwirklich, als wären wir aus der normalen Welt entrückt.

Ich spürte und schmeckte Nathan und wollte ihn nie mehr loslassen.

Meine Finger wühlten durch sein Haar und schufen bei ihm eine etwas wilde Feierabendfrisur, die von dem Haarwachs, das er verwendete, in Form gehalten wurde. Oh, das könnte mein neuestes Hobby werden: ihm immer und immer wieder seine Haare zu zerzausen.

Er lachte leise an meinen Lippen. »Miss Mayfair, was soll denn das werden?«

»Nur eine kleine Veränderung.«

»Immer bringst du mich aus der Spur«, murmelte er. Seine Hände glitten meinen Rücken hinab. »Eigentlich habe ich für dich kochen wollen.«

»Ich habe ja gehört, dass du gar nicht so toll kochst.«

Er grinste überrascht. »Was?«

»Ja, und Jonas ist schwer dafür, dass ich mal für ihn koche.«

»Du kannst so viel für uns kochen, wie du willst«, stimmte er zu. »Aber noch nicht jetzt.«

Seine Lippen strichen genießerisch über meinen Mund.

»Eigentlich brauche ich gerade nur Luft und Liebe«, stimmte ich zu.

»Beides habe ich da.« Sein Blick war so voller Gefühle – ein kitschiger Sternenhimmel hätte für mich nicht schöner sein können. Und irgendwie hatte ich auch alle Sterne, die ich brauchte und wollte, bei mir, wenn ich nur bei ihm war.

Wir begannen, uns erneut zu küssen. Diesmal hungriger. Bedächtig schob er mich aus der Küche, während seine Hände unter den Saum meines Shirts tauchten. Ich bekam eine Gänsehaut, als ich seine Finger das erste Mal direkt auf meiner Haut spürte. Ein Beben lief meine Wirbelsäule hinab.

»Ich habe da noch was vorbereitet«, raunte er, als er mich durch einen kleinen Flur und eine weitere Tür führte. Im Halbdunkel des Zimmers erkannte ich die Umrisse von Blumen und noch mehr Kerzenständern.

»Oh, Nate«, hauchte ich gerührt und schaute mich staunend um.

»Die habe ich aufgestellt, für den Fall, dass du auch das mit mir machen würdest.«

»Du achtest ja auf alles.«

»Ich habe eben Träume, wenn ich an dich denke.«

Mein Herz schmolz und ich wusste und spürte ganz tief in mir drin, dass er der Eine für mich war.

Nathan zündete auch im Schlafzimmer ein paar Kerzen an. Die Vorhänge ließ er offen, weil vom Park aus niemand hereinschauen konnte. Dafür sah ich die Mondsichel am Abendhimmel schimmern. So, als hätte Nate sogar den Mond für uns bestellt.

Ich drehte mich zu ihm um und nahm das Blumenmeer, das er hier angeordnet hatte, in Augenschein. Unter etwa hundert rote Rosen mischten sich weitere Sträuße mit roten und weißen Ranunkeln, Gerbera, Freesien, Nelken, Callas und Tulpen.

»Nathan«, staunte ich und schüttelte ungläubig den Kopf.

»Ich war mir nicht sicher, welche du am meisten magst.«

»Also hast du einfach alle gekauft?« Ein breites Grinsen stahl sich auf mein Gesicht.

Er zuckte die Schultern. »Das waren nicht alle. Sie hatten noch mehr.«

Ich lachte. »Ich liebe die roten Rosen. Besonders wegen ihrer Bedeutung.«

Nathan nickte.

»Außerdem mag ich die Freesien und die Ranunkeln total gerne«, fuhr ich fort.

Wieder ein Nicken, als würde er sich die Informationen für die Zukunft abspeichern.

»Aber auch die Nelken … Und eigentlich auch die Tulpen … Und die Gerbera sehen so fröhlich aus und …«

Jetzt grinste er mich an.

»Ich mag jeden Strauß hier«, gab ich zu.

»Dann habe ich ja alles richtig gemacht.«

»Mehr als das«, flüsterte ich.

Kerzenlicht schimmerte auf seinem Gesicht und verlieh ihm markante Schatten. Langsam ging ich auf ihn zu und es fühlte sich an, als würde mein Herz schon mal vorausfliegen.

Meine Finger glitten über sein Bettzeug. Es war kühl und duftete frisch. Aber andererseits duftete das ganze Zimmer ohnehin nach Blumen – lieblich und betörend zugleich.

Ich hoffte, dass es in Ordnung wäre, wenn wir in diesem Bett liegen würden, und dass uns keine Geister aus der Vergangenheit heimsuchen kämen.

»Ist es nicht seltsam für dich, wenn wir … na ja …« Ich nickte zum Bett.

»Das Bett ist neu«, sagte er. »Die ganze Wohnung ist neu. Hier waren immer nur Jonas und ich. Wir haben unser altes Haus verkauft und sind hierhergezogen.«

Erleichtert stieß ich den Atem aus. Vorher hatte ich nicht gemerkt, dass ich ihn angehalten hatte.

»Es wird trotzdem ungewohnt sein«, gab er zu. »Aber ist es das nicht sowieso mit jedem neuen Menschen, den man so nah an sich heranlässt?«

»Ja«, flüsterte ich.

»Ich war bisher nur mit Gwen zusammen«, gestand er.

Ich wusste, was er meinte, auch wenn ich nicht verheiratet gewesen war. »Ich war auch nur mit meinem Ex zusammen.«

»Also sind wir beide füreinander …« Er suchte nach Worten. Nummer zwei träfe es schließlich nicht, denn das würde abwerten, was zwischen uns war.

»… das zweite Glück im Leben«, sagte er schließlich.

»Ein ganz großes Glück«, stimmte ich zu. »Das bist du für mich.«

Ich hauchte ihm einen Kuss auf die Lippen und er hieß mich in einer Umarmung willkommen und vertiefte ihn. Langsam sanken wir auf sein Bett, das unter unserem Gewicht sachte nachgab.

Nathan zog ein Kissen heran und legte es unter meinen Kopf. Dann küssten wir uns weiter, ließen uns einfach treiben. Ich schmeckte ihn, spürte seinen Atem und tastete über seinen Körper. Ich nahm jeden Millimeter von ihm wahr und er machte es mit mir genauso. Wir entdeckten einander und es gab keine andere Zeit mehr, die uns noch kümmerte.

Da waren nur Nate und ich und unsere Liebe füreinander. Ich glitt mit meinen Händen über seine Brust und öffnete Knopf für Knopf sein Hemd. Dann strich ich es über seine Schultern zurück und er half mir, es auszuziehen. Sein Oberkörper war glatt und sanft modelliert. Ich sah die Andeutung seiner Bauchmuskeln und die stärkere Ausprägung seiner Oberarme. Es gefiel mir, dass er nicht aussah wie die aufgepumpten Männer in Caitlyns Kalender. Er und ich, wir waren ganz normal. Aber füreinander waren wir ganz besonders. Ich fand ihn wunderschön. Nate war wie für mich gemacht.

Aber es war weit mehr als das. Als ich ihn so ansah, wie er halb nackt vor mir auf dem Bett kniete, wurde mein Mund ganz trocken, mein Herz legte einen Zahn zu und ich wollte ihn auf eine Weise spüren, die nicht nur zärtlich und zurückhaltend war. Er machte mich an. Nate machte mich sogar extrem an.

»Wow«, hauchte ich und benetzte meine Lippen.

Jetzt grinste der selbstsichere Kerl doch tatsächlich. »Danke.«

Ich gluckste, schnappte mir das Kissen und schlug es ihm gegen die Brust. Nate machte kurzen Prozess mit dem Ding. Er fischte es aus der Luft und ließ es zu Boden segeln.

»Miss Mayfair«, warnte er mich mit einem Feuer im Blick, das auch mir zeigte, dass ich ihn nicht kalt ließ.

Also begann ich, meine Bluse für ihn aufzuknöpfen und ließ sie von meinen Schultern gleiten. Sie bauschte sich um meine Hüften auf dem Bett zusammen. Ich trug nur noch einen BH am Oberkörper und Nates Blick war so ehrfürchtig und betörend zugleich, dass ich ihn anlächelte.

»Gleichfalls danke«, hauchte ich.

»Mit diesem Körper wirst du nicht so schnell hier rauskommen«, meinte er und tippte auf das Bettlaken.

Dann beugte er sich zu mir vor und seine Hände waren überall gleichzeitig. Er verschlang mich mit seinem Mund und streichelte meine Brüste durch den Stoff.

»Himmel, Ally«, stöhnte er.

»Du bist mit mir im Himmel?«, vergewisserte ich mich.

Er nickte und hakte den Verschluss vom BH auf. Eine Weile betrachtete er versonnen, wie das Kerzenlicht auf meiner Haut schimmerte, bevor er mich wieder berührte. Sein Mund verwöhnte meine Brüste und ich spürte die Lust, die sich in meinem Unterleib zusammenzog.

Nach all der Zeit, die wir uns gelassen hatten, konnte ich es plötzlich nicht länger aushalten, ihn nicht zu spüren, nicht mit ihm vereint zu sein, mich ihm nicht hinzugeben.

Ich öffnete seine Hose und drängte den festen Stoff über seine Hüften.

»Ah, Ally«, murmelte er und schob mir gleichzeitig den Rock herunter.

Er trug schwarze Shorts und ich lächelte, als ich feststellte, dass nicht *Hugo Boss* draufstand, sondern *Under Armour*. »Hast du die extra für mich angezogen?«

»Ich mache alles nur extra für dich«, stimmte er zu, zog seine Hose komplett aus und streifte mir den Rock von den Beinen.

Unpraktischerweise trug ich Strumpfhosen und keine sexy Strapse mit Strumpfband. Aber ich hatte auch nicht ahnen können, dass ich heute hier bei ihm landen würde. Ich malte mir aus, wie ich ihn beim nächsten Mal mit einem verführerischen Outfit überraschen würde.

Nathan schien es vollkommen egal zu sein, dass ich mich nicht wie ein *Victoria's-Secret*-Laufsteg-Engel herausgeputzt hatte. Er war viel mehr an meinem Körper unter der Kleidung interessiert und sein begehrender Blick trieb mir einen wohligen Schauer über den Rücken.

Nathan ließ auch meine Strumpfhose auf den Boden fallen und beugte sich über mich. Ich spürte sein hartes Glied, als er sich zwischen meine Beine legte und mich wieder küsste. Er begann, sich an mir zu reiben und ich stöhnte, weil er mich so sehr damit erregte.

»Nate«, wisperte ich.

Seine Hand tauchte unter meinen Slip und streichelte mich. Als er spürte, dass ich feucht und bereit für ihn war, öffnete er die Nachttischschublade und nahm ein Kondom heraus. Dann gab er es mir.

»Sekunde«, bat er und streifte mir den Slip herunter. Sein Blick verweilte zwischen meinen Schenkeln und er zog auch seine Shorts aus, so dass wir beide völlig nackt waren. Nathans Penis war hart, glatt und gerade. Seine Eichel glänzte samtig. Es war ewig her, dass ich Sex gehabt hatte, aber da ging es ihm nicht anders.

»Würdest du?«, bat er mich.

Ich riss das kleine Folienpäckchen auf und drehte das Kondom so im Licht, bis ich sah, wie herum es gehörte. Er kam mir entgegen und ich berührte seine Erektion mit meinen Fingern. Nate stöhnte, als ich ihn zärtlich streichelte.

Dann schüttelte er den Kopf. »Ich will nicht in deiner Hand kommen, als wäre ich sechzehn«, gestand er leicht verlegen.

Ich setzte das Gummi auf seine Schwanzspitze und rollte es ab. Es war ein bisschen wie Geschenke auspacken, nur andersrum.

Der Geruch von Latex mischte sich unter den Blumenduft. Ich sank im Bett zurück, bis ich zwischen den Kissen lag. Nathans Körper folgte mir. Er kniete sich zwischen meine Schenkel und beugte sich zu mir herunter. Noch ein paar Mal glitt er mit seinem Penis an meiner Perle entlang, bis die Pause, die wir gerade eingelegt hatten, aus meinem Kopf gefegt war und ich ihn nur noch spüren wollte, mehr als alle Worte es beschreiben könnten.

»Bitte, Nate«, flüsterte ich und ließ meine Hände durch seine Haare wandern.

Mein Herz stockte, als er zwischen uns hinabgriff und sein Glied in Position brachte. Ganz leicht drang seine Eichel dabei in mich ein und ich hielt den Atem an. Unsere Blicke verwoben sich und nahmen einander gefangen.

Dann ließ er sich mit seinem Gewicht auf mich herabsinken und drang immer tiefer in mich ein. Ich krallte die Nägel in sein Haar, schloss die Augen und wölbte mich ihm entgegen. Er stieß immer tiefer, bis er ganz in mir war.

Nate stöhnte auf und ich öffnete meine Augen und sah ihn direkt an. Schweißperlen glänzten auf seiner Stirn, Schatten vom Kerzenlicht tanzten in seinem Gesicht und sein Ausdruck war einfach unbeschreiblich. Verliebt, verloren, überwältigt, gepackt. Er war komplett mitgerissen von dem Moment und ich küsste ihn, weil mein Herz vor Glück fast schmerzte.

Seine Zunge drang sofort in meinen Mund ein und neckte meine, mit ihm zu spielen. Er fing an, sich in mir zu bewegen, und seine Zunge nahm den Takt seiner Hüften auf. Ich schlang meine Arme um seinen Rücken und meine Beine um seinen Po.

Ich wollte ihn ganz tief in mich aufnehmen, mich völlig im Moment mit ihm verlieren und eins werden mit Nate.

Erst langsam und dann schneller fand er seinen Rhythmus und ich konnte kaum atmen, weil es so lange her war, dass ich einen Mann in mir gespürt hatte, und weil es überhaupt noch nie passiert war, dass ich ihn dabei so geliebt hatte. Nathan bedeutete die ganze Welt für mich und er brachte mich gleichzeitig um den Verstand. Immer wieder rieb sein Schaft über meine Perle, während eine Hand meine Brust massierte. Mit der anderen stützte er sich ab, um mich nicht unter sich zu begraben.

Aber das wollte ich. Ich wollte, dass er mich unter sich begrub, und ich presste ihn immer enger an mich und stöhnte im Takt seiner Stöße. Unser schwerer Atem durchdrang den sonst stillen Raum und erregte mich noch mehr. Nate vor Lust keuchen zu hören, war unglaublich heiß.

Ich hätte nie gedacht, dass Sex so sein konnte. Dass er die Welt aus den Angeln zu heben vermochte. Dass er Liebe noch so viel verstärken konnte. Dass er einen bis in die Seele zu berühren verstand.

Aber als ich kam und mich an Nathan klammerte, gab es kein Zurück mehr in ein Leben ohne ihn.

Kapitel 24

Wir schliefen noch zwei Mal miteinander, bevor wir sein Bett wieder verließen. Der Morgen dämmerte bereits, die Mondsichel war untergegangen und nun waren es nicht mehr die Kerzen, die das Zimmer in ein oranges Licht tauchten, sondern die aufgehende Sonne. Und weil ich an Schicksal glaubte, kam es mir so vor, als würde nicht nur ein neuer Tag, sondern ein ganz neues Leben für uns anbrechen. Eines, das nach vorn gerichtet war und die alte Last der Trauer abgestreift hatte.

Wir wickelten uns in die beiden Bettdecken und gingen in die Küche. Wobei ich eindeutig mehr stakste, denn jeder Knochen und jeder Muskel in mir fühlte sich steif und gleichzeitig herrlich lebendig an. Dann bereiteten wir uns ein ordentliches Frühstück mit Eiern, Speck und Toast mit Schokocreme zu. Ich bekam sogar einen Kakao zu trinken, was für mich einfach zu einem guten Morgen dazugehörte.

»Blumen und Schokolade«, stellte Nathan meine Vorlieben fest.

»Und Antiquitätenhändler«, erinnerte ich ihn.

»Ach ja, das.« Glücksfältchen tanzten um seine Augen.

Wir setzten uns an den Tisch, den er eigentlich für das Abendbrot eingedeckt hatte. Die Kerzen waren vollständig heruntergebrannt und hatten nur einige Wachskleckse am Kerzenleuchter zurückgelassen.

Wir aßen gemeinsam und ich stellte mir vor, wie noch viele gemeinsame Frühstücke folgen würden. Alles schien federleicht zu sein.

»Ich habe noch etwas für dich«, sagte Nathan, als ich nach dem Essen aufstehen wollte. Er verließ kurz das Zimmer und brachte mir dann ein Geschenk mit.

»Für mich? Aber ich habe überhaupt nicht Geburtstag.«

»Das wollte ich dir schon seit Längerem geben.«

Ich löste das Geschenkpapier, das mit vielen bunten Rosen bedruckt war, und öffnete dann die rechteckige Schachtel, die darunter zum Vorschein kam.

»Nate!«, staunte ich, als ich eine Spieluhr darin fand. Sie hatte die Form einer geblümten Schatulle. Es war nicht irgendeine, sondern genau die, nach deren Meinung er mich einmal im Laden gefragt hatte. Ich zog sie auf und klappte den Deckel auf. Innen konnte man die Tonwalze sehen, die sich zu drehen begann und die kleinen Metallstifte klingen ließ. Sie spielte *Die Zauberflöte* von Mozart.

»Das ist wunderschön.« Ich strahlte ihn an. »Danke.«

»Die ist für die Musik, die du in unser Leben gebracht hast.«

Ich rieb über meine Arme und schüttelte den Kopf. »Immer bekomme ich wegen dir Gänsehaut, weil du so romantisch bist.«

»Wenn das so ist«, fand er, griff nach meinen Händen und zog mich vom Stuhl hoch, »dann habe ich noch etwas für dich.«

Er führte mich ins Badezimmer, wo er uns ein Schaumbad einließ und Rosenblüten hineinstreute. Hunderte roter Blütenblätter fielen auf die weißen Wolken. Wir legten die Decken ab und kletterten in die Wanne. Nathan saß dabei hinter mir und seifte meinen Rücken mit einem Schwamm ein. Anschließend lehnte ich mich gegen ihn und schloss die Augen. Seine Hände streichelten meine Haut und mit dem Schwamm beschrieb er seine Bahnen auf meinem Körper.

»Ich glaube, ich war noch nie so glücklich«, seufzte ich.

»Ich will dich immer glücklich machen«, versprach er.

»Gut, denn …« Ich wandte mich ihm zu. »… ich liebe dich und du musst auf mein Herz aufpassen.«

Er zog mich zu einem Kuss an sich heran. »Das werde ich. Ich liebe dich auch, Ally.«

Bevor Jonas von seinem Ausflug bei seinem Freund zurückkehrte, schliefen wir noch einige Stunden, als uns trotz der Glücksgefühle die pure Müdigkeit übermannte.

Ich war noch ganz berauscht und gleichzeitig wie im Nebel, als wir später angezogen im Wohnzimmer saßen und Jonas uns fröhlich von seinem Wochenende berichtete.

»Das war so toll«, schloss er schließlich ab. »Können wir nächstes Wochenende Ponyreiten gehen?«, wollte er wissen. »Bei den *Hyde-Park*-Reitställen kann man Stunden nehmen. Das wäre so cool.«

»Klar«, stimmte Nathan zu.

»Kann Ally mitkommen?«, wollte Jonas sogleich wissen und schaute mich erwartungsvoll an.

»Ja, gerne. Ich kann sogar reiten.«

Wenn man schon ländlich aufwuchs, war das einer der Vorteile.

»Du musst gar nicht mehr in dein Dorf zurückgehen, um das zu machen«, erklärte mir Jonas. »Du kannst hierbleiben.«

Wieder schaute er mich erwartungsvoll an.

Nathan nickte. »Ally wird künftig sogar sehr oft etwas mit uns zusammen unternehmen.«

»Cool!«, freute sich Jonas, und dann stand er auf und drückte mich.

»Am besten, du ziehst diese knackigen Jeans zum Reiten an«, schlug Nathan mir vor und schaute mich dabei mit diesem Verführerblick an. Demnach hatte sich meine Kleiderwahl beim Kino wohl bezahlt gemacht.

»Ich habe noch was für dich«, verriet ich Jonas. »Leider habe ich es im Auto vergessen.«

»Ich gehe es holen«, erklärte sich Nathan bereit und sprang auch schon auf.

»Dann zeige ich dir so lange mein Zimmer«, beschloss Jonas und nahm mich regelrecht unter seine Fittiche. Er verpasste mir eine richtige Führung durch sämtliche Ecken seines Kinderzimmers. Dabei entpuppte er sich auch als *Star-Wars*-Fan. Er hatte sogar einen schwarzen Helm von *Darth Vader*, unter dem er klang, als hätte er einen Asthmaanfall. Schließlich zeigte er mir stolz sein Raketenbild, das im Dunkeln leuchten konnte.

»Schade, dass es jetzt hell ist«, fand er. »Du musst mal kommen, wenn es dunkel ist.«

»Mache ich.«

Denn ich hoffte, dass ich noch öfter bei ihnen würde übernachten können.

Nathan kam zurück und hielt mein Geschenk hinter seinem Rücken versteckt.

»Ich will es sehen!«, rief Jonas ganz aus dem Häuschen.

Nathan holte das große Plüschschaf hervor und Jonas freute sich riesig und drückte es an sich.

»Das ist toll, Ally. Danke!«

Jonas umarmte mich, während er das Schaf umklammerte. Und dann gesellte sich Nathan zu uns, bis wir uns alle im Arm hielten. Der Moment war so kostbar, denn es war das erste Mal, dass es sich anfühlte, als würden wir zu einer Familie zusammenwachsen.

Epilog

Der Mai hatte London völlig verzaubert. Alles war üppig grün, überall blühten die Blumen in den unzähligen Beeten und leuchteten dabei in den allerschönsten Farben. Die Sonne strahlte vom Himmel herab und mir war so warm, dass ich etwas Kurzärmeliges trug.

Um uns herum war alles voller Menschen. Die Wellen im Kanal von *Little Venice* schillerten golden. Enten schwammen quakend durch das Wasser und nahmen dabei Entengrütze in ihre Schnäbel. Dazwischen waren all die Boote mit bunten Wimpeln geschmückt worden, die diesen hübschen Ort noch farbenfroher machten.

Jedes Jahr an einem Maiwochenende fand die *Canalway Cavalcade* statt, ein großes Fest, das wir uns nicht entgehen lassen wollten. Es wurde Musik gespielt und entlang der Promenade gab es Verkaufsstände und Spielbuden für die ganze Familie. Wir blieben begeistert stehen, als auf einer Bühne der historische Moriskentanz aufgeführt wurde. Die Tänzer trugen italienische Renaissance-Kostüme, was ganz wundervoll ins kleine Venedig Londons passte. Sie vollführten Sprünge und verdrehten ihre Körper. Man musste schon ein halber Akrobat sein, um dabei mitzumachen.

Aber Jonas war gleich Feuer und Flamme und gelobte, es lernen zu wollen.

William Ward, der uns bei diesem Wochenendausflug begleitete, lachte nur. »Das will ich sehen, du Hüpfer.«

Dann schaute er mich ernst an und seine Augen wurden durch die Brillengläser noch vergrößert. »Das will ich wirklich sehen, Mädchen.«

»Ja, ich auch, Willie.«

»Fein, fein.« Er nickte zufrieden. Überhaupt schien es ihm sehr zu gefallen, dass ich zum festen Bestandteil der Familie geworden war.

Jeden Sonntag unternahmen Nathan und ich etwas mit Jonas. Angefangen vom Reiten bei den *Hyde-Park*-Stallungen, über das Fahren mit den Kanalbooten oder Kinogänge, bis hin zum bei Jonas besonders beliebten Entenfüttern waren wir eigentlich immer unterwegs. Demnächst wollten wir ein Picknick im Park machen. Endlich stimmte das Wetter dafür. Und ansonsten hatte ich auch schon ein paar Mal für Jonas gekocht, weil er mich darum gebeten hatte.

Einmal hatte Nathan sich etwas Romantisches überlegt und war mit mir auf den *Columbia-Road*-Blumenmarkt gegangen. Jonas hatte lieber zwei Stunden zu Hause bleiben und Playstation spielen wollen. Er war schon so groß und selbständig, dass es gut geklappt hatte. Und während Jonas im Spielhimmel geschwelgt hatte, war ich mir vorgekommen wie Eliza Doolittle aus *My Fair Lady*.

Auf dem Blumenmarkt hatte es kisten- und eimerweise Blüten zu bestaunen gegeben, die sich zu einem

Meer aus Düften verbunden hatten. Ich hatte dort vermutlich alle Farben gesehen, die es auf der Erde überhaupt gab. So wunderschön und üppig.

Letzten Sonntag hatten wir außerdem den grünen Spielplatz in meiner Nachbarschaft besucht. Es war im Grunde das einzige Highlight dort, aber Jonas war juchzend und unermüdlich darauf herumgeklettert und gerutscht, dass es die reinste Freude gewesen war, ihm zuzuschauen.

Ich selbst hatte die grüne Plastikrutsche auch ausprobiert, aber danach hatte ich das Gefühl gehabt, elektrisch so geladen zu sein, dass mir die Haare glatt abstehen würden. Und als ich Nathan anschließend einen Kuss gab, hatte es zwischen uns gefunkt. Wortwörtlich.

Aber das war nur eines von vielen Zeichen, die es für uns eben gab.

Ich hätte nicht für möglich gehalten, mich noch mehr in ihn verlieben zu können, aber es passierte jeden Tag.

Wir waren sogar in meinem Zimmer und der kleinen WG-Küche gewesen. Jonas hatte gestaunt, dass so kleine Bäder wie meines dort überhaupt gebaut wurden. Er hatte auch gestaunt, dass ich außer einem Bett und einem Schrank im Grunde nichts weiter besaß – und die gehörten ja zur möblierten Wohnung. Na ja, aber immerhin gehörten mir, außer meinen Klamotten, noch das Toastbrot, die Milch und das Schokopulver in der Küchenzeile.

Jonas hatte sich sehr erfreut auf den Kakao gestürzt.

Aber insgesamt hatte er wohl Mitleid mit mir wegen meiner Wohnzustände bekommen, weshalb er mir neuerdings pausenlos anbot, dass ich doch lieber bei ihnen bleiben sollte. Er sagte das ziemlich oft, doch ich vermutete, dass das auch daran lag, dass er seine Mutter verloren hatte. Und nun wollte er mich eben möglichst behalten.

Ich hätte den beiden auch liebend gerne Elvira vorgestellt, die ich nur noch selten sah. Allerdings war sie nicht zu Hause gewesen. Sie hatte nämlich einen Mann kennengelernt. Einen absolut staubtrockenen Buchhalter mit fliehender Stirn, Geheimratsecken, einer großen Brille und – was sie besonders schätzte – einem Hang zu einheitsblauen Anzügen. Er war völlig unlustig. Er schien nicht einmal zu verstehen, was Humor überhaupt war. Trotzdem oder gerade deswegen fand Elvira ihn toll.

Beide waren Arbeitstiere und schätzten das aneinander. Wenn der eine keine Zeit hatte, weil er länger arbeitete, war der andere nicht enttäuscht, sondern im Gegenteil noch zusätzlich motiviert, selbst mehr zu tun. Ich hatte keine Ahnung, wo das enden sollte, aber wer weiß – vielleicht würden sie irgendwann acht Kinder zu Hause haben, die alle seitlich gescheitelte Frisuren und schon im Windelalter blaue Anzüge trugen.

Doch auch wenn ich mir diesen Mann niemals im Internet ausgesucht hätte, freute ich mich für Elvira, dass sie jemanden gefunden hatte, der durch und durch zu ihr passte. Denn eines war ja klar: Jeder Mensch hatte seine eigene Art, glücklich zu werden.

Caitlyn hatte ihren Mister Muskeln-in-Jeans leider noch immer nicht gefunden, aber ich drückte ihr fest die Daumen. Irgendwo da draußen mussten die Motive ihrer Stallburschen- und Männer-bei-der-Arbeit-Kalender schließlich in freier Wildbahn herumlaufen.

Was Emma anging, so hatte ich sie bis jetzt noch nicht wiedergesehen. Sie schaute nicht im Laden vorbei und sie tauchte auch nie auf, wenn ich bei Nate war. Manchmal telefonierte sie jedoch mit Jonas. Was ich so mitbekam, arbeitete sie mehr denn je.

Aber sie hatte verstanden, dass sich für Nathan und sie keine Tür öffnen würde. Auch sie würde lernen müssen, nach vorne zu schauen. Und obwohl sie mich nach wie vor nicht mochte, wünschte ich ihr alles Gute. Vielleicht würden wir uns in der Zukunft sogar einmal annähern können.

Nathan näherte sich mir jedenfalls gerade sehr vertraut. Er schlang seine Arme von hinten um mich und sah Jonas dabei zu, wie er versuchte, mit den Tänzern mitzutanzen.

Ich hatte mein Glück mit Nate gefunden. Er war ein Mann, der gelernt hatte, dass jeder Moment kostbar war. Und für Nathan standen die Menschen, die er liebte, an oberster Stelle.

Er sagte immer, dass Jonas sein kleiner Prinz wäre und ich seine Königin. Manchmal neckte er mich auch und nannte mich Miss Mayfair. Und dann zog ich ihn auch auf und nannte ihn Ronan Keating.

Apropos, Nathan hatte uns doch tatsächlich Konzerttickets für den Sommer besorgt.

Er hauchte mir einen Kuss in den Nacken und ich bekam Gänsehaut. »Sag mal, was machst du eigentlich nächstes Wochenende?«, fragte er mich.

»Nächstes? Da habe ich noch nichts vor. Das heißt, nichts, außer bei dir zu sein.«

Er nickte und flüsterte mir ins Ohr. »Wir könnten nach Barkingside fahren.«

Ich drehte mich erstaunt zu ihm um. »Du willst schon wieder zum grünen Spielplatz?«

Willie beäugte uns neugierig.

»Nein«, korrigierte mich Nathan. »Ich finde, wir holen die drei Sachen, die du besitzt, und fahren sie zu Jonas und mir.«

Sprachlos starrte ich ihn an.

»Jetzt gib ihr endlich den Schlüssel, Junge«, triezte ihn Willie.

»Paps, ich mache das schon.« Nathan grinste und rollte mit den Augen. Dann zog er einen Schlüssel aus seiner Hosentasche. Darin war ein kleines Herz eingraviert.

»Also, mein Herz hast du ja schon«, sagte er. »Und ich fände es toll …« Sein Blick huschte zu Jonas, der noch immer wild zappelte. »… das heißt *wir* fänden es toll, wenn du bei uns einziehst.«

»Oh mein Gott«, hauchte ich.

»Na, was sagst du?«

»Oh mein Gott«, stieß ich erneut hervor und spürte das Glück aus meinem Bauch aufsteigen.

»Das heißt ja«, übersetzte Willie meine Worte.

Nathan grinste noch breiter. »Ja?«

Ich nickte und flog in seine Arme. »Ja, ja, ja!«

»Juhu!«, jubelte Willie. »Na, endlich.« Dann räusperte er sich, als wir uns zu küssen begannen. »Ich hole mir mal so eine … äh … na, so ein Dings.«

Dann ließ er uns in der Menschenmenge allein und nahm Jonas mit, um sich das *Dings* zu besorgen. Er musste ihm wohl erzählt haben, was passiert war, denn ich hörte auch Jonas begeistert »Juhu« rufen.

»Weißt du«, raunte ich Nathan ins Ohr. »Eigentlich müsste ich dir ebenfalls eine Spieluhr schenken für all die Musik, die du auch in mein Leben zauberst.«

Er schaute mir tief in die Augen und strich mit seiner Hand zärtlich über meine Wange. Ich konnte sehen, dass er mich liebte.

»Sei einfach nur da«, sagte er. »Das ist alles, was ich mir wünsche.«

»Ich bin da«, versprach ich.

Und dann küssten wir uns. In einem Meer voller Menschen, Musik und bunter Bootswimpel gab es nur noch uns beide und ein Glück, das für die Ewigkeit geschmiedet war.

Lesen Sie mehr von A Place to Remember …

Kennen Sie schon: *Chloe & Hugh* von Sarah Saxx?

Die einundzwanzigjährige Kunstgeschichtestudentin Chloe Fontaine ist hoffnungslos romantisch und liebt alte Dinge. Regelmäßig besucht sie den Londoner Antiquitätenladen »A Place to Remember«, um darin zu stöbern und ihren Träumen nachzuhängen.

Dort begegnet sie Hugh Ward, der die Finanzen dieses Familienbetriebs verwaltet. Als knallharter Geschäftsmann hat er für den alten Krempel jedoch gar nichts übrig. Aber ausgerechnet die schüchterne Chloe fasziniert ihn, und auch sie kann sich dem besonderen Reiz, den Hugh auf sie ausübt, kaum entziehen. Wäre da nur nicht diese eine Erfahrung aus Chloes Vergangenheit, die alles überschattet …

»Ich muss mal.« Ohne abzuwarten, was Michelle darauf sagen würde, drehte ich mich um und steuerte schwankend den Durchgang des Clubs an, durch den wir vor einer guten Stunde gekommen waren. Wäre ich doch nur zu Hause geblieben …

Doch diesen Wunsch nahm ich sofort zurück, als ich direkt über mir ein bekanntes Gesicht entdeckte – oder zumindest dachte ich, es zu erkennen. Erst schrieb ich es dem Alkohol zu, der meine Sinne verwirrte, doch dort oben stand tatsächlich ... Hugh Ward! Ruckartig blieb ich stehen.

Er hatte sich mit beiden Armen auf die Brüstung gestützt und ließ seinen Blick über die Menge schweifen. In seinem dunklen Anzug sah er unglaublich gut aus, und sein Stirnrunzeln machte ihn noch interessanter. Ich fragte mich, was er wohl gerade dachte ... ob er genauso gern wie ich von hier wegwollte? Er wirkte in diesem Moment nicht wie jemand, der feierte und Party machte. Eher so, als würde er auf ein Zeichen warten, um diesen Club verlassen zu können, ohne als unhöflich zu gelten.

Ich suchte seine Umgebung ab, soweit ich die Menschen dort oben durch das Glas der Brüstung, in dem sich die Lichter der Tanzfläche spiegelten, erkennen konnte. Doch es sah nicht danach aus, als wäre er in Begleitung.

Und falls doch, dann war ihm diese offensichtlich egal.

In diesem Augenblick senkte er den Blick und sah mich direkt an. Für einen Moment war es, als würde er durch mich hindurchsehen, doch dann richtete er sich auf. Im blitzenden Licht der Scheinwerfer erkannte ich, wie er mich mit zusammengekniffenen Augen musterte. Er legte den Kopf leicht schief, und ein Lächeln bildete sich auf seinen Lippen. Ich konnte nicht anders, als es zu erwidern.

Als sich jemand ohne Rücksicht an mir vorbeidrängte, spürte ich einen festen Schlag an meiner Seite. Dass es genau jetzt passierte und noch dazu so heftig, dass ich ins Taumeln geriet und an einem der Stehtische neben mir Halt suchte, war Pech. Denn als ich den Blick wieder hob, konnte ich Hugh Ward nicht mehr entdecken.

Hatte ich ihn tatsächlich gesehen? Vielleicht hatten mir meine Augen einen Streich gespielt und mich nur glauben lassen, dass er dort oben gestanden hatte? Aber zumindest für einen klitzekleinen Moment hatte sich meine Stimmung wieder gehoben. Doch jetzt, da er nicht mehr zu sehen war, hüllte mich die Realität wieder ein in ihren lauten Bässen der Musik, den grellen Lichtern und den verschwitzten Menschen, die sich an mir vorbeischoben.

Frustriert seufzte ich auf und setzte meinen Weg zu den Toiletten fort. Ich beschloss, mir ein Taxi zu nehmen, falls Michelle bei meiner Rückkehr immer noch in den Armen ihres Flirts hängen sollte.

»Miss Fontaine ...? Chloe!«

Ich hatte mich also doch nicht getäuscht. Sofort schlug mein Herz schneller, als ich mich zu der bekannten Stimme umdrehte. »Mister Ward?«

Er drängte sich durch die Menge und blieb ganz dicht vor mir stehen.

»Du bist es tatsächlich ...«

Diese Vertrautheit und sein ehrliches Lächeln brachten mich völlig aus dem Konzept. Dabei sah er mich überrascht und besorgt an. »Alles okay? Dieser Idiot hat dich ja wirklich heftig angerempelt.«

Er griff nach meinen Händen, und sofort durchflutete mich ein Gefühl von Sicherheit.

»Alles gut«, erklärte ich.

»Ich ... das ... du siehst wunderschön aus. Dich hätte ich hier nicht vermutet. Umso mehr freut es mich, dich hier zu treffen.«

»Ich hätte mich bis vor wenigen Stunden selbst nicht hier vermutet«, gab ich ehrlich zu und lachte. »Und so schnell werde ich auch nicht mehr hierherkommen.«

»Gefällt dir der Club nicht?« Er runzelte wieder die Stirn, was ich als überaus sexy empfand.

Sexy! Schockiert von meinen eigenen Gedanken schüttelte ich den Kopf. »Nein, das ist es nicht. Der Club ist wirklich beeindruckend, aber nicht ganz das, was ich unter einem gelungenen Abend verstehe.«

»Wie meinst du das?«

Täuschte ich mich oder schwang in seiner Stimme Unsicherheit mit?

»Na ja, ich bin eher der ruhigere Typ, wenn du verstehst, was ich meine. Das hier …« Ich deutete auf meine Kleidung. »… bin nicht ich. Hätte ich heute eine Wahl gehabt, würde ich jetzt mit bequemen Jeans in einem gemütlichen Pub sitzen.« Oder in meiner Wohnung, aber das verschwieg ich dann doch …

Nun lachte er kurz auf und wischte sich über den Nacken. »Dann freut es mich umso mehr, dass du doch hier gelandet bist.«

Als er das sagte, kam er noch näher auf mich zu. Die laute Musik um uns nahm ich kaum mehr wahr. Die tanzenden oder in Gruppen zusammenstehenden Menschen wurden zu Schemen, als könnten meine Augen nur noch einen einzigen Mann deutlich sehen. Unweigerlich versank ich in seinen dunkelbraunen Augen, bis sich mein Blick an seine Lippen heftete. Ich war mir so sicher, dass der Alkohol zu sehr Kontrolle über mich hatte. Denn unter normalen, nüchternen Umständen würde diese Situation ganz anders verlaufen. Doch ich konnte mich nicht von ihm lösen, nicht meine Hände zurückziehen, die seine warmen Finger immer noch umfassten, als wäre es das Normalste auf der Welt. Ich fühlte mich gefangen in seinem Sog, der mich bereits bei unserer ersten Begegnung im Antiquitätenladen völlig aus dem Konzept gebracht hatte. Jetzt erlebte ich nur noch eine Steigerung des Ganzen.

»Ich bin auch froh, dass ich mich habe überreden lassen«, gestand ich und atmete heimlich den Duft seines Aftershaves ein. Seine Nähe löste ein Sehnen in mir aus, bei dem ich wusste, dass ich all meinen Anstand über Bord werfen würde, wenn er nicht sofort Abstand zwischen uns bringen würde. Aber wollte ich das wirklich? Nein, ich wollte keine Distanz zwischen uns. Ich wollte seine Haut fühlen, seine Lippen auf meinen. Ich wollte, dass er mich in die Arme nahm und nicht mehr losließ. Verrückterweise sehnte ich mich so sehr nach Hugh, als gäbe es kein Überleben ohne ihn. Und dabei wusste ich so wenig über ihn, und was ich wusste, verstörte mich.

Als hätte er meine Sehnsüchte an meinen Augen abgelesen, schob er langsam eine Hand in meinen Nacken, die andere fühlte ich an meiner Taille. Sofort prickelte meine Haut an den Stellen, an denen ich seine Finger fühlte. Ich hatte keine Ahnung, welcher Teufel mich ritt, als ich die Augen schloss und gleichzeitig das Kinn anhob. Es war, als hätte eine fremde Kraft Macht über mich erlangt und würde mich führen. Meine Arme legte ich an seine Schultern, wo ich die Bewegungen seiner Muskeln vage durch den Anzug fühlte, als er mich nur noch mehr an sich presste.

»Chloe«, hauchte er und entlockte mir ein leises Schnurren. Inzwischen sehnte ich seinen Kuss so sehr herbei, dass ich alles dafür gegeben hätte. Als sein Atem auf mein Gesicht traf, öffnete ich die Lippen, die vor Begierde zu kribbeln begannen, während mein schneller Herzschlag einen riesigen Schwarm an Schmetterlingen in meinem Bauch wachtrommelte.

»Da bist du ja … ich hab dich schon … überall gesucht.«

Michelles lallende Worte drangen schwach zu mir durch. Ich fühlte, wie sich Hugh wieder von mir entfernte, und blinzelnd versuchte ich zu verstehen, was hier eben passiert – oder besser gesagt nicht passiert – war.

Mehr von »A Place to Remember«

Folgende Romane erscheinen ebenfalls in dieser Reihe, oder sind bereits erschienen:

A Place to Remember: Ally & Nate – Anna Faye
(März 2016)

A Place to Remember: Chloe & Hugh – Sarah Saxx
(März 2016)

A Place to Remember: Ivory & Ethan – Lea Pearl
(ca. April 2016)

A Place to Remember: Sam & Noel – Karola Löwenstein
(ca. Mai 2016)

A Place to Remember: Emily & Noah
– Michelle Schrenk (folgt)

Was wird aus Caitlyn?

Keine Sorge, auch Allys beste Freundin Caitlyn wird noch ihre Geschichte bekommen. Ein eigenes Buch mit ihr ist bereits in Planung.

~ Wenn du kein Buch der Autorin
(Anna Winter / Anna Faye) mehr verpassen möchtest, dann kannst du dich für den Newsletter auf ihrer Homepage eintragen ~

Homepage: annawinter.de

Lesen Sie mehr von Anna Faye ...

Kennen Sie schon: *Dark Purple – The kiss of Rose?*

 Rose hat eine schreckliche Hochzeit hinter sich, denn die Rolle der Braut war schon mit ihrer Schwester besetzt. Als sie beladen mit alten Gefühlen vom Londoner Flughafen nach Hause kommt, will sie bloß noch ihre Ruhe haben. Doch als sie ihren Reisekoffer öffnet, findet sie statt Büstenhalter und Abendkleidern nur Boxershorts und Männerhemden vor. Außerdem fällt ihr eine exklusive VIP-Eintrittskarte zur Eröffnung des neuen Klubs *Dark Purple* in die Hände. Statt sich um den Umtausch des Gepäcks zu kümmern, geht sie kurzerhand zur Party.

Was als Zerstreuung für ihr Gefühlschaos geplant war, zieht bald noch mehr Turbulenzen nach sich, denn Neal Burton, der smarte Klubbesitzer mit den ozeanblauen Augen, will nicht nur seinen Koffer zurückhaben ...

»Du musst dann wohl meine Freundin sein«, hörte ich einen Mann neben mir mit breitem Londoner Dialekt sagen.

Ich war gerade damit beschäftigt, mich darauf zu konzentrieren, ob ich die Olive in meinem Martiniglas bereits doppelt oder lediglich verschwommen sah, als ich diesen merkwürdigen Satz vernahm. Seine Stimme klang tief, sexy und vor allen Dingen fremd. Ich kannte diesen Kerl definitiv nicht und erst recht war ich niemandes Freundin.

Ob das wohl die dümmste Anmache aller Zeiten war oder was?

Innerlich zuckte ich die Schultern. Ja, sie musste es sein.

Ich blinzelte gegen meine verschwommene Sicht an und riss mich vom Anblick meines Drinks los, um den Fremden zu mustern, der sich auf den Barhocker neben mich gesetzt hatte. Er war etwas größer als ich und trug kurze Haare, die kaum länger als die Stoppeln seines Dreitagebarts waren. Ich erkannte gerade noch, dass er sandfarbenes Haar hatte. Außerdem waren seine Augen von einem ziemlich verführerischen Ozeanblau. Aber hallo! Fast hätte ich ihm seinen platten Spruch verziehen. Ein wenig bekannt kam er mir nun doch vor. Ob ich ihn schon einmal auf dem Foto einer Zeitschrift gesehen hatte?

Ich setzte ein mitleidiges Lächeln auf. »Bist du etwa so allein, dass du sogar Beziehungen mit wildfremden Frauen eingehst, oder hältst du mich für so betrunken, dass ich nicht einmal mehr merke, dass wir kein Paar sind?«

Dabei rutschte mir ein kleines Hicksen heraus und ich schob den Martini von mir weg. Ganz bestimmt wollte ich nicht so beduselt enden, dass ich doch noch doppelt sah oder gar seitlich vom Stuhl fiel. Ich hatte mich ein wenig von den Gratisgetränken im VIP-Bereich verleiten lassen.

Der Mann lächelte mich an. »Ich weiß genau, wie du hier reingekommen bist«, raunte er und strich mit seinem Zeigefinger über meinen Handrücken. Die Härchen entlang meiner Wirbelsäule richteten sich auf. »Und entweder bist du meine Freundin oder aber eine Diebin, die sich in die Lounge meines Klubs gestohlen hat. Natürlich kann ich dich auch von meinen Sicherheitskräften abführen lassen. Was meinst du: Wäre dir das lieber?«

Ich meinte vor allem, dass mir gerade einfiel, woher ich ihn doch kannte …

Bisher von *Anna Faye* erschienen:
Red Hot – The colour of Ruby
Dark Purple – The kiss of Rose
White Shades – The call of Angel
3 Colours of Romance – Sammelband
Summer Rain – Zurück zu dir
A Place to Remember – Ally & Nate

**Anna Faye schreibt auch Fantasy-Liebesromane.
Diese veröffentlicht sie
unter dem Namen Anna Winter.**

Bisher von *Anna Winter* erschienen:
Schattenherz – Fesseln der Dunkelheit (1)
Nachtkuss – Fesseln der Dunkelheit (2)
Tränenschloss – Fesseln der Dunkelheit (3)
Der Werwolf in der Badewanne
– Eine Vollmondlektüre (1)
Die Hexe fällt nicht weit vom Stamm
– Eine Vollmondlektüre (2)
Lea – Untermieterin bei einem Vampir
Lucys Wunsch – Ein Winterroman (1)
Baileys Traum – Ein Winterroman (2)

Homepage: annawinter.de
Email: write@annawinter.de
Facebook: www.facebook.com/Anna.Winterromane
Facebook: www.facebook.com/AnnaFaye.Autorin

Impressum

Anna Winter
Mühlestückweg 7
79539 Lörrach

annawinter.de
write@annawinter.de